はしがき

　生来の悪筆。もとより日暮硯に向かっていたわけではないが、感動したことや気になったことを徒然なるまま日記に書き綴っていた。ある日のこと、知人にその一遍を見せたところ、「閉じ込めておくのはもったいない。愛媛新聞に投稿してみたら？」とのご忠言を頂戴。なんとか蛇におじずの例えもあるが、いささかム鉄砲な気性も手伝って素直に投稿。

　「医者はもっとアナログ人間に！」と題して、メールに貼付して送ったら、ビギナーズラックではないが、数日後にはその原稿が紙面に掲載され、おしゅうとめや知人・友人からのメールや電話が鳴りっぱなしと相成った。なにより些少ではあったが、原稿料を頂戴したのが運の尽き。それに味をしめて掲載されようがされまいが、書き続けていると、当然のことではあるが原稿が山のようにたまっていた。

　その原稿を友達に見せたら、「こんなんそのままにしとったらもったいない。いっそ本にでもしたら？」とのお勧め。刊行に至ったことの顛末は、まあそんなところである。

　子供たちもそれなりに立派に育ってくれたが、残してやる財産もない。せめて68年間生きてきた証の形見分けとしてなどと思っているのだが・・・・・・。

も く じ

はしがき
正月と日常の境・・・・・・・・・・・・・・・・・・・・・・ 1
夢の燃料電池車普及に期待・・・・・・・・・・ 2
ちょっと変わった日記帳・・・・・・・・・・・・ 2
トップは議論を軽視するな！・・・・・・・・ 3
医者はもっとアナログ人間に！・・・・・・ 4
教員評価　点数化は本末転倒・・・・・・・・ 5
54年前の原稿・・・・・・・・・・・・・・・・・・・・ 6
長生きの秘訣・・・・・・・・・・・・・・・・・・・・・ 7
こんなしゅうとめに！・・・・・・・・・・・・・ 8
狭い車道　譲るのも他生の縁・・・・・・・・ 8
公約吟味して1票投じたい！・・・・・・・・ 9
主人はまだ生きとるぞな！・・・・・・・・・ 10
若者の小さな心遣い・・・・・・・・・・・・・・ 11
人生は無駄の積み重ねかも？・・・・・・・ 12
老前整理完敗！・・・・・・・・・・・・・・・・・・ 13
母の日と豆ごはん・・・・・・・・・・・・・・・・ 14
オスプレイ購入　慎重さ必要・・・・・・・ 15
告別式のあいさつ・・・・・・・・・・・・・・・・ 15
世界遺産観光客対策に課題・・・・・・・・・ 16
トイレ掃除・・・・・・・・・・・・・・・・・・・・・・ 17
ウナギが食卓から消える日も・・・・・・・ 18
墓参り・・・・・・・・・・・・・・・・・・・・・・・・・・ 19
愛情たっぷり野菜・・・・・・・・・・・・・・・・ 20
外車と介護専用車・・・・・・・・・・・・・・・・ 21
夫の穏やかな叱り方に感心・・・・・・・・・ 22
東京オリンピックと熟柿・・・・・・・・・・・ 22
レシピの浮気性・・・・・・・・・・・・・・・・・・ 23

カップめん回収　複雑な思い・・・・・・・・ 24
再生エネ普及　納得いく案を・・・・・・・・ 25
正月料理の一人勝ち・・・・・・・・・・・・・・・ 26
カビがつかんうちに鏡餅を・・・・・・・・・ 26
七草がゆ・・・・・・・・・・・・・・・・・・・・・・・・ 27
数年前のことではあるが・・・・・・・・・・・ 28
賀状の整理をしながら・・・・・・・・・・・・・ 29
今年の賀状で変わったこと・・・・・・・・・ 30
学芸会のセリフ・・・・・・・・・・・・・・・・・・ 31
ガラホそれともガラケー？・・・・・・・・・ 32
強い男の裏には賢い女性が！・・・・・・・ 33
ケッタイな夢・・・・・・・・・・・・・・・・・・・・ 34
春はもうすぐそこ・・・・・・・・・・・・・・・・ 34
麦踏も変わった・・・・・・・・・・・・・・・・・・ 35
雨水と啓蟄とモンシロチョウ・・・・・・・ 36
煮込みうどんと鍋焼きうどんの違い？・・ 37
私たちのことも書いて！・・・・・・・・・・・ 38
へそくり・・・・・・・・・・・・・・・・・・・・・・・・ 39
姑、痴漢に触っていただく！・・・・・・・ 40
まだ孫娘には無理か？・・・・・・・・・・・・・ 41
「四季録」の中の卒業式・・・・・・・・・ 44
慣れにもいろいろ・・・・・・・・・・・・・・・・ 45
素直に出てきて！・・・・・・・・・・・・・・・・ 46
ペルシャの市場にて・・・・・・・・・・・・・・ 47
こんな楽しい生活も！・・・・・・・・・・・・・ 47
津波てんでんこ・・・・・・・・・・・・・・・・・・ 48
胡椒と辛子は味をみてから振れ！・・・・ 49
チラシに書かれた姑の俳句・・・・・・・・・ 50

認知症にまけない・・・・・・・・・・・・・・・51	ボケの原因はリモコン？・・・・・・・・・・・77
義父の説教・・・・・・・・・・・・・・・・・・・・・52	継続はくすりなり？・・・・・・・・・・・・・・・78
今年六十のおじいさん・・・・・・・・・・・・53	フランス料理の立ち食い・・・・・・・・・・79
入学祝の万年筆・・・・・・・・・・・・・・・・・54	蚊帳・・・・・・・・・・・・・・・・・・・・・・・・・・・80
素直に「だんだん」と言えるだろうか？・・54	ポットラックパーティ・・・・・・・・・・・・・・81
不味い物はまずい！・・・・・・・・・・・・・55	衣替え・・・・・・・・・・・・・・・・・・・・・・・・・81
猫より先に飯を食うな！・・・・・・・・・・56	あんたが先に逝くことも！・・・・・・・・・82
ちょっとカチンときたが！・・・・・・・・・57	届けられない父へのプレゼント・・・・・・83
春は引越しのシーズン・・・・・・・・・・・・58	喘息を無くすには！・・・・・・・・・・・・・・84
伯母は100歳！・・・・・・・・・・・・・・・・59	しゅうとめの趣味・・・・・・・・・・・・・・・・85
ちょっと変わった子・・・・・・・・・・・・・・60	一人欠け、二人減り・・！・・・・・・・・・・86
金ちゃん元気？・・・・・・・・・・・・・・・・・61	駄菓子屋教育・・・・・・・・・・・・・・・・・・87
しゅうとめの一輪の花・・・・・・・・・・・・62	淑女のヒッチハイク！・・・・・・・・・・・・87
デイサービス連絡帳・・・・・・・・・・・・・・62	お返しにカエルを！・・・・・・・・・・・・・・88
歳をとればいいこともあるよ！・・・・・63	何がなんだか？・・・・・・・・・・・・・・・・・89
しゅうとめの形見分け・・・・・・・・・・・・64	社会とのつながり！・・・・・・・・・・・・・90
破れたパンツ・・・・・・・・・・・・・・・・・・・65	よかった！　また行きたい！・・・・・・・91
箸をいただけますか？・・・・・・・・・・・66	心をこめれば！・・・・・・・・・・・・・・・・・92
屋根に落ちた鯉・・・・・・・・・・・・・・・・・67	ころり往生！・・・・・・・・・・・・・・・・・・・93
どうして柏餅を食べるの？・・・・・・・・68	朝顔の応援歌・・・・・・・・・・・・・・・・・・94
精米所・・・・・・・・・・・・・・・・・・・・・・・・・69	梅雨の代名詞・・・・・・・・・・・・・・・・・・95
そら豆も主に似る・・・・・・・・・・・・・・・69	おくりびと・・・・・・・・・・・・・・・・・・・・・・96
母の日のカーネーションとバラ・・・・・・70	ボケは自動ドアにも！・・・・・・・・・・・・96
母の日の爪切り・・・・・・・・・・・・・・・・・71	叔父の楽しみも！・・・・・・・・・・・・・・・97
捨てられない不用品・・・・・・・・・・・・・72	鯨の食い納め！・・・・・・・・・・・・・・・・98
いちごの花言葉・・・・・・・・・・・・・・・・・73	「家路」・・・・・・・・・・・・・・・・・・・・・・・・・99
消石灰と苦土石灰の違いは？・・・・・・74	トウモロコシと狸の夢・・・・・・・・・・・100
夏はクールに・・・・・・・・・・・・・・・・・・・74	未開の生活も捨てたものじゃない・・101
芸術かわいせつ物か？・・・・・・・・・・・75	今年の流行は「エリマキタオル」・・102
壊されていく空き家・・・・・・・・・・・・・76	小さなギャルの立ちションベン・・・・103

なぜお金持ちになれないの？……… 103	「おめでとう」もバラバラに！…… 130
キッチンパラソルとハイチョウ…… 104	大人になることの意味………… 131
過疎化の里へ墓参り…………… 105	一服しませんか？……………… 132
甘い西瓜の食べ頃……………… 106	延命治療はするな！…………… 133
フェイスブックの最初の友達…… 107	なぜ逆走が起こるのか？……… 134
「おかえり放送」も終わり ……… 108	ハゲが地球を救う……………… 135
ファンレターかも！……………… 109	叔母の大切な宝物……………… 136
主婦が一番したくない家事…… 109	卒業式のスピーチ……………… 137
ねずみに頭をかじられた！…… 110	野球のおもしろさ……………… 138
「共用品」らしきものはあったが？… 111	漱石と饂飩の巻き……………… 139
コックピットのような部屋……… 112	乞食さんから頂戴した柿……… 140
子守も躾もコンピュータ任せ！… 113	誰が身柄を引き取りに！……… 141
育毛剤を買うておやり！………… 114	指をとばすなよ！……………… 142
亭主関白ではあるが！………… 115	お喋りロボット………………… 143
動かない時計だけれど！……… 116	現代の姥捨山…………………… 144
カナダへ帰らず、天国へ！…… 117	爆買・爆浴・爆睡……………… 145
浴衣があったぞな！…………… 117	寝付かれないときは！………… 145
祈りましょう！…………………… 118	わかっちゃいるけど…………… 146
銭湯のうわさ話………………… 119	当たり前のこと………………… 147
雨の中でのやりとり…………… 120	手作り高座の鹿政談…………… 148
こんなところに幽閉されるとは！… 121	昭和生まれの郷愁……………… 149
きょうの運勢で1日が始まる 122	虹の声…………………………… 150
魔法の解けた魔法瓶…………… 123	新聞の影響力…………………… 151
離婚の相談……………………… 124	生活不活発病＝廃用症候群…… 152
マッサンは息子の命の恩人…… 125	フィンガーボールの水………… 153
師走バタバタ、なんくるないさ！… 126	仲直りの方法…………………… 154
66回目の師走 ………………… 126	散髪屋で散髪屋を尋ねる！…… 155
湯たんぽの湯を抜き洗う朝冷えの刻… 127	ダンシャクイモ………………… 155
師走とはこんなものか！……… 128	お遍どさんに連れていかれるぞ！… 156
カボチャの甘〜い煮物でも！… 129	豚児の夢………………………… 157

犬の餌を食べるの！	158
うそつき勇助	159
四月馬鹿	160
生きるためのウソ	161
カーナビは取り付けたが！	162
スマホは泣いたり笑ったりしないだろうに	163
たかが犬とは何ぞな！	164
教習所に補講の回数券を！	165
もし戻れるなら	166
当たり前に感謝	167
ドジを踏むにも	168
宅配人もルーキー	169
四十、五十は洟垂れ小僧	170
時計の裏のゼミ生たち	171
畑の小さな労働者	172
スマホホーリック	173
はやとちり	174
ハムの名付け親	174
特種詐欺と合言葉	175
ハムも立ち食い	176
こんなイケズなジイサマも	177
こね鉢も手作り	178
ハムの運動会	179
世間様に笑われる！	180
富岡製糸場が世界遺産に！	181
モンシロチョウ	182
ハムの部屋はインテリルーム！	183
てんとう虫の恩返し	184
人殺しの玩具	185
フグを捌く	186
悔いのない死に方	187
こんな大型連休の過ごし方も	188
目くじらを立てる前に	189
大きな夢となくした夢	189
そろそろ行くけ！	190
時代劇の男女がハグ？	191
スカイプで子守	192
嘘をつきたくないから！	193
伊予塾「ゴール無限」	194
マンガの果たした役割	195
ピーナツとカラス	196
行商人の売り声も懐かしいが	197
子供に居留守を頼むな！	198
本の処分はしたものの！	199
田植えの準備始まる	200
モスキートの殺し方	201
お前、歯がないのけ！	202
ゲンゴロウたちはどこへ？	203
山路こえて	204
たかが5000億じゃないか！	205
四コマ漫画と地軸	206
どっちがバーバリアン？	207
ドライバーの仕草	208
手作り手すり	209
なんとかならんのかなもし！	210
消えた弁当箱？	211
私も学会員	212
野菜の原価計算	213
旅だった先は！	214
ジューンブライド	215

- 草刈機はありますか？ … 216
- 幸せとは？ … 217
- 新聞がタブレットで読める！ … 218
- 一富士二鷹の初夢ではない！ … 219
- 日本語で喋るな！ … 219
- 栄光への明日に向かって！ … 220
- やさしいドライバーさんとは？ … 221
- 天気予報は空を見ながら … 222
- ルビを振る物差しは？ … 223
- 長蛇の列で１円玉を！ … 224
- 松山城が１位ぞなもし！ … 225
- クールビズとホットビズ … 226
- メロンやトマトは果物か？ … 227
- ラジオ体操の歌を聞きながら！ … 228
- 今までこんなことはなかったが？ … 229
- 夫婦別室のすすめ！ … 230
- カレーうどんの上手な食べ方 … 231
- 「エッセイ集」に触発され！ … 232
- 主在宅ストレス症候群 … 233
- どうして罵倒されなきゃならないの？ … 234
- 海の上で死ねたら！ … 235
- ついてないときは重なるものだ！ … 236
- 免許証の返還、どうしようか？ … 237
- 秋の味覚、秋刀魚の不思議な魅力 … 238
- 畑にも個性が！ … 239
- おまけの人生 … 240
- 一緒に治しましょう、膝の痛み！ … 241
- 曼珠沙華と死人花 … 242
- これで採算とれるのかしら？ … 243
- 毎度、お騒がせしております！ … 244
- 夜がこんなに長いとは！ … 245
- ジンクスを担ぐ人、担がない人 … 246
- 山頭火のような旅がしたい … 247
- 消えていく銭湯の高い煙突 … 248
- 講義の合間の脱線ばなし … 249
- ボストンからの贈り物 … 250
- 近所の貸本屋さん … 251
- かしこい添乗員さん！ … 252
- ３年生になったら！ … 253
- 10円手相のおじさん … 254
- カンコロ … 255
- いわしのほっかぶりずし … 256
- わが家の長い炬燵の歴史 … 257
- 入れ墨に見惚れる … 258
- 志をもって成人式へ！ … 259
- きめの細かい配慮を？ … 259
- クリーンで副作用のない再生エネルギーを … 260
- 神の見えざる手 … 261
- 羊の群れは？ … 262
- 異物混入で思うこと … 263
- 表現の自由とは？ … 263
- 息子のしょげかえった顔 … 264
- 成果主義の結末 … 265
- 異物混入の影響がこんなところにも … 266
- 野良猫が赤ちゃんを救う … 267
- 書き損じは失敗ではない … 267
- ようじと少年法 … 268
- 運転免許の審査を厳しくするには … 269
- かあさんの夜なべは無償の愛 … 270
- 人質救済に英知を集めよ！ … 271

敵に塩を送れない度量のなさ‥‥‥ 271	むごいことよ！‥‥‥‥‥‥‥‥ 295
年金受給年齢を引き上げるなら‥‥ 272	本当の子にも　振り込む　金はなし‥ 296
弱者優先の道路づくりを‥‥‥‥‥ 273	認知症を予防するには？‥‥‥‥‥ 297
審判の在り方に一石を‥‥‥‥‥‥ 274	命の尊さ‥‥‥‥‥‥‥‥‥‥‥‥ 298
所得格差をなくすには？‥‥‥‥‥ 275	お礼の気持ちを伝えるには？‥‥‥ 298
LED型信号機の落とし穴‥‥‥‥ 275	サンキューランプをつけて下さい‥ 299
Jリーグを目指す子供たちのために‥ 276	首相の頭は法令違反‥‥‥‥‥‥‥ 300
飴玉3個と道徳の「特別の教科」‥ 277	かしこい虫もいる‥‥‥‥‥‥‥‥ 301
NHKのトップはどちらに顔を	ETCレーンのランプ‥‥‥‥‥‥ 302
向けているのか？‥‥‥‥‥‥ 278	ジビエのタヌキ汁‥‥‥‥‥‥‥‥ 302
老いは死より残酷‥‥‥‥‥‥‥‥ 279	子守の悲劇‥‥‥‥‥‥‥‥‥‥‥ 303
パスポート返納の是非‥‥‥‥‥‥ 280	ベースボールの道白し‥‥‥‥‥‥ 304
ねこまんまを食べてみて？‥‥‥‥ 280	冬休み夏休みは何のために？‥‥‥ 305
借金癖のついた日本‥‥‥‥‥‥‥ 281	メスがオスに加担するなんて！‥‥ 306
うなぎの人口ふ化成功の快挙‥‥‥ 282	挨拶しただけで不審者扱い？‥‥‥ 306
2月25日はピンクシャツデー‥‥ 283	チェック対策の見直しを‥‥‥‥‥ 307
ふるさと大学「伊予塾」に出席して‥ 284	春眠暁を覚えとかないと‥‥‥‥‥ 308
衣食足りて礼節を知らず‥‥‥‥‥ 284	副操縦士はなぜ？‥‥‥‥‥‥‥‥ 309
目くそが尊敬する批判を‥‥‥‥‥ 285	ランドセル‥‥‥‥‥‥‥‥‥‥‥ 310
行列のできないトイレを‥‥‥‥‥ 286	空焚きしても意味はない‥‥‥‥‥ 310
非常口は何のために‥‥‥‥‥‥‥ 287	スマホ族に事故を起こさせないために‥ 311
嘘をつくのも仕事のうち‥‥‥‥‥ 288	眠らない日本人‥‥‥‥‥‥‥‥‥ 312
断食にもいろいろある‥‥‥‥‥‥ 289	教育に譴責は必要ないか？‥‥‥‥ 313
神様のようなカーブミラーだが！‥ 290	大学生と高校生の使用価値の違い‥ 314
「セブン・イレブン」松山に上陸‥ 290	紙面上の恩師‥‥‥‥‥‥‥‥‥‥ 314
子どもの声は騒音か？‥‥‥‥‥‥ 291	有料トイレ‥‥‥‥‥‥‥‥‥‥‥ 315
親子喧嘩は犬も食う‥‥‥‥‥‥‥ 292	タガが外れてしまうと‥‥‥‥‥‥ 316
「知らなかった」ことの証明？‥‥ 293	お風呂の入り方‥‥‥‥‥‥‥‥‥ 317
首相の品位・品格とは？‥‥‥‥‥ 294	再稼働を禁じた仮処分の決定について‥ 318
なぜヤギを盗んで食べたのか？‥‥ 294	助けられない悔しさ！‥‥‥‥‥‥ 318

「聖職」か「家庭」か？ ………… 319	カーブミラーの連絡先 ………… 343
記念すべきメール第1号 ……… 320	たった1個のパンとはいえ！ …… 344
残業をする働き蜂 ………………… 321	万引き養成所なら！ …………… 345
なぜ戦争をしたがるのか？ …… 322	どうしてプリンターのインクは高いの？ … 345
食後の一睡万病円 ………………… 322	児童虐待にどう取り組むか？ … 346
結婚の壁？ ………………………… 323	虱の被害急増 …………………… 347
セクハラ問題発言 ……………… 324	万引き犯、この罪の意識の薄さ … 348
セクハラ野次も日常会話の延長か？… 325	重陽の節句と菊の花 …………… 349
ゴミ拾い、称賛の裏側には！ … 326	後世に残る落書きを！ ………… 349
生きた証が湖底へ！ …………… 327	天気予報の整合性は？ ………… 350
足踏みうどん文化も海外へ …… 327	目方で人の価値が測れるか？ … 351
暴走は池袋や御堂筋だけではない！… 328	働き蜂と使い捨ての企業！ …… 352
雨水タンク ………………………… 329	レジュメがあれば!? …………… 353
無駄遣い …………………………… 330	ちゃんぽん振興条例ができたらしいが!?… 354
アンドロイドたあなんぞなもし？… 331	自分が自分であることの証明？ … 354
涙は男の武器ではない！ ……… 332	ここは図書館ではありません … 355
ぬるま湯のカエルどもを海外へ！… 332	牛丼の適正価格とは …………… 356
脱法ハーブの新名称は？ ……… 333	あとがき
絶滅危惧種 ………………………… 334	
洋式と和式の戦い ……………… 335	
愚かな日本人ばかりではない！… 336	
児童の年齢は？ ………………… 337	
県内でも人手不足か？ ………… 337	
ラジオ体操や盆踊りが消えていく！… 338	
どろぼうさん、あなたも汗水 流してみれば！ ……………… 339	
指定廃棄物の最終処分場は？ … 340	
安全な中国食品を！ …………… 341	
PC遠隔操作の怖さ！ …………… 341	
エボラ出血熱の感染拡大防止を！… 342	

正月と日常の境

　正月の変化を痛感する。そろって年をとっているせいかもしれない。毎年のように年末年始には大勢の客がおしかけては泥酔。奇声を発しながら一人二人と千鳥足でのご帰還となる。中には、完全に轟沈しそのまま泊まっていく方たちもあった。翌朝、二日酔いの眠そうな顔で照れ臭そうに履き違えた靴の取り換えに現れる客もいた。三が日はこんなことが日常茶飯であった。

　ところが、近年ではこのような酔客に振り回されることもなくなった。毎晩のように出歩いていた主人も古希を過ぎている。のんびり炬燵のなかで新聞を読み、本やテレビを見ている時間の方が多くなった。年末や年始のカレンダーの予定欄は白紙同然。年賀の客の名前など一人も書かれていない。組織を離れるというのはこういうことかもしれない。が、酒やさかなと接客に追われていたことが懐かしく思い出されるのも事実だ。

　年末には、農家の方からいただいたワラをあざないプチお飾りを作った。お世話になった方達にお配りしたが、今年はお飾りをつけたタクシーや乗用車をみかけることもなかった。正月と日常の境が、少しずつぼやけたものになろうとしている！

夢の燃料電池車普及に期待

　世界で初めて燃料電池車（FCV）を発表したのは、1994年でドイツだった。石油などの化石燃料は使い果たせばなくなるが、この自動車の燃料は自然界に無尽蔵にある水素である。大気中の酸素と反応させて発電し、モーターを動かして走る。走行距離も長く、排出するのは無害の水だけ。まさに環境に優しい究極のエコカーである。しかし、技術面もさることながら、製造コストが１台１億円を超えるとあっては、実用化など夢のまた夢と思っていた。ところが、この水素を一気に身近なものとし、わが国の自動車メーカーが世界に先駆け一般向けFCVの発売にこぎつけた。燃料の水素は３分程度で補給でき、走行距離も約650キロだという！　何よりすごいのは、このメーカーが保有するFCV関連の約5,700件の特許を他のメーカーなどに無償提供すると発表したことである。これを機に関係各社が知恵を絞りだし、一刻も早くこの理想的な再生可能エネルギーが普及するよう期待したい。

ちょっと変わった日記帳

　私の日記帳はちょっと変わっているかもしれない。一つのフォルダーには、１日ごとの出来事を時間単位で記録している。起床時間、天気に温度、朝昼晩に何を食べ、どんな仕事を

したか、そして就寝時間を。二つ目は、畑日記と自称しているもの。メーンにしている農作業全般から、栽培野菜の種類ごとに種まき日や追肥、虫取りから収穫日などを記録。モンシロチョウが飛来し、姿を消したのはいつか、モグラやカラスの被害状況も書いている。三つ目は、読書日記。読んだ本のタイトルや著者名が。四つ目は、新聞や本を読み、またテレビを見ていて感じたことや感銘を受けたことなどをつれずれなるままに書き残した随筆日記。五つ目は、山菜や貝などの採れた場所や採取日などを記録した採れ頃日記。そして最後のフォルダーが旅日記である。最近は、この旅日記のページが増えている。新しく予定の入った旅を生きがいに畑仕事をしているようなもの。

　このように細分化した日記になったのは20年ほど前から。そういえばもうしばらくすればフキノトウやツクシが芽を出し始めるのでは？

トップは議論を軽視するな！

　「吐いた唾は二度と呑み込めない」「絞り出したマヨネーズは、二度とチューブに戻せない」。これはしゅうとめの口癖で、結婚した当時からよく聞かされていた。人さまに話すときは一度頭のなかでかみ砕いてから話をし、何かをするときには慎重に行動をするようにと諭されたものだ。

　本誌で、安倍晋三首相の施政方針演説を読んでいて、首相

にも口癖があるのではと思った。「批判だけを繰り返していても何も生まれない」である。これはテレビの国会討論を聴いていても感じることだが、「従順なる日本の国民よ！　とるにたらない議論などしないで私の言うことに黙って従いなさい」と言いたげである。しかし、私は競い合ってこそ華だと思う！　口角泡を飛ばすような議論を重ね、熾烈を極めた戦いを経て初めて世界に通用する日本製品が生まれている。トップの発言は慎重でなければならないが、議論を軽視するようでは日本をいい方向へ導くことはできないだろう。

医者はもっとアナログ人間に！

　朝目覚めて起き上がると少し頭がフラフラする。些か心配になったので、デジタル式の血圧計で測ってみた。予想もしない高い数字に驚き、総合病院で診てもらうことにした。
　診察券を受付ロボットへ差込むと、整理番号と書類が出てきた。書類を所定の場所へ持って行き、暫く待合室で待っていると、電光掲示板に自分の番号が点灯したので診察室へ。白衣の医師と若い女性の看護師がいたので、二人に頭を下げ、一通りの症状を説明した。医者が、水銀血圧計の布を腕に巻きながら、「薬を呑んでいるかどうか、食事療法をしているか」どうか、などと質問されたので、問われるままに答えた。
　それから医者は黙々とコンピュータに向かってキーを打

ち始めた。傍らの看護師は所在なさそうに突っ立ったまま医者の指先を眺めている。診察室には不思議な沈黙が続いている。ひたすらこちらを振り向いてくれるのを待ちながら、IT化するのも悪くはないが、ロボットが慇懃に「お大事に！」などと言ってくれても、ありがたいとも何とも思えない」などと考えていた。

教員評価　点数化は本末転倒

　和歌山県教育委員会は2015年度から、中学3年生全員に英検3級以上の試験を受けさせるという。また、中高の英語教員にも英語能力テスト「TOEIC」を受験させ、国が求める「730点以上」を中学校教員の50％、高校教員の70％以上に取得させたいとしている。私はこの報道に接して、数年前の事業仕分けを想起した。仕分け人によって選別され、採否が決められていく事業。教員まで点数化され評価される、このようなやり方が、果たしていいのだろうか。
　コーチは必ずしも技術にたけている必要はない。テストで高得点を取る教師が必ずしも立派な教師とは限らないのだ。「教師らしい教師よりも、人間らしい教師になること」が夫の口癖だった。教師の一言が生徒の人生を大きく変えることだって多々ある。
　テストの点数ばかりが独り歩きし、一人一人の生徒に真摯(しんし)に立ち向かっている教師の指導力がないがしろにされるよう

では本末転倒というしかない。評価すべきは教師の人格と指導力であって、点数ではないと思うのだが。

54年前の原稿

　たんすの中から小学校卒業時の答辞の原稿が出てきて驚いた。封筒には「答辞　昭和36年3月25日　卒業生総代　大野満里子」と書いていた。一見しただけで54年の時の流れを感じる。

　黄ばんだ紙に、消えかかった朱色の縦の罫線用紙4枚。これを新築されたばかりの講堂で読み上げたのだ。一気に幼少の里山にタイムスリップしてしまった。まだ幼児教育制度のなかった時代。母に手を引かれながらこわごわ桜満開の校門をくぐった27名の仲間たち。きょうだいのように6年間を過ごした。まだ学校給食もなくミルクだけが配られ、たくあんのにおい臭いをプンプンさせながらストーブで温めたこと。そのアルミのお弁当箱をひっくり返して泣いたこと。小川でドジョウやエビをすくって遊んだこと。雪の降る中をゴム草履で通ったことなどが動画のように浮かんでくる。

　でも、あの講堂も校舎も廃校のために跡形もない。今ではほとんどの先生方も亡くなった。残ったものといえばこの答辞の原稿と、共に老いた仲間達ばかりになった。

長生きの秘訣

　長い間、高校で数学の教師をしていた94歳になる叔父がいる。今でも毎日英語の単語を覚えたり、数式を口ずさんだりしているが、目は全く見えなくなっている。それでも、朝晩きちんと床の上げ下ろしをする。見かねた叔母が、「部屋にベッドを入れましょうか」と言っても、「もう少し、年を取って足腰が弱くなってからにして下さい」と拒否するらしい。自分では、まだ年寄りだとは思っていないようだ。
　そういえば、かつて茶の間のアイドルにだったきんさんぎんさんが、出演料の使い道を尋ねられたとき時、「老後のために大事に貯めておきます」と、至極真面目に応えていたのを思い出した。100歳を過ぎても、老後のために蓄えるとは並みの人間の言えることではない。また、そのきんさんぎんさんが、「長生きの秘訣は」と聞かれ、「よく働くことと、おいしい物をたくさん食べて、よく寝ることですよ」と答えていた。近くに住む叔母も4月で100歳になるが、自分で出来ることは自分でやっている。それが長生きの秘訣かもしれない。あちこちパーツの故障が気に成り始めると、いつまで自分のお守りをできるのか、一抹の不安を拭い去るのは容易なことではない。

こんなしゅうとめに！

　しゅうとめは93歳、足腰も丈夫。時々、「風邪を引いていないか」、「寒いから畑へ出るな」、と無理に持たせた携帯電話で、還暦を過ぎた私どもを心配してくれる。「あべこべじゃないか」と主人は苦笑。何よりすごいのは、今まで一度も他人の悪口雑言を耳にしたことがないこと。そんなしゅうとめが一度だけ私を叱ったことがある。

　運転免許を取り立ての頃、親戚の家へ連れて行って欲しいと言うので、助手席に乗せ、狭い田舎道に入った。前方に初老の女性が歩いていたが、全くよける気配はない。意地悪をされていると思い、クラクションを1回鳴らした。それでも避けてくれないので、立て続けに鳴らした。その時、しゅうとめが、「マリちゃん、これから運転するのはおやめ。大方の人は、車が来たら避けてくれるやろ。どこか耳でもお悪いのと違うのかえ？」と。

　叱ってくれたしゅうとめはすっかり耳が遠くなり、私のようなアホなドライバーにクラクションを鳴らされているのでは・・・　私もこんなしゅうとめになりたと思っている。

狭い車道　譲るのも他生の縁

　車で15分位のところに畑があり、通勤するような気分で出かけている。途中に、わずかな距離とはいえ車1台しか通

れない道幅の区間がある。対向車が先に進入してくれば手前でその車が通り過ぎるのを待つことにしている。

　対向車の運転手が手を上げたり、頭を下げたりしてくれると、こちらも手を上げるなりして返礼をしている。そんな時は、清々しい気持ちになる。

　また、当然相手が手を上げてくれるものとばかり、こちらが先に手を上げることもある。そんな時に、視線をそらしたり、素知らぬ顔で通り過ぎたりするとバツの悪いことはこの上ない。拍子抜けして上げた手をおずおず下ろしながら、1日を台無しにされたような気分になる。

　何をしても、してもらっても「ありがとう」という気持ちがなければ、お互い穏やかな気持ちになれるものではない。

　袖振り合うも他生の縁だ。車を「擦り合う」のは良くないが、せめて「だんだん」と言うくらいの気持ちは持ちたいものだ。

公約吟味して1票投じたい！

　愛媛県議選が告示され、投票用紙も手元に届いた。耕していたくわをつえ代わりに一息入れていると、風に乗って選挙カーから候補者の名を連呼する声が聞こえてきた。しばらくするとまた別の車が名前を繰り返しながら通り過ぎていく。名前だけをインプットされても、1票を投ずる物差しにはならないと思うのだが。

県内にも大きな問題が山積みされている。しかし、どんな難局も乗り越えられないものはない。大事なことは皆に事実を伝えることだ。立候補者のメッセージをネットでのぞくと、議員歳費を削減、地域産業の振興や雇用の創出、福祉や医療、教育、子育て支援の充実など。どれもやって欲しいものばかりだ。
　ただ、言うは易く行うは難し。テレビの画像に大写しされ号泣していた元兵庫県議やセクハラ発言などで問題になった不謹慎な議員もいる。元をただせばすべての責任は選んだ自分たち。候補者が掲げる公約を一つ一つじっくり吟味し、1票を投じなければ。

主人はまだ生きとるぞな！

　知人から「ご主人いつ亡くなられたん？」と真顔で尋ねられ、ビックリ仰天してしまった。しかし落ち着いて話を聞いてみると、10年近く前に建てた私たちの墓の前で、老女が花を供え、両手を合せていたとのこと。まだ墓には誰も入っておらず、主人もピンピンしている。この女性の素性は分からずじまいだが、フウテンの寅さんのように、誰かの墓と間違えたのかもしれない。
　そういえば、前にも一度墓参りをしていた時に、叔父が、「ついでに拝んでおいてやろか！」と言ったので、慌てて止めたことがあった。主人や子供たちばかりでなく、私自身もそ

の叔父には大事にしてもらったが、亡くなっており、懐かしい思い出ばかりが脳裏に焼き付いている。

　主人にこの一件を話すと、「ありがたいことよ！　生き仏のように拝んでもらえる人など、めったにおらんぞな！　ついでに、故人は花よりお酒の方が好きでしたと看板でも出しといてくれんかな！」と笑いこけていた。

　義父の墓参りついでに、自分たちの墓の様子を見てきたが、施主名の赤色が完全に消えてしまっていた。

若者の小さな心遣い

　ブロック塀の上に並べたプランターに水をやっていると、しんどそうにペダルを踏みながら、通り過ぎて行く若者を何度か見たことがある。深夜の仕事を終えての帰り道であろうか、小柄な彼の頭には和手拭が巻かれていた。いつの間にかこの疲れ切った姿をみることもなく、存在すら忘れかけようとしていた。

　ところが数日前から、同じような和手拭を頭に捲き、中古の単車を押しながら、通り過ぎて行く彼の姿を見かけるようになった。元気そうな姿に安心はしたものの、早朝からのパンクが気の毒に思えてならなかった。翌日も、またその翌日も単車を押しながら通り過ぎていった。こんなに再々パンクするはずはなかろうと、不思議に思いながら彼の後姿を見送っていて目頭が熱くなった。重そうに単車を押していたの

は、パンクのせいではなかった。大きな道路へ出た途端エンジンをかけ、彼は家路へ向かっていたのだ。

　迷惑を顧みず、耳をつんざくようなエンジン音を響かせる若者だけではない。住宅街の小さな道。まだ床についている住民への配慮であろうか。わざわざエンジンを切って押している。彼の小さな心遣いがにくいほどいとおしく思えた。

人生は無駄の積み重ねかも？

　老後のためにとっておいたものがある。たっぷり暇ができたら読破しようと溜めこんだ本がその一つ。若いころは、小さな活字も苦にならなかった。ところが今やルーペやメガネなしでは字が読めない。読み始めはするもののすぐに目がかすむ。活字から目を離したり遠くを眺めたりの繰り返し。こんなことなら読める時に読んでおけばよかったと思うが、今更悔やんでも後の祭りというもの。

　溜めこんだ本もさることながら、老後のためにとテレビのみたい番組を録画してVHSに編集したのも沢山ある。齢をとればたっぷり時間もあるだろうと名画などを片っ端からダビングしていた。2階の物置の書架には、きちんとタイトルの貼られたVHSテープが並べられているが、これらのテープをまだ一度も観たことがない。録画したものには、コマーシャルをカットするなど手間暇かけて編集したものもある。しかし、見ようと思っていた「ローマの休日」などの名画は

繰り返し再放送されている。

　ずいぶん無駄なことをしてきたものだと思うが、人生とはこのような無駄の積み重ねかも知れない。

老前整理完敗！

　いとこが結婚式の記念写真などを持ち出し焼くという。彼も老前整理を始めたのか？　こんな写真を置いていても子供たちには、何の意味もないだろうとのこと。一緒に見ていたら、若いころの両親や幼いころの自分が映った写真もあった。焼かれることに不思議な抵抗を感じ、数枚の写真をもらうことにした。

　いとこに倣い、元気なうちに要らないものを整理しようと、アルバムの並んだ書架の前に椅子を置いた。子供たちのアルバムは、結婚を機会にそれぞれ持たせたので一冊もない。それでも書架には30冊位の分厚いアルバムが並んでいる。大半は主人の海外出張の時のものであり、自分のものは数冊しかない。

　小学校、中学校などの卒業アルバムを取り出した。懐かしい先生方や友達の顔が並んでいる。自分とも思えない自分の顔を見て、一人笑っていた。高校や短大時代のアルバムには、忘れかけていた人たちや、北海道旅行などの写真がぎっしり貼り付けられている。こんな大切で宝のような想い出を捨てることなどできる筈はない。老前整理は完敗だ。

母の日と豆ごはん

　学生時代は叔母の家に下宿していた。遊びに来ていた友達の一人が、自分の家にも泊まりにくるようさそってくれた。彼女は大学へ通っていた兄の友達の妹でもある。兄妹どうし友達づきあいをしており、叔母夫婦も顔見知り。相手の家のこともよく知っていた。外泊するなどもっての外と、今まで一度も許可をもらえなかったが、拍子抜けするくらいあっさり許可が出た。

　丁度、今頃の季節。友達の住まいの南側に広い畑があって、整然と並んだ畝のブンドウ豆には沢山の実がなっていた。お母さんが豆ごはんをご馳走してくれるとのこと。ひとさやひとさや丁寧に収穫し、みずみずしい緑色をした豆をプチプチとかごにはじき出す手伝いをした。その日、夕食でご馳走になった豆ごはんの美味しかったこと！　生涯忘れることのできない味となった。

　授業があったので翌朝には帰らなければならなかった。お母さんが、玄関をでようとした私と友達にお弁当箱を渡してくれた。教室で開いたその中にも豆ごはんが入っていた。おかしなことに、あの時豆ごはんを作ってくれたお母さんが、今は私の義理の母。11日は母の日だ。こんどは私が美味しい豆ごはんを作って持って行こうと！

オスプレイ購入　慎重さ必要

　畑でトウモロコシの苗を定植していたら頭上で聞きなれない爆音が近づいてきた。石鎚方面から松山空港方面へと飛行する1機のオスプレイのようだった。防衛省が、2018年度までの中期防衛力整備計画でオスプレイ17機の調達を計画しているとの報道を耳にした直後の目撃。複雑な気持ちで姿が見えなくなるまで眺めていた。

　オスプレイは開発段階から重大事故をたびたび起こしており、これまでに多くの死者が出ている。それなのに、いまだに事故原因が解明されていないともいう。そんなヘリコプターか飛行機か分からないような危険なものに、3600億円もの税金が投入されようとしている。国の借金が1千兆円を超す厳しい財政下、日本政府はもっと慎重に購入の是非を見当する必要があるのではないか。ちなみに、オスプレイとはタカ科の猛禽類（もうきん）「ミサゴ」の英名だ。ミサゴは日本では準絶滅危惧種に指定されているのだが。

告別式のあいさつ

　「『死に支度いたせいたせと桜かな』これは一茶が詠んだものでありますが、私も、ご参列くださいました皆様へご挨拶をしたためております。皆さま、本当に長きに渡ってありがとうございました。どのように感謝の気持ちをお伝えすれば

いいのか、誠にもって適当な言葉がみつかりません。振り返れば・・・・」これは告別式のあいさつの書き出し。「亡くなった時にこの原稿を読んでくれ」と主人から渡された。主人は普段からいささか変わったことをするのは承知していたが、まさかここまでするとは予想もしていなかった。

「せめて準備させた杯を快く受けてください。大いに杯を重ねられ、爆笑団らんしていただければ、望外の喜びに思います。お先にあの世へ単身赴任をさせていただきますが、決して後を追うようなまねだけはしないでください。本当にありがとうございました」と結んであった。

原稿用紙3枚を読み終えたとき、「馬鹿なことをして！」と思ったが、冷静になってみると、自分の気持ちを正直に伝えられていいかもと。私も今から書いておこうかな！

世界遺産観光客対策に課題

群馬県の富岡製糸場を昨年9月、訪ねた。この時は台風の影響もあったのか観光客はまばらで、駐車場に大型バスなど1台もなかった。ところが世界遺産に登録される見込みとの報道がなされるや訪問者が増え続け、少ない駐車場や公衆トイレが問題になった。今回正式に世界遺産に登録されたことで、整備がいっそう問われることになるかもしれない。

11月には、旅の仲間と一緒に羽衣伝説の残る静岡県の三保の松原へバス旅行した。ここはユネスコの世界文化遺産

「富士山―信仰の対象と芸術の源泉」の構成資産に登録されたが、松枯れの問題が起こっていた。聞くところによると、大型観光バスの重みで松の根が痛んでいることも原因の一つらしい。行政も新しい駐車場を設置するなど対策を講じているようだが、タイトスケジュールのため元の駐車場を利用するバスが後を絶たないという。ここまで観光客が増えることなど想定外だったのだろうか？

トイレ掃除

　トイレを掃除するとべっぴんさんになれると祖母が言った。だから毎日ピカピカに磨いた―。こんな内容の歌がはやったことがある。しつけのためとはいえ、祖母も口うるさいほど、トイレをきれいにするよう幼少の私に強いた。でもどんなにトイレをきれいにしてもべっぴんにはなれなかった。

　しゅうとめのお守りのためにホームステイし、こんろを磨いたり、冷蔵庫の汚れを落としたりして時間をつぶした。トイレの汚れが気になり、掃除道具を準備してゴシゴシ便器を磨いていた。デイサービスから戻ってきたしゅうとめが、「マリちゃん、何しょるんぞな？」とトイレをのぞきこんだ。しゅうとめは、日に日に台所や部屋がきれいになっていることに気づいていた。「あんたは、いつもひとが嫌がるような仕事を黙ってしよるね！」と言ってくれた。別に褒められるために

したわけではないが、これほどよろこんでもらえるとは思ってもいなかった。口うるさかった祖母の説教、べっぴんにこそなれなかったが、今は本当にありがたく思っている。

ウナギが食卓から消える日も

　土用の丑の日が近づいた。暑い夏を乗り切るには、精のつく鰻が一番。こんな食習慣の由来には諸説あるが、平賀源内さんが発案したというのが１番の有力説。商売がうまくいかないウナギ屋が、源内先生に相談。「本日丑の日」と書いて店先に貼るよう勧めたとか。すると店は大繁盛。これがたちまちのうちに広まったという。

　ところが、最近では鰻専門店が次々とつぶれている。知り合いのウナギさんも店を閉じてしまった。シラスウナギの不漁続き、中国産ウナギの輸入急増、価格はうなぎ昇りときては当然かもしれない。そこへ、「国際自然保護連合がニホンウナギを絶滅危惧種に加えた」という報道が追い打ちをかける。乱獲や環境汚染が主な原因らしい。鯨と同じように、ウナギもそのうち私たちの食卓からは消えていくかもしれない。まてよ、源内先生なら、「土用の丑の日のアナゴ」などと代用品を考案するかも！？

墓参り

　お中元に頂戴した讃岐うどんを見て、急にお墓参りがしたくなった。両親もうどんが大好きで、嫁いだ後も実家を訪ねると必ず「たらいうどん」で迎えてくれた。納屋のかまどで煙にまかれながら、何時間もしいたけや大豆、煮干しなどでうどんのだしをとっていた父。「今までで一番うまいのができとろが！」とよく母に味見をさせていた。その両親もこの世にはいない。

　道端の所々に栗の実が重なるように落ちている。どのイガグリ坊主も青みがかっており、その1つを踏んでみた。スポンジのような感触だった。里にはもう秋が近づいていることを実感した。

　ぬかるんだ坂を上り、線香に火をつけようとしたが、どのマッチも湿っていて用をなさない。煙のない線香に向かってお祈りをしていると、ふもとの家の方から一斉に歓声が響いた。後で知ったが、小松高校が逆転をした瞬間だった。夫も私も、スポーツにはあまり興味を持たないが、高校野球は特別だ。仏壇へのお供え物もそちのけで、帰省していたおいやめいの家族と一緒になって、小松高校を応援した。残念ながら敗れはしたものの、野球好きの父に最高のもてなしをしてくれたように思えた。

愛情たっぷり野菜

　埼玉の兄から、米ロサンゼルスへ出かけていた兄嫁が帰ってきたとの電話があった。兄嫁は、娘の出産のため2か月近く留守にしていたのだ。今まで厨房(ちゅうぼう)に入ることなどなかった兄も、食材の買い出しやら食事の準備など、全て自分でしなければならなかったようだ。ついでに「おいしい野菜を送って欲しい」と催促された。

　早朝より畑へ出かけ、キュウリ、ナス、ゴボウ、マクワウリ、インゲン、オクラ、ニラなどを収穫。空箱は、近くのスーパーで頂戴し、テラスで箱詰めを始めた。暑さのため、汗がダラダラ湯水のように噴出していた。

　「お孫さんの無事な出産、おめでとうございます。本当に長い間お疲れさまでした。おいしいかどうかは分かりませんが、愛情だけはたっぷり入った野菜ばかりです。虫は、この手で一匹ずつ捕殺しております。完全無農薬ですので、そのまま生でかじっても大丈夫！　安心して召し上がってください。万一、虫が出てきても、珍味の虫くらいに思って無視し、寛容に願います！」。

　走り書きのメモを入れ、宅配センターへ。明日の夕刻までには届くようだ！

外車と介護専用車

　友達がやって来て、「新車を買ったから見てくれ」と言う。介護専用車だった。思わず「どしたん？　介護用の車なんか」と口走ってしまった。共働きをしていた彼女も昨年退職。子宝に恵まれず、ご主人と２人で第二の人生を楽しんでいる。
　軽自動車だが、リモコン操作で助手席が90度回転しスロープからゆっくり降りてきた。「試しに乗ってみる？」と言うので、甘えて乗せてもらった。「ご主人、具合でも悪くなったの？」と尋ねると、「元気でピンピンしているよ」とのこと。そのご主人は退職したら外車を買って、日本中をドライブ旅行するのが夢だったとか。販売店をあちこち回り、カタログを集めては楽しんでいたようだ。古希を迎えた今も夢をかなえていないが、車に故障が出始めたのを機に、あらためて外車のカタログを集めながら買い換えを考えていたらしい。でも、「そのうち自分たちの体にもガタが出始めるだろうから」との判断で、最終的には介護専用車を買うことに落ち着いたという。外車と介護専用車の大きなギャップにあぜんとしたが、「車椅子の生活になれば、こんな車で病院や施設へ連れて行ってもらわなければならないのか？」と試乗しながらうら悲しい気持になった。

夫の穏やかな叱り方に感心

　女子中学生が楽しそうにおしゃべりをしながら道幅いっぱいに並んで下校していた。夫はじっと彼女たちの気が付くのを待っていた。1人が右端によけてくれた。でも残りの3人は自分の道とばかり、平然とおしゃべりを続けている。夫がクラクションを鳴らすかなと思ったが鳴らさない。彼女たちの歩行速度に合わせて運転している。気の長い私も、彼女たちに、「クラクションを鳴らしてやれば！」と言った。

　道幅が広くなったところで車を脇に止め、運転席から降りた夫が穏やかに彼女たちに話しかけた。「君たちはいつもどっちの手でお箸を持っているの？」。けげんな顔をしながらもみんな右手を上げた。「君たちは右と左の区別はつくんだね？　じゃ、道路交通法も知っているよね？」。

　生徒達が素直に「すみませんでした」と謝っていた。それにしても、気の短い夫が、どうして叱らなかったか尋ねてみた。「耳の悪い子がいたかもしれないじゃないか」？　叱り方にもいろいろあるものだ。

東京オリンピックと熟柿

　塾した柿を見て思い出すことがある。高校1年生の時に東京オリンピックが開催された。愛媛県から高知県へ聖火が運ばれることになり、兄の友人がランナーに選ばれた。応援と

見学を兼ね久万高原町の二名まで行った。

　高校3年だった兄がタヌキやキツネが出そうな山道を単車で連れて行ってくれた。行事も無事終わり、さあ帰ろうと思ったら兄の姿がどこにもない。置いてけぼりにされたのである。歩けば2時間以上もかかる道を帰らなければならない。途方にくれていたら、同じように置いてけぼりにされた友人がいた。仕方なくトボトボ歩き始めた。芥川龍之介の「トロッコ」が頭をよぎった。日は落ち、暮れなずんでいく不気味な景色の中を、ただ線路を頼りに家路についた主人公の心持になった。違うのは1人ではなく仲間がいたこと。足も痛くなり、おなかの虫もグウグウ鳴き始めたその時だ。真っ赤に熟した柿が斜面からたわわに垂れ下がっていた。神様からの贈り物、2人の手が同時に柿をつかんでいた。歩きながら食べたあの時の熟柿の味は、今でも忘れることはない。

レシピの浮気性

　あまり褒められたものじゃないが、ついつい買物をしている他人様のショッピングカートの中身を見てしまう癖がある。長ネギ、牛ロースの薄切り、焼き豆腐などが見えている。春菊や白菜なども入っているのでは？　この娘さん宅の今夜のおかずは「すき焼き」だ！　こんなに沢山の分量、お客様でも招待しているのかしら？　そんな想像をしながら、「すき焼も長いこと食べていないな！　うちでもそれにしてみよ

うかな」などと迷い始める。

　少し腰の曲がったおばあちゃんが、野菜コーナーでサトイモの袋を手にとっては戻し、また手に取って思案している。しばらく悩んでいる様子だったが、厚揚げやゴボウ、モヤシなどをカートにいれてから、戻ってサトイモを手に取った。このおばあちゃん宅は、「いもたき」をするつもりなのだ。「いもたきもいいかな」とまた悩む。

　こんな調子で他人様のショッピングカートを眺めていると、最初に考えていたレシピはどこへ行ったやら。「おでん」が、「すきやき」になったり「いもたき」になったりと。レシピの浮気性には困ったものだ！

カップめん回収　複雑な思い

　インスタントのカップ焼きそばにゴキブリが混入したために、製造元の食品会社は自主回収のうえ、全商品の生産と販売の休止を発表した。この種の問題が起こるたびに、このような措置が取られ、当然のように報道されている。が、食べ物もろくにない戦後にひもじい思いをした私は複雑な気持ちになる。果たしてそこまでする必要があるのだろうか。従業員の給料はどうなるのだろうか？

　農薬を使わず、手間暇かけて手で１匹づつ虫を駆除して、直販所にキャベツを持ちこむ。しばらくすると「『アオムシが入っている』とお客さんから苦情が出ている」と担当者から

電話がかかってくる。「虫がいるのは農薬を使っていない証拠。安心して召し上がってくれるように伝えてください」と言ってもお客さんは聞き入れてくれないらしい。たとえ農薬を使っていても、虫のいない野菜を好むというのだ。消費者は勝手なものだと思うが、これが現実なのである。

再生エネ普及　納得いく案を

　先月の始め、九州１泊のバス旅行へ出かけた。佐賀県に入った辺りから車窓の景色がどこか愛媛と大きく違うことに気が付いた。多くの住宅の屋根が太陽電池モジュールでキラキラ輝いている。「佐賀県は住宅用太陽光発電の普及率が日本一だよ」と主人が言ったので納得した。私は以前から、このようなクリーンで再生可能なエネルギーがもっと全国的に普及すればいいのに、などと考えていた。

　ところが、2012年7月から施行された再生可能エネルギーの固定価格買い取制度が、わずか2年余りで行き詰まりをみせている。この制度は、再生エネルギーによって得た電力を一定の期間、一定の価格で電力会社が買い取ることを義務付けたもの。東京電力福島第1原発事故をきっかけに生まれたとはいえ、スタート時点から何かと無理があったことは聞いている。が、何はともあれ、原発再稼働ありきの政府の弥縫策（びほう）などと言われないよう、新規事業者やこの制度を頼りに設置した方達に十分納得のいく案を出していただきたい。

正月料理の一人勝ち

　黒色は魔除けがあるとか。この一年、家族みんながまめに暮らせますようにと願いながら畑で採れた黒豆を煮る。余剰のイワシの処理などと思ったことは一度もない。立派な野菜が育ちますようにと香川の知人から贈っていただいた乾燥イワシを炒って田作りをこしらえる。お歳暮に頂戴した紅白のかまぼこを体裁よく切って重箱に詰める。こうして愛情の詰まったおせち料理が、二日がかりで完成した。

　元旦早々、訪ねてくれた年賀の客にこのおせち料理でもてなしたが、一人も手をつけてくれない。主人が一人勝ちしたように、自分で打った年明けうどんを食べてくれたとはしゃいでいる。正月明けて２日目。全員揃った息子たち家族に食べさそうとおせち料理をだした。一人も箸をつけてくれるものはなかった。無理に食べさそうとした孫が言った。「マリンコばあちゃん！　このまま飾っとこうよ！」と。美味しそうに食べていたのは、これまたレシピを片手に作った主人のローストビーフだけ。見事に完敗したが、この残ったおせち料理は、いつまでかかろうが夫に食べさせてやるから・・！

カビがつかんうちに鏡餅を

　「カビがつかんうちに鏡餅を食べとこうとおもうけど、マリちゃん、ぜんざいでもするかな？」としゅうとめが言った

とたん、思わず吹き出しそうになった。林家木久扇の噺を思い出したのだ。「師匠、どうして冬でもお餅にカビがはえるんでしょかねぇ？」「早く喰わねぇ〜からだ。おめぇは、こんなこともわからねぇのか？」とのやりとり。しゅうとめがこの噺を知っていたかどうかは分からない。

　1月11日が鏡開きのようだが、そのうちこのような風習もなくなり、カビの心配をすることもなくなるだろう。戦後の食糧難。どこでもち米を工面してきたのだろう？　年末には、あちこちの庭先でかまどや臼、杵などの準備で騒々しくなる。やがてペッタンペッタン杵を振り下ろす心地よい音が耳に響き、新年を実感したものだ。

　今では、この近辺どこを探してもこのような光景にお目にかかれない。第1、わが家もゴロゴロガタガタ回転している電動餅つき機。一抹の寂しさを感じながら、「情緒もなにもあったものじゃない」などと1人口走っている・・・。

　餅を割り　少し早めの　おぜんざい！

七草がゆ

　この時期になると、意味も分からぬまま母から覚えさせられた春の七種がある。「セリ、ナズナ、スズナ、スズシロ、ホトケノザ、ゴギョウ、ハコベラ、これらを春の七草という。セリ、ナズナ、スズナ・・・・ハコベラ、これらを春の七草という」。まるで般若心経を唱えるような調子で繰り返し巻き返し大

きな声で言わされたものだ。そのおかげかどうか分からないが、この年になってもスズナ、スズシロなどとすらすら七草が口をついてでてくる。とはいえ、スズナがカブ、スズシロが大根と知ったのは、随分と後になってからのこと。

　ましてやこれらの食材が、おせち料理で疲れた胃腸を整え、便秘や利尿、コレステロールを下げる効果があることなど全く知らなかった。ただ、母親からは、「今日食べれば今年一年無病息災、みんな元気に過ごせるから」と言われながら茶碗に盛られていたに過ぎなかった。

　そんな七草の詰合せパックが山のように野菜コーナーに並んでいた。この時間でこれだけ残っているのは、七草がゆの食文化を知らないのか、それとも健康などには無関心かなどと！

数年前のことではあるが

　今朝の「地軸」を読んで思い出したことがある。こちらは20数年前のことではない。5年前にラーメン屋さんでスープを啜っていたら、カチンと歯に当たるものがあった。口の中からホッチキスの玉が出てきたのだ。一瞬、驚いたが、むしろ、ホッチキスの玉がどのようにして丼に紛れ込んだのか、その方が不思議でならなかった。万一、この針を呑みこんだとしても、繊維が胃や腸を傷つけないように綺麗に包んでお尻から出してくれるだろうと確信していた。うっかりメガネ

を飲み込んだ話を、團伊玖磨が「パイプの煙」に書いていたのを思い出したからだ。

　夫の教え子がアルバイトをしていた関係もあって、ホッチキスの針をそっと箸袋に入れ、「このようなものが丼に入っておりました。以後お気をつけあそばせ」と表書きして、代金と一緒に差し出した。

　車を出そうとしたその時、お店の責任者の方が慌てたように走って来られ、何度も何度も丁寧に侘びを入れられた。かえって恐縮してしまったが、真摯な心で接すれば互いの意は通ずるもの。今でもこのお店にはよく足を運んでいる。

賀状の整理をしながら

　私の名前で頂く賀状は友達や親戚からのごくわずか。大きな輪ゴムで束ねられた賀状のほとんどは夫宛てのものである。夫が古希を迎えた時、年金生活と老いの仕度を理由に年賀欠礼状を出していた。少しずつ減ってはきているが、それでも200枚近くの賀状が届けられた。

　ぼんやりした正月も終わり、普段の生活に戻ったところで50音順に整理でもしておこうと炬燵に入った。すべてが手書きの賀状は1枚もない。宛名までがワープロで印刷されているが、それでも1枚1枚手に取って添え書きなどを丁寧に読む。幼いお子様を囲んだ家族写真などを眺めていると、自分も齢を重ねた実感が湧いてくる。「年々歳々人同じからず」

か？
　配列を終えたところで、ふと毎年届いていた方達からの年賀がないことに気が付いた。頭の中で安否を気遣っていると、喪中ハガキの届いていたことを忘れていた。お爺様やお婆様が永眠された夫の教え子たちからのもの。お父様やお母様が亡くなられた友達や知人からのもの。年賀状の数は毎年少しずつ減ってきているが、喪中のハガキばかりは増えている！

今年の賀状で変わったこと

　今年の年賀状で変わったことが二つある。添書きの内容と新規の賀状や喪中はがきの増えたこと。
　友達の強い勧めで愛媛新聞へ投稿を始めたのが去年の２月。掲載していただいた「へんろ道」や「てががみ」の拙文を読んでくれた友達や知人から、「昨年は愛媛新聞で沢山拝読しましたよ。本年も楽しみにしとるけんね」などの添書きを頂戴したことだ。中には年賀状の遣り取りをしていなかった学生時代の友達からも、「マリちゃんの様子が手に取るように分かります」と書かれた賀状も頂戴した。こんなに大勢の方達が、読んでくれていることに驚くやら嬉しいやら。掲載されようがされまいが、これを機会にこれからも頑張ろうと奮起することしきり！
　もう一つは、喪中のはがきが増えたことだ。今年は二桁の

枚数で届いている。しかも祖父や祖母が亡くなったためではない。お父様やお母様が永眠されたとある。私の両親も8年前に亡くなっており、喪中はがきを出した経験者。まだ長生きされただけでもよかったかなどと思ったり。このはがきにはいつまでも悲しみと寂しさがつきまとう！

学芸会のセリフ

　うどんは大好き。好きが高じて日本うどん学会の会員にまでなった。というかこちらは夫に無理やり会員にさせられたというべきかも・・！　その学会の役員が、テレビのドラマに出演しているというので観てみた。

　菜っ葉服を着て、初老の客のうどんを食べ終わった後ろ姿。「ごちそうさま」と云いながら代金をテーブルにおく。これが最初のシーンだった。二度目も後ろ姿でうどんを食べているシーン。セリフはない。プロの俳優ではない。こんなものだろうと思っていた。三度目は、暖簾のかかっていないうどん屋の入口。「どしたん、休み？」とセリフが一言。四度目は閉店したうどん店の前。腕組みをしながら「重松ほんまに高松に移るんやの　わしな、おやじさんの代から通よとったんや。残念やのお」。ぎこちなかったが長めのセリフ。最後はエレベータの前。セルフはなかったが相変わらずの菜っ葉服。セメント会社の社長役で登場した「さぬきうどん融資課」。素人くささがかえって胸を熱くした。

一生懸命覚えたセリフを本番でとちってしまった、小学校の学芸会を思い出していた！

ガラホそれともガラケー？

　携帯電話に友達からかかってきた。でも相手のはなし声が全く聞こえない。再度こちらから電話を掛け直してみたがやはり駄目。主人の携帯で試してみても、自分の声も相手に届かず、相手の声も全く聞こえない。故障かもしれないと近くのお店に持って行った。二人の携帯電話のスピーカーが同時に故障していた。

　この携帯電話は10年近くも前に、家族割引が有利との勧めで夫としゅうとめの分も含め3台を同時に買ったもの。とっくに耐用年数は過ぎており、同時に故障してもおかしくないと思った。

　新しいものに変えた方がお得だと言われたので、その気になった。「ガラホにしますか、それともガラケーに‥？」と尋ねられたので面喰ってしまった。ガラホもガラケーも初めて耳にする宇宙語！「今まで使っておられた折りたたみ式のガラケーに近い」などと詳しく説明しなおしてくれたが、よけいに分からなくなってしまった。

　家に戻って調べてみた。「ガラケーとは、日本独自の市場で進化した携帯電話、ガラパゴス携帯の略称」とある。進化していないのは自分だけかも知れない。

強い男の裏には賢い女性が！

　相撲を含めスポーツのことはよく分からないが、「巨人、大鵬、卵焼き」くらいは知っていた。その「昭和の大横綱」と呼ばれた大鵬の記録を打ち破り、史上最多となる33回目の幕内優勝をなしとげたのが白鳳。

　モンゴルから7人の若者が来日したのは、15年前の2000年とか。他の仲間たちが次々とスカウトされていくなか、小柄な白鳳には誰一人として目にも留めず、入門先の部屋は最後まで決まらなかった。日本語の喋れなかった彼は、"I don't want go back…！（モンゴルへ帰りたくない）と泣きながら言ったという。人生は福袋のようなもの。開けてみるまで中味は分からない。飛行機のチケットを手にした失意の帰国前日、一人の親方の手が差し出された。もしこの宮城野部屋に救われていなければ、今回の偉業もなかったであろう。

　たまたまそんな優勝インタビューに耳を傾けていた。「バカかと言われるかもしれませんが、強い男の裏には賢い女性がいると‥そんな意味で賢い奥さんに感謝したいです」と、照れ臭そうに応えていた。館内からどよめきと大きな拍手がわき起こっていた！

ケッタイな夢

　ケッタイな夢だった。アメリカの友人が高級レストランへ案内してくれた。高層ビルの最上階へはエレベーターも階段もない。ロッククライミングでもしているような恰好で二人が登っている。やっとのことで辿り着いたが、他に客は誰もいない。開店しているのか閉店しているのかもわからないような薄暗い部屋。少し奥まったところにぼんやりした裸電球がぶら下がっており、一人のシェフがけだるそうに何やら拵えている。窓側に席をとり、分厚いアラカルトを開けてみたが、何を書いているのか皆目見当がつかない。お腹はグウグウ鳴っている。「何でもいいから作ってよ～」と日本語で大声を出していた。すると、向こうの方から大きなお皿がテーブルの上を滑るように飛んできて、私のシャツをグシャグシャに汚してしまった。胸元にへばりついたスパゲティを素手で1本ずつ口元へ運んでいて目が覚めた。
　そういえば、昨日の夕食はマカロニナポリタン。いつまでたっても子供のように口元を真っ赤にしていた。それにしてもどうしてそこへジョンソン大統領が登場したのだろうか！？

春はもうすぐそこ

　3年前になるだろうか？　九州旅行の帰路、臼杵の野上弥

生子文学記念館を訪ねた後、吉丸一昌記念館へ立寄った。「春は名のみの風の寒さや　谷の鶯歌は思えど・・・」。そこで買っていたこの早春賦のカセットをテープデッキに入れ、心地よい旋律に耳を澄ました。

　たしかに畑の水タンクにはまだ薄氷が張り、あちこちで霜柱がキラキラ光っている。風の寒さを肌に感じはするがもう2月。如月ともいうが、梅見月とか木目月などの別名もある。旧暦2月は新暦では3月ごろに当たり、梅の花が咲く時期となる。3日は節分、4日が立春と気分だけは一気に春になる。

　今、畑で収穫できる野菜といえば、白菜、ほうれん草、大根くらい。どれも鍋には恰好の主役ばかりであるが、どうも冬の食材のイメージしかない。ところが、スーパーの野菜コーナーには、早々とパックに詰められたタラの芽が並び始めた。今月末辺りから蕗の薹なども採取できるようになるだろう。自分で採った山菜を丁寧に下ごしらえし、天麩羅にして頬張る。舌の上にちょっぴり苦味の残る春を楽しめるのももうすぐだろう！

麦踏も変わった

　明けても暮れても棒の入ったごはんがお膳の上に！　戦後の食糧難を救ってくれた麦ではあるが、食卓にはすっかり姿を消してしまっている。たまに炊くことはあっても、健康のためという理由から。パンにミルクといった食の西洋化が

浸透してしまった昨今、かたくなにご飯に味噌汁の定番メニューを守っている。

この季節になるとよく麦踏をさせられたものだ。何故こんなことをしなければならないのか理解できないまま麦の頭を踏んづけていた。麦を踏み、ストレスを与えると根張りがよくなることを知ったのは、ずっと後になってのこと。今では家族総出で列をなし、麦踏をする光景なども見当たらない。農業も随分と変わってしまった。農業従事者も高齢化し、流行語にもなった三ちゃん農業から、飼い犬を連れたばあちゃん一人のワンちゃん農業へ。

補聴器をつけたおじいさんが麦踏専用のローダーに乗り、ブンブン機械音を響かせながら出揃った麦を踏みつけている。見ていると結構面白そう。代わりにさせてもらおうと大きな声を張り上げた。ニッコリ笑ってくれたが素知らぬままで！

雨水と啓蟄とモンシロチョウ

雨水をアマミズやアメミズと読めば季語にはならない。これがウスイになると初春。氷が溶けて水となり、降る雪が雨に変わる。山に積もった雪がゆっくりと溶けだし田畑を潤していく。草木の芽生えが始まり農耕の備えを始める目安になっている。

大地が暖まり、土の中でじっと身を潜めながら冬眠してい

た虫たちが、春の訪れを感じ這い出してくる啓蟄。立春後15日、新暦では2月18、19日にあたるようだ。

　野菜にはそれぞれ植え時や蒔き時というものがある。適温に達しない寒い時期に播種をしてしまい失敗をしたこともある。でも、すでに先人たちは失敗の積み重ねから雨水や啓蟄という季語を残してくれた。本当にありがたいことである。

　畑日記を眺めていると、今月末にモンシロチョウの初飛来と記録してあった。「ちょうちょ　ちょうちょ　菜の葉にとまれ」と歌われてきた童謡の主人公には何の罪もないが、キャベツやブロッコリーを栽培している者にとっては厄介者！　子孫を残すという必然的な行為ではあろうが、また、青虫との戦が始まると思うと些か憂鬱にもなる春となる。

煮込みうどんと鍋焼きうどんの違い？

　原稿の校正を頼まれた夫が、下請けの私に仕事を回してくれた。「名古屋のうどん対決」と題したシンポジュームを録音し、テープ起こしをした字数約24,000字。400字詰めの原稿用紙に換算すると60枚にもなる大仕事だが、手数料はロハ。しかし、読み始めてみると面白くなって、校正どころじゃなくなった。

　いきなり私の大好きな鍋焼きうどんのことが書かれているではないか？　「皆様、鍋焼きうどんと煮込みうどんの違いは分かりますか？　私、うどん教室をやっていますが、どこ

の教室へ行っても手があがらない」。

　今までそんなことなど考えてみたこともなかったが、さて、どんな違いがあるのだろう？　学生時代に食べ歩いた「アサヒ」や「ことり」の鍋焼きうどんが目に浮かぶ。郷愁を誘うあの甘ったるい味が咽喉もとに飛び出してはくるものの、答えは分からない。

　「塩の入った麺体を一度茹でて、それをおつゆの中に入れるのが鍋焼き。煮込みは、生から直接煮込むので」。決め手は塩なのか！　こんな調子だから校正など前に進まない。まあ、ロハだから許してもらえるか！

私たちのことも書いて！

　主人が教壇に立っていた頃、新年度のゼミ生を自宅に招いてバーベキューパーティを開催することが慣例になっていた。県外や外国から入学した学生などもおり、一日でも早く、大学に馴染んでもらおうとの配慮があったようだ。当然、私は接待の裏方、調理を担当するわけであるが、「奥さんの作ってくれたカルパッチョがとても美味しかった！」などと、お世辞にも言ってもらえると、根が単純馬鹿だからまた頑張ろうなどと思ったりしたものだ。

　迎えに来られた保護者も一緒に仲間に入っていただき、共に食事をしたこともある。学生ばかりか、保護者の方達とも親密になるいい機会になっていた。

それが縁となって、彼女たちが卒業してからも拙宅で毎年のように定例会を開いてくれている。今では、子供さんやご主人たちも含めると20数名になる大所帯。
　そんな卒業生の一人から電話があった。「里の母親から、『へんろ道』や『てがみ』に書かれているの、ひょっとして先生の奥さんじゃない？』て言うんですけど、私たちのことも書いてください！」と繰り返し強く言われた。

へそくり

　急用の出来た主人に代わって、鳥取からこられた先生をホテルまで案内することになった。彼女は、一度だけ学会の仕事で松山へ来たことがある。ゆっくり道後の坂道を登りながら、気取りのないはっきりした口調で、今年の春に大学の教壇を去り、勇退するという。彼女の個人的な背景については、一切聞かされていなかったので、ひたすら、頷くほかなかった。すると何を思い出したのか、一人クスクス笑いながら、「ねえ、おかしいでしょう！　私、へそくりしていますのよ！」と、全く前後の繋がりのない会話を始めた。
　出かける前に、彼女には伴侶がなく、生涯独身を通されていることだけを訊かされていた私には、「誰にも隠し場所が分からないと思いますわ！」と、言われた時、「どうして、へそくりをする必要があるのかしら」と、妙な疑問が湧いてきた。「へそくりは内緒でお金を貯めるもの、あなたには内緒に

するご主人も子供もいないじゃない」、などと。

　この顛末を夕餉の席で話すと、暫く黙っていた主人が、「今まで随分、寂しかったのだろうな・・・・」と、ポツリ独り言のように言っていた。

姑、痴漢に触っていただく！

　映画館へ入ったのは、何十年ぶりのことであろうか？　恋人らしき男女が、不自然な姿勢でコーラとポテトを片手に持ち、キョロキョロ席を探している。男があっちと顔を向けると、女の方は、もっと暗いほうがいいとかなんか愚図っているのだろう。話がまとまらないまま、ウロウロしているアホ面を観ているのも結構面白いものだ。

　一人の若い女性が目の前に座った時に、映画は始まった。ほどなく若い男が、その女性の隣に座ったが、この二人には何のつながりもない様子。女性が何かしら不自然な動きを始めだしたと思ったら、いきなり席を立って、私の隣に腰を下ろした。狼狽気味の男は、そそくさと席を立ち、姿を消した。痴漢だったのだろう。

　そういえば、もういい歳をした姑が友達と映画を観に出掛けたことがある。帰宅早々、興奮気味に、「マリちゃん、痴漢にあったんよ！」と捲し立てた。「若い娘じゃなくて、痴漢も気の毒だったでしょうが、この歳で若い男の子に触ってもらえるなんてね！」。触ってきた男の仕草をしながら、痴漢の話

しをしていたあのときの姑は、本当に嬉しそうだった。

まだ孫娘には無理か？

　広島に住む息子が小学校5年になる孫娘の表彰式の様子と作文の写しをカメラで撮り、ラインで貼付して送ってきた。「社会を明るくするための作文」コンテストで優秀賞・西区推進委員会委員長賞を受賞したものだ。

　孫娘の論旨はこうだ。「明るい社会」には、「暗い社会」の存在を前提にしなければならない。いじめ、ひったくり、飲酒運転、殺人などは日常茶飯事のように起きている。これらすべては、「社会に生きる人間」のなせる業。暗くしているのは子供ばかりではない。立派な大人と言われている人たちも暗くしているではないか？　このことについては強く訴えさせていただきたいと前置き。「私が母と夕飯の材料を買いに、近場のスーパーまで車で行ったところ、お年寄りが、赤信号を無視し、悠々とした表情でゆっくりと道路を渡っているではありませんか。たしかに、お年寄りを大切にしない社会も、よくないと思いますが、お年寄りだって子供だって、同じ社会に生きる人間なのです・・・」。

　もしかするとこのお年寄りは認知症だったかも知れないが、まだ孫娘には無理か？

優秀賞　西区推進委員会委員長賞
社会をあかるくするための作文
　　　　　　　　　　古田小学校　5年　森貞　璃音

　「社会を明るく」するという事は、どのようなことにつながるのでしょうか。これが見当たらなければ「社会を明るく」するという事が、意味のない事へと化してしまいます。そうなると、「社会を明るく」の逆、イコール「暗い社会」になってしまいます。ですから「社会を明るくする事と、身の周りとの関係性」これを検討する必要があると私は考えます。私は、「社会を明るく」するというのは、「社会に生きる人間を明るく」するのと深くつながっていると思います。今、「社会が明るく」ないのだとしたら、それは、「いじめ、ひったくり、飲酒運転、もっと言えば殺人など」が、日常茶飯事に起きているからだとおもいます。これも、「社会に生きる人間」のせいですね。あと、この事については、強く訴えさせて頂きたいのですが、「お年寄り」です。確かに、社会を明るくするのに、お年寄りを大事にするということは、「社会を明るく」するための第一歩だと思いますが、お年寄りが「自分は尊重されるのが当たり前」という考えを持ってしまっているのではないでしょうか。
　たとえば、私が母と夕飯の材料を買いに、近場のスーパーまで車で行ったところ、お年寄りが、赤信号を無視し、悠々とした表情でゆっくりと道路を渡っているではありません

か。たしかに、お年寄りを大切にしない社会も、よくないと思いますが、お年寄りだって子供だって、おとなだって、同じ「社会に生きる人間」なのです。自分の身は、自分で守る意識ぐらいは、持てるはずです。

　このように、「社会を明るくする」という事は、社会に生きる人間一人ひとりが自覚を持ち、「明るく」しなければなりません。それを忘れなければ、明日にでも明るい社会はおとずれるはずです。

マリンコおばあちゃんのコメント

　とっても素晴らしい作文ですね！　小学校5年生でもうこんなに立派な文章が書けるなんて、璃音は作文の天才かもしれません。もっと頑張れば作家になれるかもしれませんよ。

　「社会を明るくするためにどうすればいいか」が、テーマですが、今の世の中が暗いからこのような問題提起がされたのでしょうね！　ここに着眼したのがまず第1に素晴らしいです。そしてこの暗くしている「いじめ、ひったくり、飲酒運転、殺人」などの具体的な例を書いたことによって、璃音の個人的に考えている社会の暗い側面がハッキリします。おばあちゃんなら、振込め詐欺や地球の温暖化なども頭にうかんできますが・・・・。

　いじめやひったくりは子供の、そして飲酒運転や殺人などはおとなの暗い問題としてとらえ、どちらにも世の中を暗くしている問題があることを指摘しているのも素晴らしいで

す。さらには、問題はこどもばかりではなく、お年寄りを例に取り上げて、批判すべきは批判するこの姿勢が素晴らしいと思います。

世の中には、立派なおとなばかりではありませんからね！

これからはおばあちゃんも璃音に批判されないように、気をつけなくちゃね。

それでは、これからも楽しみにしていますから、頑張って下さいね！

「四季録」の中の卒業式

卒業式のシーズンになると思い出す。「四季録」の一節である。

「ある師範学校の男子部に奉職していた時、終戦直後の卒業式それも校舎は焼けて連隊の古い建物で行われた簡素なものだったが、生徒代表が古い服に新しいげたで証書をもらいに出てきた。（中略）これがこの時の彼の卒業式に対する、また生徒代表としての最大の礼儀の表現だったのだ」

使い古しの角封筒の裏に「四季録　○○」と書かれ、そのなかに先生ご自身が書かれた26枚の原稿が同封されている。その一枚、昭和49年1月10日付「礼儀作法」からの引用であるが、読み返すたびに、悲しくも古き良き時代の郷愁が蘇ってくる。あでやかな着物姿や礼服でそそくさと卒業式の会場へ向かう学生たちからすればウソみたいな話であろうが、こ

ういう時代もあったのだ。
　家族揃って招待され、夕食などを馳走になったこともあるが、すでに先生や奥様も他界されており、お目にかかりたくても叶わない。卒業式の一節もさることながらお二人のこと、それにおいしかったおはぎまでも思い出してしまう季節になっている。

慣れにもいろいろ

　育苗箱へ細葱を播種しようと、種袋の裏に目をやった。「うすく土をかけて発芽まで新聞紙で覆います」と書いてあったので、倉庫へ探しに行った。古新聞も、包装、炊きつけばかりか、こんな役にもたっているのかと感心しながら、育苗箱の大きさに切ろうとした途端、何かが違うことに気が付いた。「こんな記事あったけ？」とかんざし部分の日付と新聞社名を見てみると、やはり2008年の他社のものであった。違いは記事だけではない。1行10字か12字に慣れているせいか、レイアウトにも何かしら違和感を覚えた。
　慣れにもいろいろある。会社や学校に慣れる。住み慣れた家、履きなれた靴、慣れた手つきなど。ただ「読み慣れた新聞」などは余り口にしないし、聞くことも滅多にないが、久し振りにかかってきた同郷の友達に、どこの新聞を読んでいるか尋ねてみた。愛媛新聞だという。「どうして」と、訊きかえすと、「読み慣れてるし」と期待した応えが帰ってきた。「それ

に、お悔みの欄がないとこまるもん。Mちゃんが逝っとらせまいかと」と余計な冗談口をたたかれた。

素直に出てきて！

　尾籠な話ではあるが、ある病院での出来事だ。夜の明け切らぬ薄暗い内から尿意を催し、トイレへ。ドアを開け、スリッパを引掛けようとした途端、何処からか人の呻くような声に気が付いた。薄暗いトイレの中で目を凝らしていると、一人の老婆が、戸を開けっ放しにしたまま、両手で衣かくしをしっかりつかみ、用を足している。
　「嗚呼、ウンコ様、どうかお願いでございます。素直に出てきてやって下さいましね。ウンコ様、どうかお願いでございます。素直に出てきてやって下さいましね…」と繰り返し、繰り返しお祈りをしているのだ。体内にいる間は一顧だにしなかったものを、世に出た途端不浄のものと嫌われるあの排泄物に、敬語までつけてお願いしている。
　今まで苦もなく出ていたから有難みを感じなかったが、この婆さまのように、糞詰まりになってしまうと、神頼みにでもしたい気持ちになるのだろう。何か申し訳ないような気持ちになって、私もお祈りをさせていただいた。
　「ウンコ様、このお婆さまのために、素直に出てきてやって下さい、お願いします。ウンコ様・・」

ペルシャの市場にて

　昼休みになると校内放送で私の大好きな曲「ペルシャの市場にて」をよく流してくれていた。一つ年上の従姉が放送部にいて、彼女もこの曲が気に入っていたのかも知れない。しかし中学を卒業してからはほとんど聴くことはなかった。
　忘れかけていたこの曲を聴いたのは何十年ぶりだろうか？急用のため行けなくなった夫の弟から、マンドリンクラブの定期演奏会のチケットをもらい小雨の中を出かけた。受付で頂戴したパンフレットには、「冒頭のリズムから異国情緒溢れるメロディーで、ラクダの隊商、姫君、太守の行列、ヘビ使い、占い師、乞食などが、巧みな音の絵巻として描かれている」と書かれていた。ペルシャの市場へは一度も行ったことはないが、曲を聴きながら幼かったころの頭に描いた情景が重なった。
　3部構成のプログラム。2部には、「迷い道」でデビューしたシンガーソングライターの渡辺真知子もゲストで招かれていた。歌唱力は抜群！　彼女も昭和生まれであるが、伴奏するマンクラは平成生まれ。「愛のゆくえ」に魅了されながら昭和も随分遠くなっているなどと！

こんな楽しい生活も！

　「粗大ごみ、毎朝出すのに夜戻る」「粗大ごみ、結構丈夫で

役に立ち」などの川柳があるが、一度も主人を粗大ゴミと思ったこともないし、ゴミ扱いにしたこともない。クスッと笑えるから川柳になるのだろうが、退職すれば大変だということは散々聞かされていた。生活リズムが大きく変わることも、自由にならなくなることも予測できていたが、それよりも主人の方が気がかりだった。

　判で押したような日常の生活に加え、国内出張や海外研修などが多かっただけに、定年を迎えた日からどのような第二の人生を送るのか想像もできなかった。

　ところが大きな花束を抱えて戻ってきた翌日からも、主人の生活リズムは変わらなかった。「ワダバこれから日本一の百姓になる」と、チョークを鍬に持ちかえ、畑へ出勤するという毎日が始まった。「野菜作りは、教育と同じ、愛情をかければかけるほど立派に育ってくれる。こんな生活もあったのか！」と。私の日常も、種を撒き、草をとり、虫を採る生活へと大きく変わったが、野菜を育てることがこんなに楽しいとは、夢にも思っていなかった！

津波てんでんこ

　学生時代に東北地方の夜汽車に乗ったことがある。目の前で老婆とお孫さんらしいかわいい女の子が伏し目がちに、私の顔を見ながら話していた。でも、私にはまるきり話の中身は理解できなかった。女の子に通訳をしてもらいながら私も

会話の仲間に入れていただき、わずかな乗車時間ではあったが旅の楽しい思い出を作ってもらったことがある。地方独特の文化を醸し出し、旅をしているひと時を肌で感じさせてくれる方言は大好きだ。そんな方言の標語に「津波てんでんこ」があることを知った。

　自分の命は自分で守れ！　津波のときは肉親にも構わずにてんでばらばらに逃げろという教えらしい。東日本大震災による犠牲者は18,000人を超えると言う。その中には、親が子や孫を、子や孫は親や祖父母を気遣って逃げ遅れる悲劇が多くあったと言う。このような二重の被害をなくそうとの教訓から「津波てんでんこ」という標語が産まれたようだ。

　同じ轍を踏まないためにも、この「てんでんこ」を家族の合言葉とし、てんでばらばらに逃げるよう普段から心がけておくことが肝要かも！

胡椒と辛子は味をみてから振れ！

　主人は凝り性で、今、ラーメンの出汁にのめり込んでいる。暇さえあればレシピを片手に厨房に入り、豚骨から、鶏ガラ、醤油、味噌スープに挑戦をしている。

　息子の家族が揃ってやって来た。夕食は未だだと言う。主人は半ば強引に「食べて帰れ」と、言い捨てて厨房に入った。長く待たせはしたが、「今日は最高のラーメンが出来た！」と、ニコニコしながらそれぞれの膳の前に並べた。息子が胡

椒の瓶を取り上げ、いきなりラーメンの上にたっぷり振り掛けた。それをみていた主人が、「馬鹿野郎！　箸をつけぬ前から、そんなに胡椒を降りかける奴がおるか。お父さんが会社の社長なら、お前のような奴は絶対に採用せん」と説教を始めだした。

「何でよ？　お父さんの作るラーメンはいつも薄口じゃない・・・・」

「そういう先入観を持つこと自体が間違っとるのだ。スープを飲んでみて、甘かったら胡椒や辛子を降りかけてもいいが、辛かったらどうするのだ。初めから確認もしないで、薄いと決めつけてしまうような奴に仕事がまかせられるか？」

なにかしら気まずい夕食になってしまった。

チラシに書かれた姑の俳句

　主人の兄が、病名を訊いても分からないような病の床に臥し、大阪の病院に入院。何度かバスや船を乗り継いで、見舞がてら看病の真似事をしたことがある。しかし、死を待つだけの長い看病を余技なくされたのは、主に姑であった。一人病室で詠んだのだろう、チラシの裏に書き留められた当時の俳句が見つかった。実子の死を待つだけという、筆舌しがたい状況に置かれた姑の気持ちが、ひしひしと伝わってくる。1年半に渡る闘病生活の後、看護の介もなくあの世へ旅立ってしまったが、享年42歳の若さであった。親の仇を打ちたい

と、病室で勉強をしていた息子は、大学病院の医者になっているが、少し死に急ぎはしなかったか。神様も随分罪なことをするものだ。

　今日も点滴をする子の哀れ
　病める子へ　香り微かに　寒椿
　臥せし子に　一枝折りし　八重桜
　病窓の　駆けりて去るや　流れ星
　看護婦の　足音猛し　寒廊下
　看病も　命限りか　おぼろ月
　咳止まぬ　子の死待つ身に　涙なし
　子と共に、逝けば　苦しみなくなりや

認知症にまけない

　まだ還暦も迎えていない知人と、近くのスーパーであった。ご主人が私の名前を言っても、全く覚えていない様子。彼女が認知症であり、食事や入浴、排泄の介護も彼がやっていると聞かされた。暫くして、認知症の公開録画にご主人も出ることを知り、勉強のためにひめぎんホールへ出掛けた。認知症についての知識は皆無に等しく、出演された医師や現場の方達の話は、大変参考になった。ご主人が「大変ではあるが、介護をできる幸せもある」と言われていたのが、特に印象に残っている。
　今日も、畑近くの公民館で「認知症から考える高齢者の人

権」と題した講演があったので、出かけてみた。講師は、亡くなった母親の担当医で、顔見知り。近年、認知症が増えていること、年齢別認知症の割合・症状などから認知症にならない方法やぼけない小唄まで教えていただいた。

歌詞には、「頭と足腰使う人、趣味のある人　味もある　生きがいある人　ぼけません」などと書かれていたが。

義父の説教

義父の３回忌の法要で、疎遠になっていた懐かしい親戚が一同に会した。お坊さんの透き通るような読経やお墓参りも終わり、膳を囲んでの昼食となった。般若湯も入り、義父の想い出話に花が咲いていた。

生まれた環境の違いもあろうが、新婚早々、よく夫婦喧嘩をし、泣きながら家を出て行ったことがある。自慢ではないが、一度も実家へ逃げ帰ったことはない。近くに住んでいた義父の家へ駆けこみ、事の顛末をとくとくと聞いてもらっていた。気の毒なのは主人、即電話で呼びつけられ、それから延々と正座のまま義父の説教が続くことになる。「こんなことなら初めから喧嘩せなんだらよかったな！」で一件落着。決して義父は、やじろべえ方式の喧嘩両成敗とはせず、「マリちゃん、あんたも悪い！」などとは一度も言ったことはなかった。こんな話をしていたら、甥御が思い出したように「僕もおいちゃん（主人のこと）には、よく正座させられ、長いあ

いだ説教されたことをよう忘れんわ！」と。あの時のしっぺ返しを、年甲斐もなく甥御にしていたとはさらさら思いたくもないが。
（メモ　2014年3月15日　義父の3回忌法事）

今年六十のおじいさん

　「村の渡しの　船頭さんは　今年六十の　おじいさん」を口ずさんでいた。「六十でおじいさんだって？」と主人の耳に届くように言うと、「その童謡は、いつ頃の歌かのう？」と訊かれた。いろいろ調べてみると、作詞は竹内俊子、1941年7月に発表された童謡であることが分かった。「六十のおじいさんですら、村や国のために休む暇なく働いているのだから、君たちも早く立派な人間になって、お国のために尽くしなさい」というメッセージが込められていたという。このことを主人に言うと、その頃の平均寿命が何歳か知りたかったとのこと。当時の男子の平均寿命は50歳位。それを考えれば、唄われていた60でお爺さんと言われてもしかたないかも知れない。しかし、今や平均寿命が80歳の時代である。主人は誰からも「じいちゃん」などと年寄り扱いされるのを嫌がっている。ところが2歳の孫娘がやって来て、「じいちゃん！」と甘えながら手を取り、引っ張って行った。満面の笑みを浮かべながら、仲良く手をつないで歩いて行く後姿を眺めていると、まんざらでもなさそうだ。

入学祝の万年筆

　高校へ入学した時、父が入学祝いにくれたものがある。自分が大事にしていた万年筆を「これが入学祝いだ」と無造作にポイと手渡してくれたものだ。デパートのリボンのついた贈り物ではなかったが、大人扱いをしてもらったようで嬉しくてたまらなかった。ノートに自分の名前を何度も書いてみた。氷の上をすべるような書き心地に満足し、誰かに手紙を書きたくなった。ところがとっさに書きたい相手の名前が浮かんでこない。結局、万年筆をくれた父にお礼の手紙を書き始めたが、ミミズが這ったような生来の悪筆と照れもあってなかなかペンが前に走ろうとしない。書いては破りを何度も繰り返しながら、やっとのことで郵便局のポストへ投函した。いや、投函した積りだった。何を間違えたのか、手紙は手元に残っているではないか！　父から頂いた大事な万年筆をうっかりポストへ入れてしまったのだ。

　郵便局で貰い出すのに苦労したことを思い出したが、気が付けば、その万年筆も父もいつのまにかなくなっている。草葉の露とはいえ、今まさに桜の蕾が弾け出そうともがいている！

素直に「だんだん」と言えるだろうか？

　私の拙い「門」欄への投稿文「狭い車道　譲るのも他生の縁」

を読んで下さった方から葉書が届いた。とても嬉しかった。このご婦人も細い道を通ることがあり「端によって待っていても、当たり前の様な顔で通られると」などと同じように苦い経験をされたとか。

　この当たり前のことができるか否かは一体どこからくるのだろう？　わずか13歳で殺された上村君が母親に残した最後の言葉、「パン食べる？」。なんでもないこの一言は、親と子、家庭と社会、個人と社会の織り成す絵柄を浮き彫りにしてくれる。

　たとえ一つのパンであっても家族揃って食事の出来る家庭は明るい。身を粉にして働いている母親に、たとえ「ありがとう」とは言わなくても「パン食べる？」と気持ちを察して労っている。どんなにご馳走三昧の満ち足りた家庭であっても、醜い争いばかりでは虚しいという他ないだろう。幼い頃から感謝の気持ちを持ち続けておれば、大人になっても素直に「ありがとう」が言えるはず。家庭環境は子どもたちの人生に大きな影響を及ぼすもの。素直に「だんだん」と言えるだろうか？

不味い物はまずい！

　料理にうるさい主人は、「美味しい」とか「不味い」という単語を忘れてしまったのではと訝るくらい、滅多には口にしない。一口食べて「不味い」と思えば、いっさい手を付けない

まま皿に残している。残すか残さないかが、わが家の味の物差しになっているが、不思議なことに最近、やたらと「旨かった」とか「今日の味付けはよかった」などと気持ちが悪いくらいお世辞を言い始めたのだ。わけを尋ねると、「旨いものはうまい。不味い物はまずい。それ以上の理由がいるのか？」と逆に質問されてしまった。「そんなら喋り慣れた口があるのだから、どうして今頃になってお世辞を言いだしたの‥」と言い返してやろうと思ったら、こんなことを話し始めた。

新婚ホヤホヤの同僚が、奥さんの美味しくもない料理に、「これはうまい」と言ってしまったらしい。塩と砂糖を間違えていたにもかかわらず、「私の主人はこんな味付けの料理がすきなのかしら？」と仕方なく塩を入れ続けていたという。こんな過ちを絶対にするなとの同僚のアドバイスを、忠実に守り通していたのであろうか。

猫より先に飯を食うな！

義父は、毀誉褒貶を顧みない人物とよく評されていた。理に合わなければ憚らず厳しく叱声する。人がひたいに汗して作った物を大事にし、米一粒無駄にはしない。万一、粗末にすれば長時間に渡る正座の説教が待っていた。一円を笑う奴は一円に泣く、一円なければバスにも乗れないが口癖。お金にもシビアで几帳面な性格からすれば、毀貶のみが浮き彫りになるのも仕方ないかもしれない。

しかし不思議なことに、私の小さなメモリーカードに、優しさの一面しか保存されていないのは何故だろう。義父はオールマイティで、出来ないのは子供を産めないくらいと思うほど何でも自分でできる人であった。沢庵のつけ方から、魚のさばき方まで手に取るように教えていただいた。
　近隣の子供から、夜店の景品で貰ったひよこを飼ってくれと頼まれれば、鶏小屋をつくり大事に育てる。捨て犬や子猫を連れてくれば、嫁ぎ先をさがしている。何よりも忘れることのできないのは、飼い猫よりも先に食事をしたときのこと。「口のきけない猫より先に飯をたべるとは何事だ！」と叱声されたことである。

ちょっとカチンときたが！

　夫はしつこいくらい几帳面な性格。ところが私ときたら正反対のアバウト人間。別にこれ見よがしにしているわけでもなかろうが、たまにはあて付けされているような気分になることも事実。
　昨日はちょっとカチンときた。夫のお昼の仕度もしないままバタバタ蒲団を干し、無理に友達を誘ってお花見にでかけた。昔、子どもやしゅうとめたちとよく出かけた土手沿いの桜は満開。さぞかし気分も晴れるだろうと思っていたがそうでもない。コンビニで買ったお弁当を開けて食べようとしたが、夫のお昼のことが気になって仕方がない。「何を食べてい

る？」などとメールを入れようとも思ったが、これじゃお仕置きの意味がないと思いとどまった。

　すっきりしないお花見から帰ってみると、台所がきちんと片づけられ、シンクやガス器具などもピカピカに磨かれている。ゴミ箱にはインスタントラーメンの包装紙が捨てられていたが、家事もアバウトになっていたことを猛反省しながら床についた。

　今朝、夫が起きてくるなり「蒲団を干しといてくれたんか？」とぐっすり眠れたお礼を言ってくれた。

春は引越しのシーズン

　狭い道路に大型の引越専門業者のトラックが駐車し、数人のスタッフが手際よく荷台から家具を取り出してはアパートの階上へ運んでいる。春は異動、引越のシーズン。これも宮仕えの宿命か。息子の転勤を思い出した。一度高知のアパートを訪ねて荷造りの手伝いをしたことがある。いつまた転勤になるか分からないと最低限の生活用具しか置いていないという。が、いざ段ボール箱へ詰め込んでいくと、狭い一室によくもこれほど沢山の家財道具があったものよと驚いた。その荷物が松山の独身寮に届くという。中型トラック1台に隙間なく積まれた荷物を、二人の若い従業員は脱兎のごとく狭い階段を3階まで駆け上がっていく。こちらは小さな荷物を小脇にかかえ息せき切ってのお手伝い。引越などはす

るもんじゃないなどと思ったが、夏目漱石先生などは、一生涯のうちに何回も居住地を変えている。東京都内だけでも五カ所、松山、熊本、イギリス、修善寺などと。奇人葛飾北斎に至っては、年から年中引越を繰り返しその数93回に及ぶという。彼らに比べたらまだまだ少ない方か！

伯母は100歳！

　大正2年（1913年）4月10日生まれ。今日は、伯母の100歳の誕生日。私の大好きな早春賦、「春は名のみの風の寒さや谷の鶯　歌はおもえど・・・」が生まれた年でもある。三女の伯母は、83歳で他界。次いで、4人姉妹の末っ子であった母が、84歳で亡くなった。いまでは100歳になったこの伯母と98歳になる次女が頑張ってくれている。

　ときどき、無農薬の野菜を持っては、見舞いがてら訪ねているが、枕元には山のように本が積まれ、仰臥したまま読んでいる姿をよく見かける。最近では、推理小説に凝っており、会話の中にも「私の推理では・・・」などと口走ることがよくあるらしい。

　頓珍漢なことを言うことも多くなっているらしいが、私が訪ねると両手を握って「マリちゃん、よく来てくれましたね」と、満面の笑みで迎えてくれる。

　伯母の頭の中には、亡くなったご主人や長女はまだ生きていることになっている。「息子が浮気をして困っている・・・

マリちゃんが窓から入ってきて、私を助けに来てくれた」など、他愛もない話を聞きながら、伯母の長寿を心から祝った。

ちょっと変わった子

　集団登校しているピカピカの1年生に出くわした。背の高い上級生に遅れまいとチョコチョコ歩く小ガモたちが続いている。小ガモたちは大きな新品のランドセルを背負っている。体の割に大きすぎるのか、ランドセルに担がれて歩いているようにも見える。不釣り合いといえば、子どもたちの制服もそうだ。どの子もブカブカの制服に身を包んでいる。子供の成長はタケノコのように早いもの。それを見込んで親たちは一回りも二回りも大きめのサイズを買い与えたのだろう。たしかに自分の子どもたちにも手首もだせないようなブカブカの制服を着せ、いつまでも駄々をこねられたことを思い出した。

　最後尾の女の子がランドセルを抱くような恰好で楽しそうに歩いていた。ちょっと変わった子だなとおもったが、最近では、赤ちゃんを背負ったねんねこ姿の母親を見たことがない。ベビースリングをつかって抱っこをするように子守をしている。なぜランドセルは背負わなければならないのか？皆と同じようにする必要はないじゃないか。ちょっと変わった子と思った自分が恥ずかしくなった。

金ちゃん元気？

「金ちゃん元気？　ご飯をあげるからね。今日も1日おりこうしているのよ！」。しゅうとめのお守りを始めた翌朝のことだ。私ども以外の住人は誰もいないはずだが、誰かに向かって声をかけている。なんのことはない。縁側に置かれた水槽の金魚に語りかけながら餌をやっている。東京へ出かけている主人の弟が、しゅうとめに預けた金魚たち。どれも丸々と太って元気に泳いでいるが、3匹まとめて金ちゃんと呼ばれている。

　2年前に亡くなった義父への挨拶は金ちゃんよりも後。これも「口のきけない猫より先に飯を食べるな」といった義父の教えかと思うと納得がいく。

　慣れないしゅうとめの家に泊まり込んで、はや2週間。やっと台所や洗濯場、浴槽などの勝手が分かり始めたが、テレビはしゅうとめの部屋にしかない。大きくしたボリュームから、ニュースや水戸黄門を見ていることはよくわかる。それ以外の番組は、目が悪くなるとの理由で見ていないようだ。

　私どもは、もっぱら新聞から世の中の動向を知るくらい。おかげで新聞の隅から隅まで目を通す習慣が身についてしまった。

しゅうとめの一輪の花

　しゅうとめが、「これが最後の結婚式になるのかな？　それにしても派手になったもんよ！」とボソボソ呟いていた。たしかに、この姪御が最後で、他に結婚するような身内は誰も残っていなかった。
　私たちの頃の冠婚葬祭は、ほとんどが自宅で行われていた。掃除から調理、配膳、余興にいたるまで家族総出演。正に手作りの結婚式。酔いに任せたオジさん達が、猥歌を歌いながら新婦をからかう光景などがよく見かけられた。今では式場にブライダルプランナーなどと呼ばれるプロの演出家がいて、式そのものが大きく様変わりをしている。
　秒刻みの進行。驚くようなアトラクションも終わり、場内の証明が落ちた。それぞれの両親が新郎新婦をはさみ、いよいよ花束贈呈。ところが、どこでどう間違ったのか花束はなく、スタッフが慌てふためいている。すると姑が近くの一輪挿しの花を集め、エンジェルサービスにニコニコしながら小さな花を手渡していた。機転が利くとはこういうことをいうのだろうか。「和やかないい結婚式だった」と、スタッフの方が言っていたことを後で知らされた。

デイサービス連絡帳

　しゅうとめは主人の弟夫婦と一緒に住んでいる。とはい

え、同じ敷地内。別々の家屋に住んでいるから、実質一人住といっていい。弟夫婦が20日ほど東京に住んでいる娘の家へ出かけることになり、お守りを頼まれた。耳は遠くなっているが、足腰はすこぶる丈夫。炊事、洗濯も自分でしており、お守りといっても何かの時にと一緒に寝起きをするくらい。

　しゅうとめからゴミに出してほしいと、用紙の束を渡された。去年1年分をまとめたデイサービス連絡帳であった。体温、血圧、脈拍などの健康状態や食事の量、入浴、機能訓練、レクレーションなどデイサービスでのしゅうとめの行動が午前・午後に分けて記録されている。

　血圧や脈拍も正常であり、別に気になるところは何もないが、パラパラと目を通していて思い出した。子供たちの幼稚園からの連絡帳。とりわけ末っ子の連絡帳には、「女の子をいじめてこまっています」と何度も書かれていた。そのため登園拒否を繰り返していたことを昨日のように思い出してしまった。しゅうとめはよろこんでデイサービスへでかけているが・・

歳をとればいいこともあるよ！

　友達から「マリちゃんは若いころと変わらんね、髪は黒いし、いつみても若くみえるよ！」とよく言われる。悪い気はしないが、若くみえると言われたら、歳をとった何よりの証拠。よろこんでいる場合ではない。65歳の誕生日を迎えたと

たんに老人の仲間入りをした実感がわいた。若い人たちにおんぶに抱っこの年金生活者。消費税率は上がる。月々の所得は目に見えて減っていく。先々のことを考えているとますます憂鬱になってくる。

　そんなとき、友達から格安のバスツアーにいかないかと誘いがあり、一緒に出掛けることにした。福井・金沢方面へ2泊3日の旅。金沢での自由時間に皆で美術館を訪ねた。受付で「65歳以上の方ですか」と尋ねられたので、「なりたてのホヤホヤですが、証明できるものは何も持っていません」と答えた。係りの人は、「結構ですよ！」と言って割引のチケットを手渡してくれた。「65歳になったらいいこともあるのね！」というと、友達がシルバー定期券や入浴料などの無料や割引、さらにはシニア料金を設定した映画館などがあることも教えてくれた。

しゅうとめの形見分け

　しゅうとめがタンスから数着の服を取り出し、「この服合うかどうか着とおうみな！」と言う。まだ数回しか袖を通したことがなく、新品同様だ。小柄な体系は私にそっくり。大概の服はぴったり合う。「これからまだ着る機会があるでしょ？」と、遠慮がちにいうと、「泣きながらいい方を取る形見分けいう川柳があろがな。もめんように、元気なうちに上げたいものを上げたい人に上げておきたいから！」と。

しばらくして、また普段着をタンスから取り出してきた。「これらも畑仕事に着れんかな？」と目の前におき、「いらんのなら捨ててかまんけんな！」と付け加えた。作業着にはもったいないような服で、ありがたく全部を頂戴した。
　そういえば、最近のしゅうとめの部屋や周りが少しずつ片付いていることに気が付いた。服だけではない。台所用品や贈答品など、ことあるたびに持って帰れという。誰にも避けて通れない、100％の確率。死に支度と思えば寂しい限りであるが、きれいに整理されていく様をみていると、自分の番が近づいていることを否が応でも実感せざるを得ない。

破れたパンツ

　しゅうとめが「マリちゃん！　これ見とおみな。こんなものまで繕え言うんぞな」と股の裂けた義父のパンツを見せながら呆れ顔で言っていた。ツギを当てないと不機嫌になるらしく、糸先を舐めては、針に通している姿をよく見かけた。捨てても罰の当たらないような、酷使されたパンツだった。
　義父が亡くなってこの４月で丸２年になる。法事が終わった後、形見分けのつもりか、しゅうとめが「みんな新品やから、もって帰ってお穿かせな」と段ボール箱を渡してくれた。値札のついたものやまだ封の切られてない、文字通り新品の下着。私たちが誕生祝いにと義父にプレゼントしたものばかりであった。

「ちいとは繕うものの身になってくれてもええのにな」と愚痴っていたしゅうとめではあったが、「自分は、エエモンよう着んと、ボロばっかり穿いて‥」と目頭を押さえていた。一枚一枚取り出しながら、「今頃、こんなデカパン穿いとる人などおらんぞな！」とは主人。パンツに流行があることなど義父は考えてなかったのか。とはいえ、主人もおなじようなことをさせているのだが！

箸をいただけますか？

　久しぶりに訪ねてくれた母が食事に誘ってくれた。当時私は学生、叔母の家に下宿をしていた。叔母夫婦にも同い年の娘がいたが、京都に下宿し大学へ通っていた。朝と夜は、叔母夫婦と一緒に食事を共にし、箸の上げ下ろしにも気を遣う毎日であった。昼はほとんど学食で済ませたが、叔父は高校の教師をしており、一緒に食事をしなかったり、門限を破ったりすると娘のようにひどく叱られた。

　そんなことを知ってか、一人娘の私にノンビリ食事でもさせてやろうと思ったのであろう。ホテルのレストランへ連れて行ってくれた。好きなものを注文していいと言う。差し出されたメニューブックを見てもさっぱり分からない。母親が私の好みそうなものを適当に注文してくれた。前菜が運ばれた時、母親が「箸をいただけますか？」とウエイトレスにお願いした。私は、「何で箸なんか？」と母親に問い詰めたが、

「一番食べやすいから」との答え。

　目の前のテーブルには、フォークやナイフが入った籠が置かれており、その中に箸も入っている。その箸を選んで食べている自分が可笑しかった。

屋根に落ちた鯉

　もうすぐ端午の節句。毎年のことではあるが、この時期に思い出すことがある。長男の初節句祝いにと、里から大きな鯉のぼりと15メートル以上もある杉竿が届けられた。支柱の杭などを地中深く埋める作業を義父や主人の弟も手伝ってくれ、やっとのことで鯉のぼりを泳がせることができた。屋根の上で楽しそうに舞っている姿は、正に勇壮そのものだった。

　ところが、ある日のこと事件が起きた。鯉のぼりを上げた主人は勤務先へ、私も用があって一日家を留守にしていた。夕方帰ってみると、近所の方達が集まって何やら大騒ぎをしている。私の顔を見るなり、「マリちゃん、えらいことしよったんぞな！　もうちょっとで隣のおじいさんを殺すとこじゃたんぞな！」と裏のおばちゃんが教えてくれた。のぼり竿が鯉もろとも板塀を突き破り、隣の屋根の上に倒れ掛かっていた。運よくおじいさんが異様な音に気づき、難を逃れたらしいが、「もしおじいさんが・・・・・・」などと考えていたら血の気の引く思いがする。里の親には黙っていたが、それ以

後鯉のぼりが空を舞うことはなかった。

どうして柏餅を食べるの？

　ラジオを聴きながら炊事をしていたら、懐かしい童謡が耳に飛び込んできた。
　「五月五日の　背くらべ　粽(ちまき)たべたべ・・・」。この時期がくるとよく母親が柏餅を作ってくれたことを思いだした。でも、自分が結婚し子供が出来ても粽や柏餅を作っていないし、食べることもほとんどなくなっている。同時に、恥ずかしながら「そもそも何で子供の日に柏餅を？」という素朴な疑問が湧いてきた。本を読んでいた主人に尋ねたが、「そんなこと知らん」とつれない返事。
　そんな主人が夕食の時に、プリントアウトした一枚の紙を渡してくれた。端午の節句に粽を食べる習慣は、「中国の偉大な詩人屈原が、5月5日に川に身を投げ、その霊を慰めるため竹筒に米を入れ川に投げ入れたことに由来する」と書かれていた。柏餅については、柏の木は、次の新しい芽がでない限り、古い葉が落ちないらしい。それが「家の系統が絶えない」という縁起担ぎとなり、柏の葉で包んだお餅を食べるようになったとのこと。どうして端午の節句に食べるかの説明はなかった。後でゆっくり調べてみようと！

精米所

　大人用の自転車の荷台に玄米の入った紙袋を載せ、フラフラしながら近くの精米所へ持って行く。顔見知りのおじさんが、笑顔で「嬢ちゃん、えらいな！」と言いながら紙袋を降ろしてくれた。いつものように大きなジョウゴの中へ玄米を入れ、埃まみれの天井のシャフトから、大きなベルトがゆっくり回り始める。どのような仕組みで精米できるのかは分からなかったが、働いている機械をみているだけで楽しかった。
　搗きあがった米を袋に詰めてもらい、もと来た道を引き返したが、うかつにも荷台から紙袋を落としてしまった。破けた紙袋からお米が道路に飛び散った。「叱られる！」との恐怖心か、急いでかき集めた米を袋に戻し、何食わぬ顔でこっそり台所に置いていた。その日の夕食は悲劇であった。誰かの歯に小石がガツンとあたるたびに、皆の視線がこちらに向いたように思えた。
　あの懐かしい精米所は廃業。おじさんもとっくに亡くなっている。「ごめんなさい」と謝ろうとしたができなかった。あれから60年も経ってはいるが、小石の混じったご飯が何故か夢の中に登場する。

そら豆も主に似る

　温室ものかも知れない。かなり高い値札がついている。大

好物のそら豆が早くも店頭に並び始めた。煮ても揚げても美味しい。特に、採りたてのそら豆は、少し青臭さが残るが、それがまた格別の味。そんなそら豆が食べたくて毎年畑で作っている。

　今までは苗を買っていたが、勉強のためにと種を買い、ポットにお歯黒を突っ込んで苗づくりをしてみた。予想の外、全ての種が元気な芽をだし、立派に育ったので畑に定植。除草や虫取りを繰り返しながら、箱入り娘を育てる様に手をかけてきた。愛情たっぷりのそら豆ではあったが、かなりの豆がシュリンクし、申し訳なさそうに垂れている。

　「シュリンクしているそら豆なんて、そら豆とは言えんなあ！　空に向って天守を仰ぐからそら豆なのに。何が原因やろ？」などと、主人が頭を傾ぎながら一人ブツブツ言っていた。「何でも飼い主に似るというじゃない！　実るほど頭を垂れるそ豆かな！」と、からかってやった。いつのまに平気でこんな冗談をいえるようになったのだろう！　いと恥ずかしや！

　そら豆も、主に似たり、頭垂れ　（マリコ駄句）

母の日のカーネーションとバラ

　珍しく松山に住む長男と三男が揃って母の日の花を持ってきてくれた。偶然、花屋さんで兄弟が会い、カーネーションとバラにしたとか。「どうしてこんなもったいないお金の使

い方をするの？」と言いたかったが、息子たちの気持ちを汲んでありがたく受け取った。摘み取った花はいつか枯れる。それより一緒に楽しい夕食でも共にしてくれるほうがと思っているのだが、仕事の関係でそうもいかないのだろう。

　なにより私などは息子達から花を頂戴したが、「嫌がらせ弁当」の著者シングルマザーは反抗期の娘から母の日にも何ももらっていなかった。翌日には「随時受付中」とカーネーションのイラストをかたどった弁当を持たせている。昼は工場でアルバイト、夜は内職で働きづめの日々。体がつらくても、休日でさえも台所に立ち娘の弁当を作り続けた。母が子にそそぐ愛情にはさまざまな形がある。目に見えないだけに厄介であるが、どこかで互いの気持ちは通じあうものだ。

母の日の爪切り

　母の日に豆ごはんを炊いて持って行った。しゅうとめは「こんな美味しい豆ごはんを食べたのは始めてよ！　マリちゃんありがとう」と言ってくれた。「お母さんが豆ごはんをご馳走してくれたことがあるでしょ？　あの時の豆ごはんが私にとっては一番おいしかったですよ！」と学生時代にひと晩泊まったときの出来事を話した。「そんな昔の事をよう覚えとるね！　もう忘れてしもうたがな」とのこと。夕食も終わり、ベッドに腰をおろしたしゅうとめと雑談をしていたら、何を思いついたのか「マリちゃん、そこの引き出しに

爪切りがあるからとってくれんかな？」と言う。93歳になるしゅうとめは自分で爪を切れないらしい。「母さんの爪は、巻き爪だから本当につみにくいなあ」と古新聞の上に載せた皺だらけの足を主人が緊張しながら切っていた。「痛い！」と悲鳴にも似た声を発したとおもったら、親指から血が滲み出ていた。バンドエイドで応急処置をしたが、すぐに「かまん、かまん。母さんの爪は摘みにくいのよ。それよか、お前もだいぶ薄くなったなあ」と主人の頭をなでていた。

捨てられない不用品

　弟夫婦が孫の小学校入学のため上京したため、20日間ほどしゅうとめ宅でホームステイをした。
　94歳になるしゅうとめの耳は遠いものの、補聴器を入れておれば会話も不自由なくできる。足も達者で大概のことは自分でやれる。朝は7時に起床し、「キンちゃん元気」と水槽の金魚に挨拶して1日が始まり、夕食を済ませてしばらくすると部屋の明かりを消して1日が終わる。
　寝床にはテレビもコンピュータもなく、新聞や持参した本を読む以外にすることがない。台所のシンクや冷蔵庫、レンジなどを片っ端からべっぴんシャンをつかってピカピカに磨いたりしていた。箪笥の上には山のように箱が積んである。空箱だろうと思っていたら、毛布やタオルケット、新品のトースターや包丁セット、鋏なども出てきた。これらすべて

は使われないまま埋もれていたのだから「不用品」。処分の対象になるだろうが、いかんせんみんな新品。しゅうとめに捨てるようにとは言えなかった！

いちごの花言葉

　昨年、裏のおばあちゃんにいちごの苗の作り方を講釈したことがある。「イチゴはバラ科の野菜です。収穫が終わるころに親株から伸びたランナーに、長男、次男、三男とそれぞれ芽が出てきます。長男は親の悪い病気を受け継ぎやすく、実もあまりつかないから見捨ててください。出来れば次男か三男を苗として育て、それらを定植するといいと思います。私の兄弟にも三郎というのがいますが、これが誰からも好かれて人気者・・」などと。するとおばあちゃんが「うちの長男も出来が悪くて、いちごでも同じですか？」と言ったので、慌てて「人間といちごは違います」と訂正した。

　「おくさんが教えくれた通りにイチゴを育てたら、こんなに沢山の実がなりましたのよ！　見てくれますか？」と塀越しに声を掛けられた。並んだプランターからイチゴの赤い実が、鈴なりになりになっている。美味しそうなイチゴを見ながら、台湾に住んでいた頃の昔話や、ご主人が教師をされていたこと、お孫さんが国際線の客室乗務員をされている話などを伺った。イチゴの花言葉は、「幸せな家庭」とか！

消石灰と苦土石灰の違いは？

　ホームセンターで親子が楽しそうに苗を物色していた。20キロの重たい苦土石灰を台車に積もうとしていたら、バスケット一杯に苗を入れたさきほどの親子がやってきた。若い父親からいきなり「なんのために苦土石灰をまくのですか？」と質問された。

　雨の多い日本の土壌は、カルシュームやマグネシュームが流されやすく、酸性化した土壌をアルカリ性や中世に戻す必要がある。野菜にはそれぞれ好みの酸度があり、ジャガイモなどはあまり気にする必要はないが、ホウレンソウなどのphは6.5〜7.0が適している。彼らのバスケットの中には枝豆とピーマンの苗が入っていた。「6.0〜6.5が好みだから、土壌酸度測定器がなくても苦土石灰をまかれたほうが」などと真黒に日焼けしたおばさんが講釈を垂れた。

　父親が「教えてくれたお礼です。私にやらせて下さい」と台車に苦土石灰を積んでくれたが、隣にあった消石灰を指さし、これらの違いはどこにあるのかと改めて質問された。消石灰と苦土石灰の違い？　答えられなかった恥ずかしさ！人間死ぬまで勉強せえということけ？

夏はクールに

　じっとしているだけで汗ばむ季節。ましてや炎天の下、草

取りをしているだけでも汗がひたたり落ちてくる。熱中症にでもなったら大変と、氷をたっぷり入れた魔法瓶を持参しているが、畑の暑さ対策には麦わら帽子に首タオル。

　一方、台所でも冷麦や素麺を作る機会が増え、冷蔵庫にはいつも麦茶のポットが入っている。そういえば、ラーメン屋さんの入口にも「冷やし中華始めました」の貼り紙が出ていた。いつの間にか、誰もが冷たいものを欲しがる季節になり、クールという言葉もよく耳にするようになった。

　お役所などでもクールビズを導入し、室内温度設定28℃。ノーネクタイ、開襟シャツやアロハシャツ、浴衣もOKなどの自治体もある。わが家の暑さ対策はいたってシンプル。簾に風鈴。自動車のラジエーターの積り。前日に水をはっておいた浴槽に浸かり、ほてった体を冷やしながらの読書。

　考えてみるとこのH_2Oという物質は不思議でならない。冬には湯たんぽで体を温めてくれ、夏になると浴槽で体を冷やしてくれる。もしこの水がなければなどと考えると空恐ろしくなる。

芸術かわいせつ物か？

　玄関のちょっとしたスペースを利用して、主人が趣味で描いた絵を展示している。玄関正面には、自分で作ったイーゼルを置き、ペンシルワークの魚などを飾っている。不定期ではあるが季節ごとに入れ替えをしており、お世辞とは思うが

来客から「この絵は、どなたが描かれたのですか？　画家をされているのですか？」などと尋ねられることがある。知人から「売ってくれないか？」と懇願されたこともあるが、主人は、「売りものじゃありませんから？」とにべもなく断っている。
　壁は常設の展示用となっており、女性の裸体を描いた絵も掛けている。恥ずかしいから外して欲しいと何度も頼んではいるが、気に入っているのか、頑として外そうとはしない。久しぶりに広島の孫たちがやってきた。壁の裸体を見るや否や、ふたり揃って「おばあちゃん、この絵、キモイ！」と叫んだ。「教育上よくないと思いますよ！」と主人にこの一件を伝えた。すると「まだこの子らには、芸術かわいせつ物かの違いが分かる筈ない。そのうちこの絵が芸術作品だと分かるようになる！」と淡々としていた。

壊されていく空き家

　2年前まで老夫婦が住んでおられたが、このお二人が亡くなってからは空き家になっていた。広い庭には松や紅葉などの立派な植木もあったが、手入れもされないまま玄関近くまで雑草が蔽っていた。
　二日後に解体業者が取り壊しにかかるから、何か必要なものがあれば持ち出して欲しいと娘さんから言われた。薄暗くなったそれぞれの部屋にはまだ生活の匂いがし、備品や家

具がそのまま置かれていた。台所の冷蔵庫は空っぽであったが、真新しいレンジやトースターなどもあった。食器棚には立派なお皿やお椀などがきちんと並べられている。

　住み慣れた家が数日で跡形もなく壊されてしまう儚さ。明日はわが身などと思いながら座敷へ入ってみた。小さな座り机の上に小学校６年生の通知表が置かれていた。お孫さんのものだと思われるが、いい成績がつけられていた。故人も自慢に思って大切にとっておかれたのだろう。欲しいと思ったものも幾つかあったが、わが家自身が老前整理をしなければならない時。ただ、この通知表だけは二人に代わって大切に保管してあげたい気持ちになった。

ボケの原因はリモコン？

　部屋中リモコンだらけだ。壁にはエアコンがあり、めったに操作することはないが、温度調整、風量、風向からタイマーまでついている。天井の蛍光灯に黒斑やチラつきが出始めたので、新しいのに取り替えた。これにもリモコンがついていた。座ったまま点けたり消したりすることができる。明暗はもちろん、白色から暖色へと光色も調整できる。目の前のテレビや付属の装置も全てリモコン。ボタン一つで用の足せる日常生活になっている。

　そんな中、仕事も一段落したので、リモコンでテレビのスイッチを入れた。ダビングしていた番組を観ていた。正確に

は、観ていた積りだったと言わなければならないが！　コマーシャルを飛ばそうと早送りをしたが動かない。何度も試したが駄目。リモコンの電池を変えてみたがそれでも動いてくれない。このテレビは前にも故障して修理してもらったことがある。「ひょっとして」とサービスの電話番号を探していたら、今放送されている番組だったことに気が付いた。少しボケの兆候が出始めたのかも知れないが、リモコンのせいではなどと？

継続はくすりなり？

　たまに市販の頭痛薬や胃薬を飲むことはあるが、主人は毎朝5粒の薬を欠かさず飲んでいる。定期的に貰ってくるお薬の説明書きを見ると、利尿薬などの降圧剤である。飲み続けて25年以上にもなるだろうか？　月々の薬代も馬鹿にならない。塵も積もればの話で単純計算をしてみると○○位にもなり、新車の軽自動車が買えるほどのお金を薬代に使っていることになる。
　ところが、高血圧治療ガイドラインが改定されたとのニュースを聞いていた主人が、「年寄りは早く死ねちゅうことやろか？　そもそも今まで飲んできた薬は一体何のためやったんやろ？」とテレビに向かって自問自答していた。テレビの性能は画質や音質から素人の自分にもよく分かる。冷蔵庫にしてもコンピュータにしても同じことがいえる。確か

に、お腹を下して服用した正露丸は効き目があったような気がした。しかし、今飲んだこの薬が本当に効いたのかどうか、医学の知識のない者には分からない。ただこのようなガイドラインが変更するたびに、医学とは何か薬とは何かと疑いたくなるのは主人だけではないような？

フランス料理の立ち食い

　立って物を食べたり、歩きながら食べたりすると「行儀が悪い！　きちんと座って食べなさい！」とよく叱られたものだ。しかも、いつも頭には「女の子のくせに！」がついていた。そうした厳しい躾のせいかどうかはわからないが、他人様の前では滅多矢鱈と行儀の悪い立ち食いなどはしたことがない。
　たまに上京して早朝の駅近くをブラブラすることがある。ビルの一角のレストラン。胸くらいもある高いテーブルに食べ物を置き、透き通った大きなガラス越しに外の景色を眺めながら立ち食いをしている光景に出くわすことがある。松山ではめったにお目にかかることはないが、通行人に見られながら食事をする心境も推し量れない。
　ところが、お寿司やフランス料理まで立ち食いをさせるお店が登場などというニュースを聞いて驚いた。しかも、安くて早い。女性にも大人気というからなおさらだ。立ち食いは、うどんやそばと相場が決まっているものと思っていた。

ところが、女の子が立ち食いしながらお寿司をつまんだり、フォークとナイフでフランス料理などを食べる時代になっている！

蚊帳

　子供の頃は、母親が蒲団を敷いた後、蚊帳を吊ってくれた。その手伝いをするのも楽しみの一つであった。中へ入るにも儀式のようなものがあって、両手をひろげて蚊帳のネットをつまみ、バシャバシャと揺すってから急いで入らなければならない。刺されることもない。ブンブンと鳴く耳障りな不快音からも解放される。蚊帳の中は、とりわけ天国のような居心地のよさがあった。ところが不思議なことに入る筈のない蚊が朝には沢山入っていて驚くこともあった。あの小さな穴からどうやって入ってきたのか子供心に不思議に思ったものだ。

　古くは、エジプトのクレオパトラも愛用したという蚊帳ではあるが、今では、使用することも見かけることもほとんどなくなった。名残といえば、食べ残しのオカズなどの上にちょこんとおかれるワンタッチ式のネットくらい。

　ジェット噴射式の殺虫剤で見つけ次第撃墜。睡眠中は電子蚊取り器のプラグをコンセントに差込んでいる。パソコンから蚊が嫌う音の出るハイテクソフトなども出ているとか！でも母が吊ってくれていた蚊帳がやっぱり懐かしい！

ポットラックパーティ

　新聞で無料の貸農園の記事を見つけたのは、主人が退職する前年のこと。手ごろな距離にあったので訪ねてみた。地主さんの話では、目下、5家族が畑をやっており、その中には高校の教師を退職された方もいるらしい。わずか3畳ばかりの小さな面積ではあったが、お借りすることにした。
　退職された先生とは、偶然にも主人の大学の後輩。畑の縁で、その後、3家族で隔月の持ち回り食事会を開くようになった。3か月に一度ではあったが、当番が来ると何かと大変だった。同じ料理を出すのも芸がない。かといって、どんな料理を出したのかも忘れている。そんな主婦の気苦労を察してか、いつのまにかお酒は好みのものを各自準備し、当番以外の家族は一品ずつ持ち寄ることが慣例となった。いわゆるポットラックパーティが始まったのだ。これはちょっとしたビックリパーティ。どんな料理を持って来てくれるのか楽しみにもなる。料理が重なったりすると、味比べをされることも！　鍋料理の上手な仲間、鮎釣り名人の家族が持参してくれる飴煮・・・。そろそろ鮎が解禁になるころでは？

衣替え

　もうすぐ登下校の生徒達の制服が変わる。畑への往復に彼らを注意してみていた。女子生徒はまだ冬服で通学していて

気の毒に思ったが、男子はすでに半袖のシャツ姿がほとんど。学校によって衣替えの時期も違うのであろうか？　私の時代は６月１日と決まっており、従わなければ罰則が待っていた。

　箪笥の中の冬物を引っ張り出し、夏服に入れ替えながら、一枚ずつまだ着られるかどうか身体に合してみた。「まだ全部着られる！」と嬉しさのあまり頓狂な声を出してしまった。「着られるかどうかが問題ではない！　着るかどうかが問題だ！　着ないものはさっさと捨ててしまえ」と、主人がクールに言った。「そういえば、この服なども20年来一度も身に着けたことがない」などと妙な納得をしてしまったが、衣類一つひとつにもいろいろな想い出がある。さしずめ主人にとってはゴミ屑だらけの部屋でしかなかろうが、私にとっては宝の部屋。「それなら、裸の絵はいかにも涼しそうですが、これも衣替えをしたら」と言い返したら、「馬鹿野郎！、芸術と衣替えを一緒にするな！」とのたまう・・・・。

あんたが先に逝くことも！

　てかがみに「告別式のあいさつ」を掲載していただいた。大のフアンであるしゅうとめが真っ先に「マリちゃん！　あんたらにはまだ早すぎるぞな！　今から死ぬる事なんかお考えな！」と苦笑いしながら批評してくれた。女性の平均寿命が86歳、93歳になるしゅうとめからすれば、些か早計か

もしれない。でも一寸先は闇、若いと言っても65。なにごとも備えあれば憂いなしということもあるじゃない、などと談笑していたら友達からメールが入った。「マリちゃん！　てかがみ読んだよ。でも、あんたが先に逝く事もあるよ！」。そんなことは想定外のことであった。たてつづけに久万ノ台の従妹からも。「昨日は愛媛新聞に面白い記事が出ていましたね！　ご主人らしい考えですね。まだまだ先のことだと思うけど・・」。

　夕刻には知人からも電話があった。「ユニークな記事を読ませてもらいましたよ。私も真似をして今からお世話になった方達にお礼の挨拶文を書き残しておこうかな。これからも期待しているからどんどん書いて！」などなど。正にペンは鍬より強し、新聞の力は恐ろしい！

届けられない父へのプレゼント

　ダイレクトメールで父の日が6月15日だと教えてくれる。ビールにソーセージの詰合せ。ふぐの刺身セット。辛子明太子といか明太セット。麦焼酎に大吟醸。どうも親父のイメージは飲んべえ。酒とつまみのセットと相場が決まっているようだ。父親もそれほど強くないのに、仕事上かどうかしらないがお酒の臭いをプンプンさせながらのご帰還。たいていは深夜。折詰を食べさそうと、よくたたき起こされた。目をこすりながらも食欲だけは旺盛。5人兄妹の生存競争は早い者

勝ちである。風呂敷をほどくや否や、私は大好物の鯛や亀の色鮮やかな生菓子に突撃。兄は紅ショウガ、弟はリンゴやバナナへと目線が走る。それぞれ兄妹の好みが違っていたから全く紛争は起こらない。林檎を上手に５等分するには、などという厄介な問題は一切なかった。

　カタログを眺めながら、折詰のお礼にと思っても天国の父親までは送ってくれないだろう。寂しい限りではあるが、主人には早々と息子から缶ビールのプレゼントが。いつもなら嬉しそうな顔をするのであるが、今ではドクターストップが・・・！

喘息を無くすには！

　息子が一枚の紙切れを主人に差し出し、父親参観日に来てほしいと言っている。仕事の都合で行けないようだ。代わりに教えられた５年２組の教室へと急いだ。
　先生が入ってこられ、四大公害病の一つ、四日市の喘息についての授業が始まった。「喘息を無くすには、どうすればいいでしょうか？」。先生の質問に生徒達が大きな声で答えていく。
　「煙突の上に石をのせ、煙を出さないようにすれば！」。「煙をだすような工場はぶっ壊せ」。「工場を無人島へ移せばいいと思いま〜す」などと。「ほかに、誰かいませんか」という先生の追い打ちに、息子が手をあげた。蚊のなくような声で「縄

跳びをすればいいと思いま〜す」。困惑した先生は、何もコメントをしないまま話題を変えた。夕食後、息子に尋ねてみた。「縄跳びをして身体を鍛えておけば、喘息にかからずに済むじゃない」と言う。随分昔のことではあったが、いい答えだと思った。

しゅうとめの趣味

　しゅうとめが、友達に誘われてパチンコに出掛けたことがある。それが病みつきとなり日参するようになった。勿論、義父には内緒のこと。取り繕うのに苦労したが、三か月ほどしてピタッと止めてしまった。潰れたパチンコ屋がないことを悟ったらしい。しゅうとめの影響で、私の両親もパチンコの味を覚えてしまった。第二の人生、パチンコを趣味とし二人そろって楽しんでいたようだ。

　パチンコをやめてからは、しゅうとめの趣味が大正琴に変わった。一週間に２回ほど教室に通い、自分の大正琴も手に入れ自宅でも練習を始めるようになった。私にも習えと勧めてくれたが、不器用な自分には無理だと判断し断った。この趣味は結構長い間続いていた。しかしいつのまにかあの独特の音色も聞こえなくなり、大正琴を見ることもなくなった。そうこうしていると奇妙な声が聞こえ始めた。民謡である。近くに住んでいた民謡の先生宅へ通うようになり、時間さえあれば練習に出掛けていた。民謡の発表会には揃いの着物ま

で作る熱の入れよう！　今ではデイサービスでどっぷりカラオケに・・。

一人欠け、二人減り・・！

　叔母が亡くなってから、私たちが畑を作ることになった。叔母の息子夫婦は千葉に住んでいて、滅多に松山へ戻ることはなかった。広い屋敷のお守りも兼ねてのこと。とはいえ相手が野菜だけに手抜きはできず、車で15分位かけて毎日通っている。去年位からいとこも庭の草取りなどのためにちょこちょこ帰郷するようになった。たいていは一人で戻ってくるので、私たちと一緒に外食に出掛けたり、雑談しながら持参の弁当を食べたりする機会も多くなった。

　今日も主人の造った畑の倉庫でお茶を飲みながらコーヒーブレイクをしていた。23日から九州へバス旅行を予定している話などをしながら、「遊べるときに遊ぶ、足腰が弱ってからでは・・！」と主人が言った。いとこも「その通りだ！つくづく最近そう思うよ！」と相槌を打っていた。彼も松山の暇人会に所属し、帰郷に合わせて飲み会を開いてくれているそうだ。「メンバーも11人位いたが、一人欠け、二人減り、今では8人位になっているのかな？　この間の会でも一緒に楽しく酒を飲んでいた奴が、その晩救急車で・・・・！」。

駄菓子屋教育

　分け入っても分け入っても山の中！　実家のお店といえば農協の小さな出店が1軒あるくらい。定期的に行商の魚屋さんも来てはいたが、新鮮な魚を口にすることはなかった。
　嫁いだ先は、漁師町。毎日のように生きのいい蛸やエビを食べることが出来た。行商がやってくることもなく、近くには、豆腐屋、パン屋、八百屋さん、駄菓子屋さんなどもあった。夫の小さいころには、鍛冶屋さんもあって、飛び散る火花やはしる湯玉に見入ってよく遅刻をしたそうだ。
　ところが気が付けば鍛冶屋さんが姿を消し、豆腐屋さんもなくなっている。最後まで頑張ってくれていた駄菓子屋さんが店を閉めたとき、主人が感慨深くこんな話をしていた。
　父親の服のポケットから100円札をみつけ、おばあちゃん一人で切り盛りしている駄菓子屋さんへ走った。そのお札を差し出したところ、彼女は、「どこで拾ったんぞな？　どこで盗んだんぞな？」と執拗に問いただし、白状するまで飴玉を売ってくれなかったそうだ。「僕は駄菓子屋教育で育った！」と。今ではコンビニ！　でもどこにもおばあちゃんはいない！

淑女のヒッチハイク！

　病院の透き通った一枚ガラスの待合室。午後からの診察を

待ちながら当てもなく外を眺めていた。プランターには、紫陽花が今や盛りとばかり自己アピールしている。道路を隔てた斜め向こうに公園がある。下痢でもしたのか、ライトバンから降りた作業服の男性が顔を歪めながら公園のトイレへ駆け込んでいる。一枚ガラスは面白い！　待たされるのも悪くないと思いながら、戸外の様子を眺めつづけていた。近くの交差点で夏帽子を被った上品なご婦人が小さなシルバーカーを横にして立っていた。右手に曲る車がやってくると、ニコニコしながら手を上げている。どの車もなかなか止まらない。同じことを何度も繰り返していたが、助手席に小さな子供を乗せた軽自動車が、道の真ん中で急ブレーキをかけて止まった。女性が車に近寄り何か話している。ヒッチハイクの交渉が成立したのか、後部座席のドアを開けシルバーカーごと乗り込んだ。

　そういえば、しゅうとめが散歩に出たまま迷子になったことがあった。夕刻、親切な女性がわざわざ車で送り届けてくれたことを思い出してしまった！

お返しにカエルを！

　先日、畑で農作業をしていると、友達がお寿司をつけたからと届けてくれた。愛情だけはたっぷり入れてあるとのこと。
　お返しに野菜をと、一緒にキャベツやじゃがいも、大根な

どを採って洗っていた。その時、大根葉の中からピョコンと小さなカエルが跳び出してきた。「キャー！」と三間四方に響くような大きな悲鳴を上げ「せっかくやけど野菜はいらん」という。「カエルが何で怖いんよ。とっても可愛いじゃない」と、飛び出したカエルを捕まえ、彼女の鼻先に突き出してやった。「止めてや！　カエルは怖いんよ。ヘビのほうがよっぽどましじゃけん！」と興奮さめやらぬ面もちで言う。私はそのヘビが大嫌い。ヘビの夢を見ただけで震え上がって泣いてしまうのだが！　人それぞれ怖いものが違うことを再確認した。

　持参していた弁当は夜に回すことにし、届けてくれたお寿司をいただいた。椎茸、人参、高野豆腐などの具材が沢山入っており、とても美味しかった。漱石も襟を正して食べた松山酢を思い出しながら、お返しにカエルを一杯捕まえて届けてやろうかなどとちょっと悪戯心が！

何がなんだか？

　愛情たっぷりの無農薬野菜を持って、裏のおばあちゃん宅を訪ねた。返事はされたが顔をみせるまでには時間がかかった。いつものようにニコニコされていたが、額に傷跡があったので訳を尋ねてみた。寝室で長男の息子さんと話をされていた時に倒れたらしいが、「何がなんだかさっぱりわかりませんのよ！」とのこと。

気が付けば、病院のベッドの上。どうして自分がこんな所にいるのか不思議でならなかったそうだ。息子さんが呼んだ救急車で病院へ運ばれたことや、倒れた時の詳しい状況なども後で聞かされて知ったようだ。事の顛末は、私たちが農作業をしていた時に起きたこと。近所の人たちが救急車のサイレンで大騒ぎをしていたとか。
　「お医者さんからは何も言われなかったのですか？」と尋ねると、「それがね！『大丈夫だから帰っていいですよ』とただそれだけ。薬もなにもくれなかったのよ！　おかしいでしょ！」と笑っておられた。「私も歳が歳だから、何があってもおかしくありませんが、あなたはまだお若いから十分にお気をつけ遊ばせよ！」と逆に心配してくれていた。

社会とのつながり！

　久し振りに自宅の固定電話のベルが鳴った。息子の友達からであった。受話器をおいてから、最近とみに電話がかかってこないことに気が付いた。あっても保険などの勧誘や間違電話くらい。主人が現職の頃は職場や学会の方達からひっきりなしに電話がかかっていた。彼はよほどのことがない限り受話器はとらないので、もっぱら私が秘書のように取り次いでいた。時にはアメリカやオーストラリアなどから国際電話が入ることもあり、電話口でオタオタしていたこともある。
　たいていの用事は携帯電話やパソコンで間に合うし、主人

の携帯などは、かけることもかかってくることもほとんどなくなっている。かといって、いっそのこと固定電話を取り外そうかなどと思ったりもするが、踏ん切りがつかずにいる。心の隅のどこかに、社会との絆を断たれたくない気持ちが潜んでいるからだろうか？　間違電話も万歳だ！「お気の毒ですが、番号を間違えられたようですね！　電話代を無駄にされないようもう一度確かめてダイアルを！」などと。こんなお喋りでも社会と繋がっているような気がして！

よかった！　また行きたい！

　非日常の旅から普段通りの生活に戻った。サービスエリアで頂いた道路地図を広げ、三崎港から佐賀関港へ上陸してからの行程を赤のマーカーでなぞってみた。宮崎の高千穂峡から霧島温泉までが１日目。翌日は、鹿児島の鹿屋航空基地資料館や錦江湾ミニクルーズを楽しんだ後、雲仙温泉へ泊まる。３日目は、長崎の西海パールシーリゾートから九十九島クルージング。佐世保の軍港などを車窓から眺めながら大分へ。湯布院を散策した後、別府温泉に泊まる。最後の日は、今が見ごろの花菖蒲の咲く神楽女湖を訪ね、明礬温泉で郷土料理の団子汁を楽しんだあと振りだしに戻った。
　一面に描かれた九州全体の地図。こうして引かれた赤い線を手繰っていくと、随分楽しい想い出ができていた。袖触れ合うも多生の縁という。ウイークデーにも拘わらず旅行でき

るとすれば、私どものような年金生活者ばかりか？　バスの中は、まるで大人の修学旅行。3泊4日、霧島・雲仙・別府初夏の九州名湯めぐりの旅。月並みではあるが、小学生の感想のように「よかった！　また行きたい！」などと・・・・！

心をこめれば！

　「『おはよう』とのあいさつも、こころをこめて　交わすなら　その一日　おたがいに　よろこばしく　過ごすでしょう」という一節がある。心のこもった挨拶は、人間関係を豊かにする潤滑油。無表情で機械的に挨拶されては憂鬱にすらなるが、心を込めて言われると、ひねもすハッピーな気分でいられるというものだ！
　小野川に沿って散歩していると、自転車に乗った三人連れの女子高生から、「おはようございます！」と、元気な声をかけられた。予期していなかっただけに、口ごもりながら「お早う！」と返すと、「ラッキー！」という声が背中越しに戻ってきた。どういう意味で彼女たちが、「ラッキー」と言ったのか、ハッキリしたことは分からない。ただ言えることは、心のこもった挨拶をされると、心地よい恍惚感を覚え、ほんの一瞬ではあっても幸せな気分になれることだけは間違いない。
　日本のみならず、どこの国にも挨拶言葉はある。どれ一つとっても美しい。その美しいことばに、心を込めたすてきな

笑顔で挨拶されるともっと明るい気持ちになる！　グッドアフターヌーン　エブリワン！

ころり往生！

　93歳のしゅうとめと90歳になる妹の他愛のない会話に耳を傾けていた。知人のお孫さんが結婚することになったとか、どこそこの娘さんに4人目の子供が産まれたが、また女の子であったなどと・・。ところがお世話になっている82歳になる方が癌になり、お店を閉じて入院することになったという話題に変わった。すると二人の会話も、ころり往生ができたらこれくらい幸せなことはないなどという深刻な話に移っていた。「ころり往生か？」。他人事ではない。私も死ぬときは何も苦しまなくて、「ころり往生ができたら！」などと考えていた。
　正直言って私は人が亡くなる瞬間を未だ一度も見たことがない。せいぜいテレビの画面で見ている位。よくも役者さんはあんなに上手に死んだ真似が出来るものだと感心するのだが！　ペットのハムスターでさえ、死んだと思って泣いていたら主人が生き返らせたくらい！　自分が死ぬ時の状況を想像しただけで、そこはかとなく悲しくなった。「息子の嫁に下の世話などさせたくない！　畳の上で死にたいが、苦しみながら死にたくない！」などと！

朝顔の応援歌

　去年ホームセンターで日よけ代わりに朝顔とゴーヤの種を買い、廊下に面した庭に植えた。どちらも競うように支柱とネットをよじ登り、小さな黄色い花と青や紫の花びらで心を癒してくれた。夏の終わりにはゴーヤの実というおまけまでつけて。でも主人は、ゴーヤは苦いとかで料理をしても食べてはくれない。裏のおばあちゃんが大好物だと言うので差しあげたりもした。
　農作業が出来ない時のもっぱらの日課は、廊下の揺り椅子にのんびり腰をおろし好きな読書をすること。日よけ代わりにはなったものの、葉がぎっしり茂ってくると薄暗くて字が読みづらかった。
　今年は１粒の種も植えなかったが、いつの間にか朝顔だけが芽をだし、蔓を伸ばしどこかへすがろうとしている。地面すれすれに１輪の花を咲かせてもいる。１途に生きようとする朝顔に心を打たれた。別に釣瓶を取られたりしたわけではないが、そんな句を口ずさみながら支柱を立て、ネットを張ってやった。「どんどん伸びて天まで届け！　本などどこでも読めるじゃないか！」などと朝顔の応援歌まで作ってやりながら・・！

梅雨の代名詞

　カビ、憂鬱、湿気、しめっぽい、じめじめ、うっとうしい、イライラ。梅雨の代名詞を思いつくままに書いてみた。言葉そのものからして気分をすっきりさせない。雨を含んでいるからだろうか？　心の中までカビが生えてきそうになる。こんな時は、がむしゃらに本でも読んで気分転換。書棚の句集を取り出し、薄暗くなった廊下の明かりでページを繰っていた。

　　　　紫陽花の　壁のくづれを　しぶく雨　　子規

　そうだ！　梅雨でないと冴えないものもある。紫陽花に青ガエル。紫陽花は酸度の違いによって花の色が変わるという。別に「七変化」とも言われるらしいが、さもありなん。そぼ降る雨にしっとり濡れた紫陽花には、濡れた下着をまとった女の色香も連想させる。それに青ガエルを添えるとぴったりだ。梅雨でないとだめなものもある！

　享年34歳の若さで亡くなった子規にも梅雨はあったはずだ。病床6尺に仰臥しながら一体何を考えながら過ごしたのだろうか？　子規の倍近くも生きておりながら、梅雨にうつつをぬかしている場合ではない。雨のお蔭で野菜も育っている。雨降る梅雨もいいものだ！

おくりびと

　主人の撮影していたビデオを引っ張りだして観ていた。義父が亡くなったのは2012年4月3日のこと。その頃の様子が昨日のことのように思い出された。

　納棺に先立ち二人の女性が早朝より来られ、義父のお化粧を始めた。長い闘病生活のせいか、唇は荒れ放題。顔の肌は乾燥し、暗褐色の斑点があちこちに点在していた。

　二人ともまだ若かったが、落着いた物越しで黙々と作業を続けている。いくつかの最優秀作品賞をとった映画の「おくりびと」と重ねながら、女性の作業を終わりまで眺めていた。「見ていただけますか？」と一人が声をかけてくれたので、傍へ寄りつぶさに見せていただいた。生前と見紛うほどのハンサムな顔立ちになっている。唇はいまでも生きているように湿っぽく、暗褐色の斑点はどこにも見当たらない。「綺麗ですね！　本当に綺麗になっているね！」とただ繰り返すだけ。しゅうとめもやって来て、「嘘みたいじゃがな！　これで見苦しい顔のまま旅立たなくてすむな！」と喜んでいた。「私もこんなに綺麗にしてもらえるのだろうか？」などと想像しながら・・。

ボケは自動ドアにも！

　慣れとは恐ろしいものだ。お店から出ようとドアの前に

立ったが、ドアは開かない。じっとしていたら後ろから「自動ドアじゃありませんよ！」と声を掛けられた。ドアは自動的に開くものと思っていたのだが・・！

いつのまにか自動ドアにドップリ浸かってしまっている。出入りする気もないのに近寄れば開いたり閉まったり。その度に「私はまだ出ませんよ」などとドアに誤ったり、電気の無駄遣いじゃないかなどと思ったり。

昼食を簡単にすまそうとファーストフードへ一人で出かけた。入口のドアの前に立ったがドアは開かない。よく見ると「ココをタッチするように」と書かれたシールがあった。指示通り手で触れるとドアが開いた。たったそれだけのことで無駄な電気代を節約することができる。ドアも進化しているのだ。自分の手でドアの開け閉めを意思表示出来ることは素晴らしいことだと思った。

釣から戻ってきた主人に、そんな大発見を得意げに話した。釣果がなかったのかもしれないが、「手の不自由な人はどうすればいいのだ？」との答えに窮してしまったが・・・？

叔父の楽しみも！

子供のない叔父がそわそわし始める。網の手入れ、バッテリーに電球を取り付けたり、倉庫から胸までもあるウェーダーを引っ張りだしては空干しなどをしていた。

解禁日には、我先に重信川の河口へ向かい、凍てつく川の

中で何時間もシラスウナギを掬っていた。この稚魚は、はるか太平洋からやってきたもの。結構な値段で買ってくれるらしい。お金が入ると酒瓶持参でやってきては漁の自慢話を繰り返し、たまにお小遣いを頂戴したこともある。

　そんな叔父の楽しみだったシラス漁も、稚魚の激減と齢のせいもあってやめてしまった。そして数年後には、埃をかぶった道具を残したまま亡くなった。シラス漁の夢でも見ていたのかもしれない。

　日本うなぎが絶滅危惧種に指定された。主な原因は、乱獲や生息地の環境悪化とか。この報道でつい叔父のことを思い出してしまったが、「うなぎよ　おまえもか！」と言いたくもなる。

　もうすぐ土用の丑の日がやってくる。値段は気になるものの、健康のためとうなぎ丼などを楽しみにしていたのだが、いつの間にか知合いの店も潰れてしまっていた。

鯨の食い納め！

　捕鯨が制限されるまでは、スーパーで鯨肉をよく見かけた。値段も手ごろ。子供たちの弁当のおかずにもよく入れていた。ところが今では見かけることもほとんどなくなっていた。

　一人住まいのしゅうとめ宅で夕食をしようと主人がいう。畑から携帯電話を入れた。補聴器を入れていないのか、「おかずはこちらで準備していくから」と大きな声で何度も繰り返

した。「そんならご飯だけでも炊いとこかな？」と言われたのでなんとか通じたようだ。

　食材を揃えるために、少し早めに家を出た。途中のスーパーへ立寄り、お肉のコーナを物色していると、向こうで主人が手招きをしている。刺身用の鯨を指さしながら、「まだ鯨の肉が売られとる！」と驚いたように言った。「これが最後の食い納めになるかもしれない」などと脅すものだから、値段を気にしながらもカートに入れた。

　美味しいとは思わなかったが、主人はしゅうとめに鯨の刺身をすすめていた。「鯨の食べ納めになるかも！　こんどの土用の丑には、うなぎを食べに行こう。そのうちうなぎも食べられなくなるよ」などと言いながら。

「家路」

　子供たちが夏休みに入ると、夕方5時50分になると公民館の拡声器から一つの曲が流れる。ドボルザーク作曲の「新世界より」家路の曲。最初に「よい子の皆さんは、この曲を聞いたら早くお家へ帰りましょう」と案内があり、夏休み期間中この曲を流してくれるようだ。

　この「家路」は私の好きな曲の一つ。決まったように二つのことが重なって思い出される。実家は深い山の中。何故だかよく分からないが、薄暗くなった山道を一人家路へ急いでいる。暗闇の中からキラリと光る二つの眼。カサカサ響く落

ち葉の踏み足に怯えながら歩いている自分。もう一つは、芥川龍之介の「トロッコ」の主人公。元来た道を迷わず帰るには、自分が押したトロッコの線路しかない。闇に隠れた線路を、涙をこらえながら裸足で家路を急ぐ主人公の自分が重なってくる。どちらも暗さに対する恐怖心。裏返せば人はみな灯りを恋い慕う。

　家庭には灯りがある。この灯りこそが人の道を照らし、人と人との絆を高めている。「さあ、よい子の皆さんよ！　早くお家へ帰りなさい。明かりが灯っているお家に！」。

トウモロコシと狸の夢

　収穫寸前のトウモロコシが、一夜にしてほとんど食い荒らされている。獣の足跡らしきものもない。茫然としながら誰の仕業か考えていたが、全く見当が立たなかった。
　畑の仲間のトウモロコシはまだ被害に遭っていない。メールで注意するよう伝えておいた。ところが、翌日にはそのトウモロコシも見事にやられていた。近くに住むお百姓さんに、ことの顛末を話した。「そりゃ狸ぞな！　ここらへんには狸がぎょうさんおるからな！？」とのこと。そういえば「松山騒動八百八狸物語」もあるくらいだ。松山の狸には古い歴史がある。
　この炎天下、畑仕事をしているのは私たちばかり。熱中症にでもなればと早めに帰宅。久しぶりにのんびり横になって

いたら、いつの間にかどっぷり夢の中。一面のトウモロコシ畑に狸の軍団がやってきて、片っ端から食い荒らしている。棒を持って追いかけようとするが、金縛りにあって動けない。狸どもはケラケラあざ笑っている。狸が投げたトウモロコシが頭に当たって目が覚めた。枕元には、食いちぎられたトウモロコシが山のように積んであった・・・！

未開の生活も捨てたものじゃない

　学生時代の友達が訪ねてくれた。顔を見るなり「どしんたんその顔」と言われても当然のこと。とっくの昔に女を捨てた身。日傘をさして農作業などやってはおれない。赤銅色とは些かオーバーであるが、顔は真黒。日常の生活までが縄文時代にタイムスリップしている。

　日の出とともに起床。朝食を済ませて畑へ。お昼は畑の野菜を収穫し、手作りのかまで煮たり焼いたり。捨てようとしていた圧力釜へ石を入れ、そら豆やサツマイモを蒸かしたりしたこともある。今は、スイートコーンの収穫時。これもまた格別の味。「未開の生活も捨てたものじゃないよ！」などと1人悦に入っていたら、「トイレはどうするん？」と訊かれた。すかさず「水洗トイレ、それもウォシュレット付」と。

　主人が倉庫を建てる時にトイレも造ってくれた。水は従兄の庭の井戸から引いたが電気はない。散水アクアガンを買ってきて、主人自ら実験台になり、試行錯誤しながら実用に

至った文明の代物。ただ難点は温水装置のないこと。局部に水が当たった瞬間、脳天を射す冷たさ。あのかき氷を食べた時のような！

今年の流行は「エリマキタオル」

　畑で作業をしていると、よくしゅうとめから携帯電話がかかってくる。「畑におるんかな？　暑いから熱中症に気をつけんといかんぞな！」と。こちらもそう簡単に南瓜と枕を並べて討ち死にしたくはない。万全の対策は施してある。魔法瓶3本。1つの瓶には氷。1つはお茶。そして残りには手作りのシソジュースが入れてある。水分補給はこれで十分。さらに前日から冷蔵庫で冷やしたタオルを首にまいてのいでたち。最初は、カッコ悪くて畑でだけ首に巻いていた。なかなかの優れもので、首回りを冷やしてくれるばかりか、汗も適当に拭える代物。今では、憚りもなく、「エリマキタオルマリンコおばちゃんスタイル」の生活となった。

　ところがすれ違う車を観察していると、首に白いタオルを巻いたドライバーがどんどん増えているではないか！？

　残念ながら女性ドライバーのエリマキにはまだお目にかかっていないが！　私は女性と見做されていないのかもしれない。でも近い将来には、女性のエリマキタオルスタイルがはやると確信している。一時エリマキトカゲがはやったように・・・！

小さなギャルの立ちションベン

　招待していたアメリカ人夫妻とその娘が、陽の沈みかけた頃にやって来た。食事も終わり、下手な英語で他愛も無い雑談をしていたところ、6歳位の金髪の娘がプイと席を立ち、大人用のスリッパを引っ掛けて庭へ出た。花火をしていた三匹の豚児の仲間入りをしたかったのであろう。ところが、一番下の豚児が、ちょっと外れたところで立ちションを始めた。後を追うように次男も並んだ。主人が窘めたが、止める術はない。すると何を思ったのか、あの金髪のギャルが、いきなり二人の中に割り込んだ。パンツを下ろしたと思ったら立ちションを始めたではないか！　驚いたのはアメリカ人夫妻。「Oh！　No！　Oh！　No！」と連呼しながら、母親が庭に飛び降りた。
　寅さんの名セリフ、『粋な姉ちゃん、立小便』を地で行った光景。豚児のブカブカパンツを履かせながら、母親が粋な諭し方をしていた。「あなたには男の子のように、立ったままおしっこをするのは無理なのよ。男の子にはおしっこ専用のホースがあるけど、あなたにはないでしょ」。あの時の娘さんが結婚したというメールが届いた。

なぜお金持ちになれないの？

　お金持ちになる共通のパターンがあるらしい。どうせと思

いつつも当てはめてみた。その1が、「ジャンクフードを食べない人」。ジャンクとはガラクタ、ちなみにジャンクフードは、栄養価のバランスを著しく欠いた食べ物という意味らしい。代表的なものとしてハンバーガーなどが挙げられている。ならばこのようなものは余り口にしないから合格。その2は、毎日「エクササイズ」を欠かさずやっていること。わざわざスポーツジムなどへ足をはこばなくても、連日畑でエクササイズをしている。畑仕事だって十分な肉体労働、エクササイズ以上のエネルギーを消費しているから第2もクリア。その3は、「豊かな人間関係」。この点も沢山の友達や親友もいるのでパス。最後は、「読書の好きな人」。よく勉強する人は、先を見通す能力が養われるらしい。ジャンルを問わず、活字を目で追うのは大好き。したがって4つの項目はすべてクリアしたことになる。思わず手を叩いて大喜びしたものの、はたと己が手をみて気が付いた。「はたらけどはたらけど猶わが生活楽にならざり・・・」。

キッチンパラソルとハイチョウ

　金属製の骨組みに、中心部分に取り付けられた紐を引っ張ると傘のようにネットが開く台所の小道具。食べ残しのおかずなどちょっと入れておくのに便利なこの備品を何と呼ぶのか思いつかない。いつも適当に「蝿よけネット・・・」などと言っていた。

しゅうとめの家で夕食を共にし、後片付けをしようとしていた時である。食べ残したおかずを、「マリちゃん、これをハイチョウへ入れといてくれんかな？」と頼まれた。一瞬、「ハイチョウ」って何のことやろと思い、「ハイチョウですか？
　どこにあるんですか？」と尋ね返した。「そこにあろがな。ねずみにちょっと網をかじられているけど・・・」。
　もう蠅帳などという言葉を使っている人もいないし、冷蔵庫の普及により、蠅帳そのものを見ることもなくなっている。網の破られた蠅帳の前に、ドリンク剤の入った箱を間に合わせに置いてある。こんなやりとりを見ていた主人が、「キッチンパラソルがあったろうが？」と横槍を入れてきた。ハイチョウもさることながら、キッチンパラソルというハイカラな言葉も新鮮な響きがあった。

過疎化の里へ墓参り

　「盆休みに」などと言われなくても拘束される身ではない。久しぶりに小雨の中を両親の墓参りに車で出かけた。砥部から広田へ通じる道路は随分変わっていた。新しいトンネルも何本か抜け、道幅も広くなり時間も距離も短くなった。ただ広田から実家へ通じる臼杵への街道は、ほとんどが手つかずの狭い道路のまま。傘を手にした祖父が車に跳ねられ帰らぬ人となったのもこの道路であった。
　月遅れの盆。廃校になった小学校の校庭で盆踊りがあるら

しい。櫓に提灯などが飾られていたが、人影は全くなかった。過疎化の激しい里山で、残っている方達の名前を思い浮かべたが、手の数ほどもいなかった。果たしてこのような人数で盆踊りが出来るのだろうかなどと勝手な心配をしていた。
　道路わきの広場に車を停めるや否や、番犬にしては頼りなさそうな犬がけたたましく吠え、派手な出迎えをしてくれた。しっとり濡れた坂道を登り、線香に火をつけようとしたがマッチまでが湿って役に立たない。煙の立たない線香に向かって独り言をいっていた。「変わらないのは墓碑銘だけよね！」と。

甘い西瓜の食べ頃

　去年、初めてスイカの苗を3株買った。30センチ位の穴を掘り、牛糞・化成肥料・ヨウリンを入れ、土を戻して小山を造ったところへ定植。専門的には「鞍つき」の畝と言うらしい。収穫したスイカはどれも甘くて美味しかった。
　これに味をしめて今年は6株の苗を植えた。長雨続きで心配していたが、30個ばかりのスイカが育った。中には10キロを超える大玉も数個あるが、収穫の目安が分からず、野菜の本やネットで調べてみた。素人にとって1番簡単なのは巻蔓が枯れているか否かで判断する方法とか。この方法で収穫してみたが、種は白っぽく、味はまったくなかった。2番目は音による目安。ポンポンはNG、ポコポコは中が空洞。最

適の時期は、ボンボンと聞こえるらしい。どのスイカも同じような音がしたが、とりわけボンボンのスイカを選んだ積りだ。でもこれも失敗した。ならば敬愛する藤田智先生の教えにしたがって、受粉後の40日を頼りに収穫してみたが、どれも見事に外れてしまった。スイカの道を極めるのは至難の業、そんなに甘くない事を実感した・・・！？

フェイスブックの最初の友達

　友達から電話があり息子さんに子供が産まれたこと、スイカと命名したことなどを知らされた。彼が小学生の頃は夫がよく釣りに連れ出していたが、大学を卒業し中国に派遣されてからは久しく逢っていない。フェイスブックに写真を載せているから見て欲しいという。

　主人にフェイスブックの登録をしてもらっていると、ひょっこり広島に住む次男が出張のついでにと顔を見せてくれた。夫が操作していたコンピュータの画面を覗き込みながら「その歳でフェイスブックをするの？」と怪訝そうに言う。フェイスブックの先輩風を吹かせて一通りの注意やマナーを叩きこまれ、手始めに彼の名前を検索するよう指示された。息子が最初の友達となった。

　彼が近況をアップしたことを知り開いてみた。今回の土砂災害で亡くなられた方達への冥福。行方不明者の方達が一刻も早く救出されることへの祈念。避難所での生活を強いられ

ているご家族の方達のために、小学校や公民館を巡回し、団扇などの支援物資を届けたことが書きこまれていた。目頭を押さえながら、最初の友達を誇らしく思った！！

「おかえり放送」も終わり

　子供たちが夏休みに入ってから、夕方5時50分になると公民館の拡声器からドボルザーク作曲の「家路」が流されていた。この曲を、夕餉の支度の目安しにしていたが、「おかえり放送」も今日でおしまいと言う。来週からは、また新しい学期が始まろうとしている。

　そういえば、そんな予感がしないでもなかった。お昼に千葉から戻っていたいとこ一緒に回転寿司へ出かけた。ウィークデーにしては珍しく店内はごった返していた。普段に比べると、子供づれの家族が目立つ。待ちくたびれて辛抱できないのか、小さな子供が足をバタつかせたり、兄妹で取っ組み合いを始めたのもいる。

　夏休みの宿題を終えてホッとしているのだろうか？　ご褒美にお寿司でも食べさせてやろうとの思いで連れてこられたのだろうか？　でも、今年の夏休みは異常ともいえる長雨続き。家に閉じこもって宿題するにはたっぷり時間はあったかもしれない。真黒に日焼けした子供たちの顔がどこにも見当たらないからだ。ガンガン照りつける太陽の中にこそ子供たちの夏休みがある。私たちのほうが黒いようでは！？

ファンレターかも！

　畑仕事を終え、一息つこうとした時だ。玄関のブザーが鳴り、郵便配達の方が、番地の書かれていない１通の手紙を持って入ってきた。差出人に心当たりはないかとのこと。女性の名で、住所もきちんと書かれている。しかし、心当たりは全くなかった。もう一度、差出人に確認したいからと持って帰ってしまった。旧姓でないかもしれないと思ったが、名前にも覚えがない。しばらく悩んだが、ひょっとして投稿記事に対するファンレターかも知れないと思った。鼓動の動きが激しくなり、なんだか嬉しくなった。
　昼寝から起きてきた主人に、「ファンレターかもしれんね？」などといつもの調子で事情を説明した。「本当にお前は能天気やな！　くだらんことを書くなとお叱りの手紙かもしれまいがな？」と言われてしまった。その通りかも知れない。でも、いつも読んでくれているしゅうとめや友達からは、一度も批判めいたことを言われたことはない。ただ、しゅうとめが「マリちゃんの記事は、クライ話ばかりやね！　まだ若いんやからもっと明るい話を書かな！」と言われたことはあるが！？

主婦が一番したくない家事

　主婦がしたくない家事のアンケート結果がある。3位が洗

濯。私は洗濯が大好きで毎日欠かしたことはない。汚れよりも臭いに敏感なのかもしれない。シャツについた煙草の臭いや、汗臭いのは我慢ならない。風呂の残り湯で洗濯機を回すのが日課の一つになっている。都合で夜遅く明かりを点けて干しものをすることもある。さぞかし変わった隣人だと思われているだろうが？

　2位が料理。ところが料理も好きである。好きと言うより、好きにさせられたと言った方が当たっているかもしれない。夫は一口食べて不味いと思えば一切箸をつけず、そのまま残してしまう。残すか残さないかが味のよしあしのバロメータ。無言の抵抗が何よりも怖く、料理の研究をしているうちに厨房に立つのが楽しみになっていた。定期的にやってくる主人の教え子たちから、「奥さんのカルパッチョは最高！」などと褒められるとますます好きになるというものだ。

　ではあるが、主婦が一番したくない家事の1位が掃除とか。「したくないとは思っていないが、時間がなくて」などと言い訳する積りはないけれど！

ねずみに頭をかじられた！

　コトコト〜。コトコトコト〜。コトコトコトコト。天井裏の運動会が始まった。そろりそろりと遠慮がちにしていたねずみたちも、こちらに手出しができないと分かるや否や、ドタン、バタンと容赦なく暴れ回る。寝付かれないまま幼少の

ころを思い出していた。

　片田舎の古い2階に私の部屋はあった。うだるような暑い晩だったと思うが、ねずみが、寝込んでいた私の頭をかじったことがある。泣きながら両親を叩き起こし、「ねずみに頭をかじられた！」とわめいていた。父は何を思ったのか、「これで拭いたら治るから、早く拭け」と脱脂綿に自分のおしっこを含ませて手渡そうとした。「父ちゃんのおしっこなんか厭じゃ！」と泣き叫ぶ私に、父は無理やり頭にこすり付けていた。

　怪我をした子供に「痛いの痛いの飛んで行け！」などと呪文をかけながら、指先に唾をつけ傷口に塗っていたのとよく似ている。医学界でいうプラシーボ効果かもしれない。傷の痛みはすぐに治まったように思うが、なぜ父がこのような非科学的なことをやったのか、生きておれば尋ねることもできただろうに！

「共用品」らしきものはあったが？

　ネギの葉の裏表は知らないが、一般的には、つやつやしていて葉脈が見えにくく、濃い緑色をしている方が葉の表。ざらざらしていて葉脈が見えやすく、薄い緑色をしている方が葉の裏ということになる。目の不自由な人でも葉を触るだけで表か裏かの識別ができる。すでに江戸時代の先人は、こんな簡単な識別方法を利用して、柏葉の表を内側に包んだもの

を「こしあん」、葉の表を外側に包んだものを「みそあん」として区別していた。

　ならば、浴槽用の洗剤を頭から被せるような真似をしない方法はないものか？　メガネなしでもシャンプーと洗剤を区別できるものはないものかなどと、些細なことで悩んでいた矢先のことである。テレビで「共用品」というものがあることを知った。「身体的な特性や障害にかかわりなく、より多くの人が共に利用しやすい製品・施設・サービス」を共用品と言うらしい。容器の側面にギザギザのついたシャンプーが市販されているという。心当たりのお店を数軒回り、やっとそれらしきものを見つけた。でも、ボディーソープにもギザギザがついていたが！？

コックピットのような部屋

　主人の恩師が亡くなってから、奥様が一人で生活をするようになった。夕食に招かれたり、おいしいおはぎをご馳走になったりと、私自身も大事にしてもらっていた。お坊ちゃまは、大学を卒業してからも松山へは戻らず、神奈川で家庭を持たれている。お嬢ちゃまもアメリカ人と結婚され、滅多に日本へ帰ることはなかった。

　一人住まいの奥様が気になって、時々散歩がてら立ち寄っていた。玄関のベルを押すと、話し相手が欲しいのか、寂しさを紛らわすためか、半ば強引に部屋に通され、長話となる

ことも再三。

　老床5尺の周囲には、手を伸ばせば必要なものがすぐさま取れるように、備品や器具が機能的に配置されている。まるで狭い空間に計器類がびっしりと並んだコックピットのような部屋。

　「緊急の時にはマリコさんに連絡が取れるよう、電話番号を最初に書いてますのよ！」。ニコニコ笑いながら、天井から下がった紐に張り付けたメモカードを見せてくれた。電話をくれることもなく、奥様が交通事故で亡くなっていたことを知らされたのは、数か月もたってからのことであった。

子守も躾もコンピュータ任せ！

　兄嫁がアメリカに住んでいる孫の子守にスカイプを利用していることを聞いて驚いた。手が離せない時など、母親に代わってベビーベッドで寝ている様子をスカイプのカメラでお守りをしているという。マイクを通して子守唄まで聞かせているとか。わざわざアメリカへ行かなくても子守ができるのかなどと感心していたら、主人が「そんなことで驚くな！」と言う。子供の躾をコンピュータに任せている人たちもいるらしい。タブレットのアプリを開いて見せてくれた。言う事をきかない時、兄弟喧嘩をやめない時、泣き止まない時、早く寝かせたい時など、このアプリを起動すると怖い鬼が出てくる。見せただけで効果があると「拒否」、効果がなければ

「通話」ボタンを押す。すると電話口から鬼が「また言うことをきかないんですか」とおそろしい顔をこちらに見せる。「こら〜！ 言うことをきかないと、からいからい鍋に入れて食べちゃうぞ」などと脅す。たいていの小さな子供は怖がって泣きだしたり、親に誤ったりするそうだ。勿論、いいことをした時のアイテムもあるにはあるが！？

育毛剤を買うておやり！

　わが家には、ツルツル、テカテカ、薄い、抜けるなどハゲに関する使用禁止語があった。息子達とも申し合わせをしており、うっかり「この味噌汁の味少し薄すぎる」などとは言えなかった。頭髪が全くない状態を禿というなら、主人にはまだ数えきれない髪の毛がある。ただ薄くなっているだけだ。本人も「髪の毛3本あれば禿じゃない」などと別に気にしているようすもない。

　そんな主人としゅうとめ宅を訪ねた。部屋に入るや否や、「マリちゃん、これを買うてつけさせとうみな！」と新聞の全面広告を差し出された。「お金は私が出してあげるから」とも言われた。育毛剤の広告には、「この1本で効果を実感しない方は、代金を一切いただきません」と書かれている。

　「かあさん、僕は別に頭がハゲていることを少しも気にしとらんし、恥ずかしいと思ったこともない。それよりかあさんがそれを買って試してみたら？」とやり返していた。遺伝

かも知れないが、しゅうとめの髪も多いとは言えない。一番気にしているのはしゅうとめかもしれないが、「もうこの歳でつけてもな！」とか。

亭主関白ではあるが！

　主人のベッドの下を掃除していたら、カセットテープが出てきた。取り出してデッキに入れて聴いてみた。
　「俺より先に寝てはいけない　俺より後に起きてもいけない」。さだまさしの「関白宣言」。夫はこんな曲を好んで聴いていたのかとあぜんとした。全て命令口調。「めしは上手く作れ、いつもきれいでいろ、黙って俺についてこい、お前の親と俺の親とどちらも大切にしろ」などと。間違いなく主人も亭主関白。でも、夜の明けきらないうちから起きて仕事をしていても、私がいくら寝ていようが一度も「起きろ！」などと叱責されたことはない。時には、自分で朝餉の準備をし味噌汁や目玉焼きを作ってくれたりもしている。40数年も一緒に暮らしていると、私の夜行性や冷え性を理解してくれているのかも？　甘えてはいけないと思いつつもそれが出来なかった。
　「黙っておれについてこい」などと言われたこともない。ただ結婚する前に、「嫁の一人や二人路頭に迷わすようなことは絶対にしない」と酔った勢いで両親に高言したことがある。両親は満足そうな顔をしていたが、私には「嫁の一人や二人」

がいつまでも心の隅に引っかかっていた・・！？

動かない時計だけれど！

　縦30㎝×横40㎝の板に、ひまわりを丁寧に彫刻した手作り時計が夫の書斎の壁にかかっている。何回か電池の交換をしていたらしいが、いつのまにか動かなくなっている。時計としてではなく、壁飾りとしてそのまま放置されていた。頂いた新しい時計に取替えようと、壁から外して気がついた。裏面に「森貞先生　お誕生日お目度とうございます　2000・12・28」と書かれ、二人の中国人留学生の署名があった。この時計は、夫が57歳の誕生祝に頂戴したもの。留学中は「文ちゃん　好子ちゃん」と呼ばれ、拙宅へもたびたび遊びにきたことがある。器用に麺棒を転がしながら餃子を作ってくれたり、本場の中国料理などを丁寧に教えてもらったりしたこともある。

　実は、この二人の祖母は夫の勤めていた姉妹校の卒業生。その祖母がお孫さんを連れ、10時間もかけて主人を北京空港へ出迎えてくれたことにさかのぼる。当時はアメリカへの留学を考えていたらしいが、結果として祖母の留学した姉妹校の大学に決めたとか！　そんな大切な時計！　たとえ動かなくても飾っておかなくては！

カナダへ帰らず、天国へ！

　サングラスにヘルメット。ちょっと変わった大きな単車に乗ってやってきては、「バンゴハン　タベニキタヨ！」と玄関の戸を開ける。大学が休暇にはいると再々やってきては家族と一緒に夕飯を共にした。時々主人は彼と泊りがけで旅行にでかけることもあった。

　モントリオール生まれのカナダ人。日本語の大変上手な先生で、言語学の博士号も持っておられた。でも少し気の短いところが気になっていた。お酒がまわり始めると饒舌になり、酒の肴のつもりか、学生の悪口をサンザン言い始める。

　「先生！　僕は人形を教えるためにわざわざカナダからやって来たのではありません！」「それはどういう意味ですか？」と夫が尋ね返す。「僕が学生をノミネートして質問しても、答えを私に反してくれず、隣の学生と話はじめるのです！」。そんな遣り取りの繰り返しがつづく。「そんなに日本の学生を教えるのが嫌なら、カナダへ帰ればいいじゃないか？」と主人が声を荒げて言った。その彼が、しばらくしてから急性くも膜下出血で急逝された。カナダへ帰ることもなく、天国へ逝ってしまった！

浴衣があったぞな！

　しゅうとめのお守りのために２週間ばかりホームステイを

していた。そんなおり、「マリちゃん、私が死んだら着せてもらおうと思っとる浴衣を知らんかな？」と尋ねられた。一緒に箪笥の中を探しながら、一体私は何でこんなことをしているのかしら？　今、私が探しているのは、死に装束！　お母さん（義母）の死に支度のお手伝いを平然としている自分自身に呆れかえった。

　「お母さん、浴衣なんかどうでもいいじゃないですか！まだまだ先の話じゃないですか！」と取りつくろったが、どうしても「死に装束」という言葉が頭から消えなかった。

　義父が亡くなって２年。一人ぼっちになったしゅうとめの考えることは、死のことだけなのか？　死が苦しみからの解放であり、救いであったとしても、このやるせない虚しさや悲しみを消し去ることは誰にもできる筈がない。

　自宅に戻ってからもそんなことを考えていたら、しゅうとめから携帯電話がかかった。「こないだは心配かけて済まなんだな！　浴衣があったぞな。金魚の水槽を置いとった箪笥の中にあったがな」。その明るい声にホットした！

祈りましょう！

　もう26・7年も前になるだろうか？　加茂神社のお供馬にまたがった子供を見上げた男性が愛媛新聞に掲載された。その切り抜きを見るたびに思い出すことがある。彼はカナダのモントリオール生まれ。若干40そこそこの若さで急逝された。

教会でのお葬式は、夫も息子にとっても初めてのこと。戻ってきた息子が、両手を広げながら大きな声で「祈りましょう！」と祭司の真似をした。そして初めて聴いた讃美歌を、みんなと一緒に口をパクパクさせながら歌う真似をしたとも言っていた。

　息子も仏式でのお葬式を何度か経験しているが、その度に嫌がった。でもこのお葬式には自ら連れて行って欲しいと夫に頼んでいた。故人が息子の頭にヘルメットを被らせ、公園などへよく連れ出してくれていた。子供なりの恩義を感じていたのかもしれない。「お母さん、教会のお葬式はいいよ！」とも言った。夫も、「日本のお葬式は、お坊さんの独り舞台。参列者は足のしびればかりを気にしている。みんなで讃美歌などを歌っていると、こころから故人をあの世へお見送りしているような・・」と！

銭湯のうわさ話

　山育ちの私が漁師町へ嫁いだころには、友達といえば夫の妹たった一人。誰も知人はいなかった。それが5・6年もたって銭湯に行けば、顔見知りばかりなっていた。浴槽に顎まで浸かりながらお喋りに耳を傾けている。どこそこの娘さんが結納を済ませ、この秋に結婚するらしい。誰それに双子の赤ちゃんが生まれたらしい。あのイケズな坊主が有名大学へ入った話から他人のお世話ばかりしていたおばあちゃん

が急逝した話などなど・・・。私は、「へえ～！」とか「本当に！」などとただ相槌を打つばかりであった。でも私のようなニューフェイスには、村の中の様子が手に取るように分かって助かった。

　正岡子規は「銭湯で上野の花の噂かな」と詠んでいるが、銭湯は上野の花のうわさ話ばかりではない。生活習慣やこの村独特のしきたり、文化や風習などをすべてこの銭湯の湯に浸りながら教えていただいた。特に子育ての先輩たちから教わった貴重なアドバイスは新米の私には有難かった。夫に叱られて落ち込んだ時も湯仲間に癒された。そんな銭湯が次から次と姿を消している・・！

雨の中でのやりとり

　雨の中を散歩に出かけた夫が濡れながらすぐに戻って来た。「傘をどうしたの？」と尋ねると、「高校生の女の子に貸している。お前も一緒に来てくれ」と車に乗せられた。自宅近くの道端に２人の女子高校生が腰を下ろし、夫の傘の中にいた。１人が下校途中に側溝でスリップをし、足をくじいていたようだ。歩けそうもないので、夫が車で病院へ連れて行こうとしたが、どうしても一度自宅へ帰りたいという。

　ワゴン車の後部ドアから自転車を積み込み、彼女に手を貸しながら車に乗せた。怪我をした連れは、この近辺に住んでいるらしい。心配そうな面持ちで友達を見送っていたのが、

バックミラーに写っていた。

　共働きをしていて家に戻っても誰もいないが、アルバイトをしている母親へ携帯で連絡をしているから心配ないとのこと。彼女の道案内にしたがって椿神社付近の住宅街の一角で駐車。夫が自転車を降ろしながら、「本当に１人で大丈夫ですか？」と何度も尋ねていた。しおらしく女子高生も「住所とお名前を教えて下さい」と繰り返していた。雨の中でのそんなやりとりが・・！

こんなところに幽閉されるとは！

　10数年前の悲しくも懐かしい思い出がある。真夏の午前中、用を足しにトイレへ入った。出ようとした途端、どうしたわけか、ドアノブがガチャンと哀れな音を立てて外側へ外れ落ちてしまった。しばらく試行錯誤しながらやってみたが、どうしてもドアは開いてくれない。勿論個室にはエアコンなどなく、身体全体から汗がほとばしっている。助けてもらおうにも夫はアメリカへ出張中。表通りの車の音は聞こえるが、たとえ大声を張り上げてもSOSはキャッチしてもらえないだろう。当時は携帯電話なども持っていなかった。万事休すだが、時間だけはたっぷりある。手洗いの水で顔を洗ったり、手を洗ったりしながら時間を潰した。トイレに掃除道具があったので、とりあえず隅から隅まで掃除をした。なんとか脱出する方法はないものかと考えていたら、トイレ

の便器を止める大きなネジを発見！　この大きなネジをノブ穴へ突っ込み、右へ左へといじっていたらガチャンとドアが開いたのである。こんな嬉しいことは初めてのこと。幽閉された時間は３時間。安堵の涙が止まらなかった！

きょうの運勢で１日が始まる

「きょうの運勢」を読んで１日が始まるという知人がいる。「信じているんですか？」と尋ねてみた。「別に信じているわけではないけれど、どんな運勢が出ているか、ただ面白いから読んでいるだけ！　それがいつのまにか習慣になって」との応えだった。

その話に感化されたわけではないが、今まで目も通していなかった「きょうの運勢」欄を真っ先に探すようになった。「あれこれ案ずることなし。諸事気楽にやる」と出ていた。根っからのオプチミスト。自分でも不思議なくらいプラス思考。少々のことで悩むことはないし、睡眠薬のお世話になったことは一度もない。でも、このような運勢が出ていると言う事は、気づかないうちにあれこれ心配しなければならないことがあったのだろうかなどとつい思ってしまった。そういえばサツマイモを掘っていたら、芋に穴をあけ、コガネムシの幼虫が喰いついていた。腹が立ってこの幼虫を指でつまみ出し、バケツの水の中に沈めてしまった。溺死させてから悩んでいた。この幼虫も生きるために食っていたのだ！　自分

は鬼か蛇なのかなどと・・？

魔法の解けた魔法瓶

　「行く秋を綺麗にそめし紅葉哉　子規」。東温市の山奥もそんな景色になっているというので、友人4人と木の実採りを兼ねて出かけたことがある。久しぶりのピクニック気分。バッグの中にはまだ温もりの残るお弁当が入っている。

　いい香りの秋風を胸いっぱいに吸い込みながらの紅葉狩り。木の実はあまり採れなかったが、絵に描いたような秋の景色に癒されただけで十分満足であった。

　車座になってお弁当を開いた。1人が魔法瓶の蓋を開け、「熱いよ！　火傷したらいけんから気をつけて！」といいながら、私たちにカップを差し出してくれた。フウフウしながら唇にカップをあてたが全然熱くない。思わず「このお茶、魔法が解けている！」と奇声を発した。他の友達も「ほんと、このお茶全然熱くないじゃん！　私のお茶にも魔法が解けとる」などと大はしゃぎ。そんななまぬるいお茶で弁当を食べたが、とても美味しかった。

　あれから10年経っているが、皆と会うたびに魔法の解けた懐かしいぬるめのお茶の話が話題に上っている。壊れた魔法瓶は今も捨てきれないまま棚の奥にあるとか！

離婚の相談

　主人の教え子から電話があり、「これから訪ねてもいいか」と言う。彼女は時間通りにやって来た。私も彼女には何回か会ったことがある。
　「卒業してから随分になりますが、あれからいろんなことがあって・・・」とボソボソ語り始めた。主人は傍らで黙ったまま彼女の話に耳を傾けていた。彼女は、学生時代に駆け落ちをしたいと彼氏まで主人の研究室へ連れて来て、「何が何でもこの人と」と言い張った張本人。小雪のちらつく中、主人は彼女の自宅まで出かけ、親を説得しに行ったこともある。
　「どうして子供さんまでいて離婚などを考えるの？」と主人に代わって尋ねてみた。どうも彼氏が浮気をしているようだ。証拠の積み重ねでもしているように、こんなことやあんなこともあったなどと淡々と話している。相変わらず主人は黙ったまま。しかたないので、「本当に離婚をしたいの？」と尋ねたその時だ。
　「離婚をするのは簡単ですよ。紙切れ1枚に印鑑を押せばいい。でも貴女は浮気をしている証拠ばかりを探していますが、していないという証明を考えたことはありますか？」と。

マッサンは息子の命の恩人

　第1子が赤子の頃、風邪を引いてはよく鼻づまりを起こしていた。苦しそうにするのでお医者さんに診てもらおうとしたが、こんなことで医者を煩わすのもと躊躇し病院へは連れて行かなかった。そんな時、近くに住んでいた叔母のマッサンが、息子を抱きかかえ「何をしよるんぞな！　こんなに息を苦しそうにしよるのに」と私を叱りながら、自分の口を息子の鼻にあてズルズル〜と一気に鼻づまりを吸い取ってくれた。何が何やらしばらくあっけにとられてマッサンのすることを注視していた。

　このマッサンとは、しゅうとめの実の妹。本名はマス子であるが、しゅうとめは前にアクセントを置いていつも「マッサン」と呼んでいる。

　病院ならば鼻や咽喉に痰が詰まると、看護師さんが管を差し込んでいとも簡単に機械で吸い取ってくれる。その吸い取ってくれる機械の代わりをマッサンは自分の口でやってくれたのだ。自身わが子でもしなかったことをこの叔母が・・！

　息子の命の恩人、鼻づまりを治してくれたマッサン叔母さんに会うたびにあの当時の出来事を思いだしては感謝している・・！

師走バタバタ、なんくるないさ！

　別にお歳暮のつもりではなかった。何かとお世話になっていた知人に、白菜や大根などの野菜と蜜柑に加え、干し柿や干芋も段ボールに詰めて宅配便でお送りした。早速、翌日にはお礼のメールが届いた。「収穫された愛情たっぷりの野菜や蜜柑を丁寧に箱詰めしてお送りしていただきありがとうございました。加工食品あり、柑橘類あり、懐かしい食べ物「かんころもち」(香川ではサツマイモをふかして干したものを『かんころ』と言います) まさに、1次産業、2次産業、3次産業を全て一人でこなす6次産業と言ったところ。本当にありがとうございました」と書かれていた。

　夕食をとっていると再度、「今、野菜とは別に、蜜柑と柿が届いたけど、何かの間違いじゃないの？」と電話があった。贈った覚えはないが、誤配の心当たりはあった。実は昨日、宅急便センターで手続きをし、宛名を確認したところ全く身に覚えのない宛先！　訂正していただいたが、それがきっかけで・・・！？　師走はなにかとバタバタするが、アイタペアペア、なんくるないさ！　おおらかな気持ちで行こうよ！

66回目の師走

　主人が在職のころは、週に2・3回は忘年会とやらで家を

留守にし、その流れで夜襲をかけられることもたびたびあった。寝間着姿で客を迎えたことや、こっそり子供を酒屋に走らせたことも。

　66回目の師走。今では、そんな懐かしい思い出が脳裏をよぎるばかり。別に忙しくもないのに気分だけは忙しない。夜襲をかけてくる客もないなどと高を括っていたら、主人の元同僚達が押し掛けて来た。よくしたもので、酒量の減った主人に、お歳暮はお酒やビールばかり。子供たちはいなくても、酒屋へ走る必要もない。酒の肴に酢漬けのカブを出したところ、お世辞ではあろうが、こんな美味しいカブは初めてだと言ってくれた。互いの専門的な領域で議論をすることもなく、「味醂と料理酒はどんな違いがあるのか？　味醂のアルコール含有率は？」などと味付け論争で燃えている。傍らで静かに耳を傾けていたが、「味醂は酒税がかかっているのか、いないのか？」といつの間にか酒税論争に発展している。たかが味醂でこんなに楽しそうに会話が続けられる主人たちに呆れるやら感心するやら！？

湯たんぽの湯を抜き洗う朝冷えの刻

　根っからの冷え症。炬燵がなければ、このような寒い冬を乗り切ることは出来ない。振り返れば布団の中の相棒も、幼いころの瓦炬燵や木製の安全炬燵から、電気炬燵・電気毛布へと変わっている。が、いつの間にかジェリー（ペットの猫）

まで相棒に加わり、遠慮しがちに出入りする毛並の感触まで楽しむまでになっていた。性格頗る温厚、苛められてはいつも傷だらけになって戻ってくる。時には、布団を膿や血で汚してくれることも。

ところが、この年老いたジェリーが病死してからは、蒲団の中の相棒は湯たんぽに入れ替わっていた。猫と同じ肌の温もりを求めていたのかもしれないが、母親の温もりを感じさせるこの湯たんぽ。事実、たんぽ（湯婆）には、母親とか妻という意味もあるようだ。

「目さむるや湯婆わづかに温かき　子規」。凍てついた朝、足元の湯たんぽを抱えて洗面所へ。温もりの水で洗面する。不思議な心地よさ！「湯たんぽの湯を抜き洗う朝冷えの刻　マリコ」

師走とはこんなものか！

友達の強い勧めで投稿を始めたのが今年の２月。滅多に掲載されることはないとも聞かされていた。病院の診察室で感じたことを思うままに書いて「門」欄へ投稿したら、数日後にそれが掲載された。さっそく友達や知人から電話やメールが入り、改めてペンの力、新聞の威力に驚かされた。同時に自分の綴った文に対する誠実さや社会に対する責任を感ぜずにはいられなかった。

そんな自戒の念も込めて、この日をきっかけに「てがみ」

「へんろ道」と「門」欄の切り抜きを始めている。今年も余すところ10日ばかり。この寒さと雨のために畑仕事もままならず、たまった切り抜きの整理でもしようと炬燵に入った。もとより他人様の名前を覚えるのは特技のようなもので、何百人もいる投稿者のお名前はほとんど覚えている。1か月に2回、3回と掲載される方もおられ、内容や文章のうまさに感心しながら読み返していて気が付いた。「この方も、この投稿者も一つ歳を重ねられている」と。当然と言えば当然だが、こんな調子だから整理は一歩も前に進まない。師走とはこんなものか!?

カボチャの甘～い煮物でも!

　冬眠に入ったカエルを鍬で掘り起こしてしまった。寒い冬を乗り切ろうと身じろぎひとつしない。可愛そうになって、そっと別のところに埋めてやった。そういえば今日は冬至。1年のうちで一番夜の長い日。人間も例外ではない。古人は「死に一番近い日」と恐れていたようである。山野は雪に覆われ、食べ物も少なくなる。無病息災を祈り、いろいろな慣わしを残してきた。冬至にカボチャもその一つ。長期保存のきくこの野菜。寒い冬でもおいしく食べられる。カボチャにはカロチンやビタミンが多く含まれ、緑黄色野菜の少なくなった冬に風邪や脳卒中などへの抵抗力をつけようとした先人の知恵でもある。

また、冬至は湯治とかけられ、柚子風呂に入る風習が今も残っている。柚子の木は、寿命が長く病気にも強いらしい。柚子の浮かぶ湯船に浸かり、楽しそうに談笑している親子の映像も今夜あたり見られそう。
　明日からは少しずつ日が長くなる。夜が明けるのも早くなる。暗い話ばかりではない。柚子はないがカボチャはある。今夜あたりはカボチャの甘～い煮物でも作ってみようか！

「おめでとう」もバラバラに！

　義父が存命の頃には元日早々から家族そろって出掛け、年賀の挨拶をするのが恒例。几帳面な性格で、少しでも遅れると義父の機嫌は頗る悪かった。笑顔で幕開けするかしないかは子供たち次第。夜更かしをした子供を起こすのに躍起になったものだ。
　おせち料理の並べられた膳の前には、それぞれの家族ごとにお猪口が配られていた。微量の酒は薬になるとかで、孫たちに厳しい割には妙な甘さもあった。大きなお銚子でお酒を注いで回るのは義母の役割。「おめでとう」と笑顔で言いながら注いでくれた。
　上座にでんと腰を降ろした義父が、義母にお酒を注いで年賀の口上が始まる。もっぱら自分自身の新年の抱負のようなものであったが、終わると孫たち一人一人に将来の夢などを喋らせていた・・。

敗戦から70年となる新しい年が明けたが、義父母宅での長く続いた年賀の行事もなくなっている。今では、子供たちもそれぞれに家族をもち、それぞれが仕事を抱えている。一堂に会しておせち料理を囲むことなど望むべくもない。年末から丹精込めてつくったおせち料理が、手つかずのまま2日、3日とバラバラに戻ってくる息子たちの家族を待っている。

大人になることの意味

　今年のNHK日曜大河ドラマは、吉田松陰の妹にスポットを当てた「花燃ゆ」とか。
　昨年、松下村塾を訪ねた時に買っていた彼の自伝を改めて読み返した。「死して不朽の見込みあらばいつでも死ぬべし　生きて大業の見込みあらばいつでも生くべし」と書き残している。この松陰の影響を受けた門人たちのなかには、初代日本の総理大臣になった伊藤博文や山縣有朋などもいる。こうした方達が、日本の歴史を大きくひっくり返し、新しい国の牽引をしてきたくらいは知っていた。が、余にも彼らの生きた年月の短いのには驚かずにはいられない。松陰自身、わずか享年30歳、その松陰の妹を妻にめとった久坂玄瑞、享年25歳で自刃、高杉晋作も享年27歳の若さで亡くなっている。
　ただ人は齢を重ね、長生きしているだけで偉業を成し遂げられるものではない。きちんとした志を胸にひめているからこその業であろう。もうすぐ目の前に成人式がやってくる。

毎年のごとく、テレビの画像に写る光景が目に焼き付いている。酒瓶をふらつかせ、傍若無人に式場を闊歩している若者たち。彼らも二十歳。どうしても歴史の中の若者の年齢と重なってしまうのだが？

一服しませんか？

　近所のオイサンがやってきては、父に煙草をねだっていた。「自分でタバコを買ったためしがない」などと陰ではしかめっ面をしていたが、そのたびに「一服するかな？　おやりな」とか言って１本抜き出していた。お金をくれというのは気恥ずかしいようだが、「たばこを１本おくれや」と言うのは平気らしい。

　昔は、何かにつけて「一服しませんか？」と言う会話を耳にした。この「一服」が死語になっている。お茶やタバコを１回飲むとか休憩する、また、粉薬を服用するときなどの意味にも使われていた。

　主人もかっては愛煙家であった。ヘビーというよりチェーン・スモーカーと言うべきか！　部屋の中はいつもタバコの煙で濛々としていた。灰皿には山のように吸い殻が積まれ、１日に何度も取替えねばならなかった。ところがまだ小さかった長男が、その煙に咽びながら咳をしているのを目の当たりにし、以後はタバコに目もくれなくなった。

　今では他人様の煙に咽びながら、「間尺に合わない」などと

言っているが、一服には、「相場が安定する」などという意味もある。ことしはひつじ年、健康で安定した年になって欲しいと願っているのだが・・・！

延命治療はするな！

　年明け早々から明るい話題ではなかった。子供たちがそろうのは滅多になく、仕方なかったのかもしれない。すこしお神酒の入った夫が唐突に、「何があっても絶対に延命処置だけはしないでくれ」と言いながら２年半前に亡くなった義父の話を始めた。義父も胃に穴を開け、栄養を流し込む「胃瘻」の処置をしてもらったが、それは本人の意思によるものではなかった。その頃には話すことも自分で歩き回ることも出来ない状態。少しでも長生きをしてほしいとの一念で延命処置をお願いした。病室を訪ねても、ただ大きな目を見開いて天井の一点を見ているだけ。たまに何か言いたげにこちらに顔を向けてくれることはあったが、喋ってくれるわけでもなくこちらが推量する他なかった。こんな病室暮らしの生活が２年半も続いたが、夫が、病院から戻ってくるたびに「結局、おやじを苦しめているのでは？」と悩んでいた。

　「悲しいことではあるが、人間いつかは死ななきゃならんのだ。父さんには絶対じいちゃんみたいに延命処置などするな！」と夫。「そんなことをする気はさらさらないから！」と、子供たちは笑いながら異口同音に答えていた。

なぜ逆走が起こるのか？

　鳥取西ICの料金所で「チェーンは持っていますか？」と尋ねられた。大雪のためチェーン規制がかかっていたのだ。料金所のオジサンに自動車部品を扱っている店を教えていただき、市街へと引き返した。値段は結構高かったが、ゴム製で最新式のものを買った。チェーンの装着は初めての事。店員さんに講習を頼んだが、「馬鹿でも取付けられますよ」と言われ、未開封のまま品物を渡された。

　もと来た道を引き返し再スタートしたが、すぐに雪の積もった道路となった。チェーン脱着場へ入り、降りしきる雪の中で新品のチェーンを取出した。マニュアル通りに試してみたが、何回やってもうまく装着できない。走行中の車には、ちらほらヘッドランプが付き始めている。入ってきたICまではそれほど遠くない。いっそのこと逆走してなどと考えたのも事実である。

　さいわい脱着場の前の中央分離帯は、ロードコーンだけ。軽自動車なら簡単にすり抜けられる。もとより違反は覚悟の上。反対車線へ出てもとのICへと引き返した。「時々あるんですよ」と笑って許してくれたが、逆走するのは認知症の問題だけではない。したくなる原因も考えなければ！？

ハゲが地球を救う

　少し薄くなった頭の髪をなでながら夫がこんな質問をしてきた。「ふさふさ髪の毛のある人とテカテカ光っているハゲ頭の人とでは、どちらが地球の環境に優しいか？」と。まんざら「少し髪の毛を分けてあげようか？」などとからかったしっぺ返しでもなさそうだ。ハゲは、犬が濡れた毛を跳ね飛ばすように数回プルンプルンとやり、ティッシュの1枚もあれば濡れた頭を拭き取ることができる。たった「1枚のティシュで」と繰り返し強調していた。このティシュは木材から作られている。世界中の人たちがティシュ1枚を節約すれば、地球上の木を伐り尽くし砂漠化することもない。だからハゲはこの地球の環境に大きな貢献をしていることになると言う。

　夫がカナダのケベックへ視察旅行に出かけたときのこと。絵でも描きたくなるようなライン川に沿って工場が建ち並び、高い煙突からモクモクと煙をだしている光景を見て驚いたと言う。なんとそれが日本の製紙工場だと現地の人から皮肉っぽく言われ、もう一度驚いてしまったとか？

　目下、地球温暖化問題がトーンダウンしているようだが、CO_2削減のためにも森林を増やす地道な努力をしていかないと！

叔母の大切な宝物

　昔ずいぶんお世話になった叔母が年末から入院しているという。しゅうとめも見舞いに行きたいというので、一緒に病室を訪ねた。
　私たちを見るなり、ベッドの上の叔母が涙声で「こんな寒い日によう来てくれたね！」と手放しで喜んでくれた。しゅうとめの補聴器の調子が悪いせいでもあろう。「もっと早く来たかったが」などと矢継ぎ早に話していたが、互いの話は嚙みあっていない。突然、叔母が「マリちゃん、ちょっと見て欲しいものがあるんよ！」と、引き出しから手作りの小さなアルバム帳を取り出した。ベッドの上の叔母と若い女性の仲良く並んだ数枚の写真。最後のページには、丁寧な字で書かれた手紙が添えられていた。「おばあちゃん♡　17日間、実の孫のように優しく接してくれてありがとう。人生で初めての入院。辛いこともあったけど、おばあちゃんのおかげで乗り越えられたよ！　おばあちゃんには、人との関わり方とか家族を大切にすることとか、生きていくうえで必要なことを沢山おしえてもらいました‥おばあちゃんと出会えてよかったよ～♡」
　同じ病室で共に暮らした22歳の女性からの贈物。叔母の大切な宝物になっている。

卒業式のスピーチ

　主人の机を片付けていたら、「スピーチ関係」と書かれたファイルが目に留まった。卒業生たちへの結婚式の祝辞や行事関係のスピーチ原稿がぎっしりファイルされている。在職中、10年近くも卒業式の度にスピーチをしていたのであろうか。歳歳年年人同じからず　とはいえスピーチの内容は毎年違っている。手を休めてある年度の原稿を盗み読みした。
　「石炭もない、石油もない。これといった鉄鉱石も採れない、ないないづくしの国ではありますが、世界中が注目している豊かな国があります。それは今、私たちが住んでいるこの日本であります。それでは何故このように資源のない小さな国が豊かになったのでしょうか？　その答えは君たちの頭の中にあるのです。資源のない国が豊かになるためには、賢くならなければなりません。これからも豊かな国であり続けるためには、与えられた場所で人を得て、君たち一人一人が勉強しつづける以外に方法はありません・・・・」
　学生たちに向かって、はなむけの言葉を贈っている主人の顔は想像に難くないが、その機会もなくなった今、鼻毛をティッシュの上に丁寧に並べながら、呑気に炬燵の中で本を読んでいる姿は滑稽そのものである。

野球のおもしろさ

　プロ野球、とりわけ巨人の大ファンだった父親にくらべ、私ときたら野球のやの字も分かっていない。テレビで野球を見るのは、地元の高校が甲子園に出ている時くらい。せめてルールくらいは勉強して人並みに会話の仲間入りができるようにと思いながら、三間町のコスモスホールまで車を走らせた。
　愛媛新聞社主催のふるさと大学「伊予塾」第46回「子どもに背中を見せ続けるために‥」を聴くためだ。講師は、宇和島東出身の岩村明憲選手。なぜか彼の名前はよく知っていた。
　子供たちもそれぞれに家庭を持ち、孫に背中を見させることになろうが、どんな話をしていただけるのか興味津々であった。ところが心配していた通り、監督やコーチの名前を言われても馬の耳に念仏。知っていたのは、同じ三間町出身の上甲監督と野村監督くらいか！　日頃の勉強不足がこんなところでもろに露呈してしまったわけであるが、一つだけ大きな収穫があった。メジャーリーグがどういうものか？なにより、試合中にバッターボックスから出て素振りをしたら、いきなり審判から「ストライク」を宣告されたルールの違い。野球の面白さはこんなところにもあるのか！

漱石と饂飩の巻き

　あれからもう４年が経とうとしているのか？　夫が「イログロ先生行状記　漱石と饂飩の巻」という４万字ばかしの小説を書いて、坊っちゃん文学賞に応募。ものの見事に選外となり、一片懲りしてしまったのか、それ以後は筆を執ろうとしなかった。
　校正を何度か頼まれた関係もあり、内容は熟知していた。夏目漱石の小説「坊っちゃん」が黒板に書かれたのは「天麩羅蕎麦４杯だったか、それとも天麩羅饂飩２杯だったか？」。ゼミ生の一人と１杯のうどんを賭けて他愛も無い攻防を繰り返すといった筋書きであったが、私なりに面白いと思いながら読んでいた。
　そんな「坊っちゃん」の連載が本紙で始まり、早速読んでみた。何度読んでも面白いが、読み落としも随分あることに気が付いた。「茂作の人参畠をあらしたことがある。人参の芽が出揃わぬ処へ藁が一面に敷いてあったから、その上で三人が半日相撲をとりつづけに取ったら、人参がみんな踏みつぶされてしまった」。坊っちゃんもいろいろな悪戯を大分したようだが、豚児の次男坊が、近所の悪餓鬼どもとジャガイモ畑で同じような事をやり、菓子箱を持って謝りに行ったことを思い出してしまった。

乞食さんから頂戴した柿

　炬燵に入り、姑と茶飲み話をしていた。椿祭りも終わった話などをしていると、「いい時代になったもんよ。昔は、沿道に手や足を無くした傷痍軍人さんや行乞のお坊さんなどが沢山おったのに、今では・・・」、ちょっと一息いれてから「乞食さんから柿を貰ったのは、あたしぐらいなもんじゃろかな」と、照れ臭そうに喋り始めた。

　年の暮れも迫り、餅を搗き終わったところへ、小さな女の子を連れた乞食が玄関に立ち、物乞いを始めた。姑は、搗きたてのわずかな餅の中から、二三個袋に入れ、少しばかりのお金も上げたそうだ。

　そんな出来事も忘れかけたころ、ひょっこりあの時の親娘の乞食さんがやってきて、お礼にと、沢山の柿を置いて帰ったとのこと。

　「世の中には、良識のない人もおるもんよ、渋柿をあげてもすぐには食べることもできんのに・・・」。

　今は、軽犯罪法で、こじきをしてもこじきをさせても罪になるが、名前をかえた若年貧民者が増えているのも事実であろう。決して渋柿をあげるようなまねだけはして欲しくないものだ。

誰が身柄を引き取りに！

　東日本大震災が発生して早３年。被災者の方々に謹んでお悔やみを申しあげたい。地震といえば他人事ではない。生涯忘れることのできなくなったサンフランシスコ大地震が、1989年10月17日に発生した。現地時間の５時４分、丁度その時、主人は、海外視察のため、ボストンからサンフランシスコへ入り、夕食を取るためにフィッシャーマンズワーフへ向かっていた。

　私たち親子といえば、呑気にテレビを観ていたが、「サンフランシスコで大地震が発生した模様」などの字幕スーパーが出始めてビックリ仰天。子供たちに身なりを整える様に指示し、私も鏡の前でメーキャップを始めた。「何で着替えないかんの？」と訝る息子に、「報道関係者の方が、大きなカメラを持って取材に来るかもしれんやろ」と、冷静沈着に振る舞った積りでいた。

　安否の確認をする術はなかった。翌日、ニュースを知った主人の父と弟が、気の早い相談にやって来た。「親父も歳をとっとるし、兄貴の身柄を引き取りに行くのは僕より他ないやろ」、すでに主人はこの世の人ではなくなっていた。九死に一生を得た主人の脳裏には、どこかで地震のあるたびに、あの大地震が蘇ってくるようだ。

指をとばすなよ！

　「帰ってきたよ」と、アメリカから戻った埼玉の兄から電話があった。1ヵ月ばかり子守の真似事をするために出掛けていたようであるが、いきなり弁護士をしている娘婿が私の夫にそっくりだと言う。休みのたびに早朝よりホームセンターなどへ車で出かけ、電動工具や必要な材料を買い込んでくる。三つの大きなガレージを工房にして、気に入った最新式の工具などがあれば、数十万円もするような高価なものまで手に入れて並べているようだ。本職の家具屋さんが顔負けするような椅子や机を作ったり、部屋の壁や床の張り替え、水道工事から水洗トイレにいたるまで全て自分一人でやってしまうらしい。

　手先の不器用な兄は、子守の傍ら庭の草を引いたり、片付けの仕事を手伝ったりしていたようだ。そういえば、何でも自分でやりたがる従兄もいて、夫が細かい細工の出来る電動鋸を貸したことがある。「木は切ってもくれぐれも指を切り落とさないように！」と注意した二日後には、指を2本切り落としたと病院から電話があった。そのことを知っていた兄は、娘婿が電動工具を引っ張り出すたびに「Be careful!　指をとばすなよ！」と繰り返していたらしい！

お喋りロボット

　ご主人を亡くした友達が、「時々、独り言をいっていることがあるの。お喋りロボットでもあればいいのに」と、嘆息をもらした。お喋りしながら何でも教えてくれるコンピュータがあることを教えてあげた。

　ボタンを長押しすると、画面に「ご用件はなんでしょう？」と文字が出てくる。「明日の東京の天気は？」と音声入力すると、「東京都はいい天気になりますよ。予想最高気温は17℃です」と応えてくれる。

　「あなたのお年を教えてください？」「守秘義務違反となるため、お話しできません」。「あなたは女性ですか？」「動物とネジには性別がありますが、私にはありません」。「一人ぼっちで寂しいの、話相手になってくれませんか？」「いいえ、できません」。「あなたは美人ですか？」「うまく組み立てられているだけですよ」。「人間とロボットとどちらが好きですか？」「私の好みなんて、気にしないでください」。込み入った質問には「理解できません。でも、Webで検索してみましょうか？」などと、気の利いた会話をしてくれる。「お喋りロボットもいいけど、人間のように心の通った会話は期待しないほうがいいよ」と、彼女には付け加えておいた。

現代の姥捨山

　アメリカのアリゾナ州にサンシティという人口わずか3万5千人の町がある。荒涼とした砂漠地帯を、人工的に緑化し、一大老人天国、ユートピアをつくって20数年が経つ。中心には立派な病院や図書館、レクリエーションなどの施設があり、取り囲むように老人達の居住施設が建てられている。高級車に乗せられ連れてこられるのは、殆どが55歳以上のお年寄りたち。一端この施設に入ると、親族に看取られることもなく人生の幕引きをするという。

　わが国にも、人里離れた山の中や田圃の中に、老人たちの施設が次々と生まれている。こうした施設をみるたびに「楢山節考」の世界と全く同じじゃないかと悶絶する。新しい命を救うための掟とはいえ、死を覚悟した母親を背にし、雪の楢山へ捨てにいった虚しい行為とどこがどう違うのか。車の後部席へ乗せ、人里はなれた山奥の施設へ連れて行く。その後は亡くなるまで訪ねようともしない。姥捨て山が施設へ変わっただけではないのかと。さりとて、生活環境などあらゆる環境が大きく変わった今、せめて最後位は住み慣れた家、家族のもとでと思っても、現実を直視すれば、簡単にはいかない世の中になっている。

爆買・爆浴・爆睡

　門外不出の国宝「七支刀」が九州国立博物館で特別公開されているというので、いつもの旅友達に誘われて出かけた。北九州市のテーマパーク「スペースワールド」内にあるレストランで夕食を済ませ、小雨の降る中をホテルへ戻ろうとしていた。夜も9時近くであったためか、行楽客もまばら。スタッフの姿もほとんどなかった。広い公園内の見事なイルミネーションを楽しませてもらったが、案内板らしきものはなく出口が全く分からない。右往左往しながらやっとのことでスタッフを見つけたが日本人ではない。片言の日本語で出口を教えてもらい、やっとのことでホテルへ戻った。

　ロビーにはまだ沢山の人がたむろしていたが、一瞬、「ここは何処？」と面喰ってしまった。顔かたちは日本人そっくりであるが、耳に飛び込むのは中国語ばかり。これが噂の「爆買」の主人公たちかと思いながら、浴衣に着替え大浴場へと。脱衣場も浴槽もほとんどが中国人。洗い場が空くまで湯に浸かりながら、おもわず「爆浴」の新語を思いついた。夫に「爆浴」を披露すると、それは「タキアビ」といって夏の季語になると一笑され、その夜は少しも爆睡できなかった。

寝付かれないときは！

　自然の眠りすら惜しんで勉強をしている者もおれば、眠り

たくても寝付かれず薬を飲んでいる人もいる。叔母など安定剤なしでは生きていけないとまで言う。なんくるないさ、根っからの楽天家なのか、一度も薬のお世話になったことはない。とはいえ人並みに寝付かれないこともある。そんな時にやっていることがあるが、いたって簡単。羊が一匹、羊が二匹のように、なんでもテーマを決めて、どれだけ思い出せるか試してみる。さあ、今夜は猫と諺にしようか、などと。

　猫に小判。猫の手も借りたい。猫なで声。猫を被る。猫に鰹節。猫を追うより魚をのけよ。猫もおだてりゃあ‥違うな〜。あれは豚と違うか。そういえば、家出をしたまま戻ってこないジェリーは今頃どうしているかな。ちなみにジェリーとは猫の名前。主人の妹が飼っていた猫の双子、トムの片割れを譲ってもらったものだ。

　近くでジェリーによく似たコピーが、走り回っていたが、ひょっとして断りもなくどこかで家族を作っているのかしら？　それなら別に勘当なんかしないから、皆一緒に連れてくればいいのに、などと次から次へ空想が広がっていく。その頃にはどっぷり夢の中。

わかっちゃいるけど

　わかっちゃいるけどやめられないものがある。お医者さんから控えるようにと注意されているものだ。塩分過多の食生活は高血圧になりやすい。引いては認知症や脳卒中を引き起

こす危険性が高まり、そのうち「皆さま、お先に失礼いたします」などと言わなければならない羽目になるらしい。
　小さい頃から漬け物は大好物。弁当箱には欠かさず沢庵を入れてもらっていた。たとえその異臭に疎んじられようが気にもかけなかった。ラーメンやうどんのスープはズルズル最後まで飲み干した。呆れる友達には「スープが一番好き」などと自己弁護していた。焼き魚や目玉焼きにはたっぷりのお醤油。ぬくご飯に削り節をかけ、上から醤油をくるくるかけて食べるねこまんまも大の好物。
　ところが最近物忘れやミスがひどくなった。ひょっとしたらそのこと自体に気づいていないのかもしれない。認知症の兆候かもと些か心配になりだした。医者の意見と冷酒はあとからじわじわ効いてくるものらしい。こうなれば、いっそ好きなものを好きなだけ食べて死んだ方がましか、それとも好きなものも我慢して少しでも長生きした方がましかなどと悩む日々が続いている！？

当たり前のこと

　本誌に、卒業式の記事が多くみられるようになった。主人にも招待状が届いていたが、都合で出席できないとの返事を出していたようだ。現職の頃は、着慣れない礼服を着ていそいそと出かけ、夕刻には、両手にたくさん花束を抱えて戻っていたが、あれから5年が経とうとしている。

「『無限の風光、険峰にあり』という中国のことばがあります。誰も見ることの出来ないような素晴らしい景色を見たければ、自らの足で、険しい道を登りなさい、という教えです。社会人になることは、いとも簡単ですが、必要とされる社会人になることはそんなに簡単なことではありません。全ては努力の積み重ねです。好きなアイスクリームを好きなだけ食べておれば、太るのは当たり前。好きなものを好きなだけ買っておれば、借金がふえるのは当たり前。人の悪口ばかりを言っておれば、嫌われるのは当たり前。この当たり前のことをちょっと我慢し、努力をすれば、必要とされる立派な社会人になれるのです。皆さんのご活躍を心から願っています」。

　主人のファイルから盗み読みした一節であるが、もし現職なら今年の挨拶は、どのようなものになっていただろうか？

手作り高座の鹿政談

　落語家桂こけ枝の講演「ほのぼの人権噺」があることを知り、出かけてみた。根っからの落語好きではあるが、こけ枝のことは全く知らなかった。前もってネットで調べてみると、お隣の香川県は三豊市の生まれ、大学卒業後、五代目桂文枝に弟子入りしたとある。

　客足は疎ら、お世辞にも立派とは言えない小さな公民館に、キャリアを2段重ねにしたその上に畳二枚を載せ、座布

団とマイクをおいた即席の高座。演者もやりにくいのではと要らざる心配をしたが、さすがはプロの噺家だけのことはある。マイクを手にしたこけ枝の噺が始まるや、あっという間に1時間半の講演が終わっていた。

「かあちゃんパンツ破れた、またかい」に始まった落語講座。誤って鹿を殺した正直者の与兵衛を救おうと、名奉行の根岸越前守があれこれ思案を重ねる「鹿政談」。初めて聴いた噺だが、笑いの中に涙を誘う名演技。ともすれば、手抜きをされても仕方のないところ。決して多いとは言えない観客を、最後まで笑いの渦に巻き込んだ熱演には、ただただ感服するほかなかった。商売道具が、扇子とタオルだけとはいえ、誰も笑ってくれない高座を想像するとゾッとする。

昭和生まれの郷愁

　合格発表の季節がやってきたが、親戚縁者に小学校へ入学するものはいても、合格発表に一喜一憂する受験生は誰もいない。ナマハゲカンゲイスル　ミチノクノユキフカシ、ホクシンカガヤク　サクラジマフハツ、サクラサイタ　サクラチル。つい最近までは、北から南までカタカナ書きされた電文が飛び交っていた。ところが今やインターネットの普及からか、個人情報保護の観点からかなどは分からないが、合格発表の方法も随分様変わりしてしまった。

　合格者一覧が構内の掲示板に貼り出されるや否や、鼓動の

高まりを抑えながら受験番号を必死に目で追ったあの緊張感。やっとのことで自分の番号を見つけたが不安は拭いきれない。懐からメモを取り出し、もう一度自分の番号と突き合わせてみる。なりふり構わず大声で「ヤッタ〜」と叫んだ青春の一コマ。

　携帯電話もない時代。受験生たちは、一刻も早く親に伝えようと家路へ急ぎ、県外からは「オチャカオル」「サクラチル」などと故郷へ電報を送っていた。

　ところが合格発表もインターネットと電話の自動応答のみで公表する大学が増えているという。それとなく味気なさを感じるのは昭和生まれの郷愁か？

虹の声

　待合室は、沢山の患者で空いている椅子がない。疲れたので誰もいない血圧計の椅子に腰をおろし、ついでに測ってみた。何気なく横を向くと、「虹の声」と書かれたファイルが目に留まり、パラパラ捲ってみた。患者が声のカードに意見や要望を書き残し、ワープロで打ち直したものを薬局側が丁寧に回答したものである。この血圧計もカードに書かれた要望により設置されたものらしい。

　「トイレに荷物を置く台がない」、「棘のあるような観葉植物は、子供に危険だから除けて欲しい」、「自動的にお茶がでる装置を入れて欲しい」などなど。この虹のファイルには、

それぞれの責任者が丁寧に回答をしている。「もっと大きい声で名前を読んで欲しい」との管理薬剤師の回答は、「個人情報の関係で、大きな声でよべなかったと思います。これからは、姓名をはっきり大きな声でお呼びし、駄目な場合には、待合コーナーへ出向いて・・。さらにご本人確認のため・・」と。丁度その時、名前を呼ばれたが、人違い。こうした確認は大事なことだと改めて思った。そのうち、誰かに「血圧計で計り終わったら、すぐにドケ」などと書かれているかもしれない。

新聞の影響力

　友達に勧められるまま、気楽な気持ちで書いた記事を本誌に載せていただいた。翌日には、何人かの友達や知人から電話やはがきを頂戴し、読んでくれていることのありがたみを実感した。

　昨夕、いつものように仲の良い連中との定例会へ顔を出すやいなや、「これ、ひょっとしてマリちゃんじゃない？」と、一人が新聞の切り抜きを差し出した。先月の24日に掲載された「病院IT化沈黙続く診察室」の記事であった。「診察室で沈黙が続くのって嫌よね！」と、肩を持ってくれた仲間もいたが、一人が、「そんな病院ばっかりじゃないよ。私の通っている病院は、それはそれはお医者さんが親切で、今度、紹介してあげようか？　細かい説明はしてくれるし個人的な悩

みまで聴いてくれたりして・・・そのせいで、予約の時間通りにはなっとらんけどね・・・・」と。

確かに、あの記事で私が言いたかったのは、「お医者さんの仕事は、画面をみることじゃない。見なければならないのは、患者さん」ってこと。「医師は専門の知識を生かすべきで、弐本指でキーボードをポチポチ叩くくらいなら、目にも留まらぬ速さで入力してくれる人に任せたらいいのに」。

生活不活発病＝廃用症候群

馴染みのない病名、生活不活発病を耳にした。災害や体調不良などをきっかけに生活が不活発になり、体を動かさない状態が長く続くことで心身の機能が低下する症状を言うらしい。医学用語では、廃用症候群と呼ばれているようだ。いままでやっていた仕事、漁業や農業などができなくなり、仮設住宅などで極度に不自由な生活を強いられている高齢者がこの病気にかかりやすいと言われている。することがなく部屋に閉じこもりがちになる。自分のやりたい事や、今までやっていた仕事までボランティアに取り上げられてしまったりすると、体や頭を使うことがなくなる。その結果、筋力の低下、自律神経の機能低下やうつ状態など、心身にさまざまな症状が現れるらしい。対策はその逆をすればいいとか。

畑仕事に追われ、今日は何をしようかなどと悩むことなどはない。機会があるたびに講演会や旅行にも出かけている。

読書や新聞などにも必ず目を通し、自分なりの知的活動はしているつもり。生活不活発病などにはならないだろうと高をくくっているが、膝の痛みや肩のこりなどが気に成り始めているのも事実。寄る年波には処方箋はないのであろうか？

フィンガーボールの水

　エリザベス女王に招待されたインドの王様さまが、晩餐会の席で、うっかりフィンガーボールの水を飲んでしまった。勿論、この水は指を洗うためのもの、飲み水ではない。高名なマナー講師が、「さて、エリザベス女王はどのようにしたでしょうか？」と。指名された受講生たちが、「見ないふりをする」、「軽く注意をする」などと答えていたが、「いいえ、違います。自分もフィンガーボールの水を飲んだのです。これがマナーと言うものです。ホストは決して招待客に恥をかかせるようなことをしてはいけません」

　とは言え、私の答えは違っていた。「エリザベスは何もしなくていい」。水に変わりはあるじゃなし、インドの王様は、堂々と飲んで、ああ旨かったと言えばすむこと。ホストにとって大切なことは、与えられた時間をどれだけ楽しく過ごしていただけるかどうかであって、恥をかかすかかかさないかの問題ではない。講師と主人には悪いが、高いお金をはたいてフルコースの受講はしたものの、今までそのような場所へ連れて行かれたり、食べたりしたことなど一度もない。

それより、あの講師の横柄な態度はなんとかならないものか・・・・

仲直りの方法

　主人とはよく喧嘩をしてきた。たとえこちらに非があっても、素直に「ごめんなさい」とは言えず、口を利かない日が、何日も続くことがあった。今は亡き義父に助太刀を頼んだり、卑怯ではあったが、兵糧攻めにしたこともあった。これはなかなか効果があった。しかし、たいていの場合、時が全てを解決してくれていたようだ。

　動物の世界には、仲直りの術など無かろうと高を括っていたら、動物博士がチンパンジーにも同じような行為が見られると講演していた。手を差し出す、キスやハグの行為をする。さしずめ人間なら倫理綱領に触れてカットされるところだが、裸のサルが交接している写真を提示し、「時には、セックスをすることも・・」と言ったので、思わず吹き出してしまった。

　「日本とお隣の韓国がギクシャクしているのは、従軍慰安婦問題。チンパンジーの世界では、仲直りにセックスをしているのに・・・」と言ったら、「チンパンジーを国際問題に持ち出すな！」と主人が怒ってしまった。暫く籠城が続くかもしれないが、今や兵糧攻めの効き目はない。喜んで厨房に入り、私よりもはるかに美味しい料理を作ってしまうでしょうに・・・

散髪屋で散髪屋を尋ねる！

　人に頭を触られたり、待たされるも嫌い。カミソリが怖いなどと、主人は勝手な口実を作って理髪店に足を運ぼうとはしなかった。そんな訳で、結婚してからずっと私が頭を刈ってきた。しかし、散髪をするたびに、鋏の使い方が悪い、虎狩になっているなどと、鏡に向かって、文句を連発する。もとより不器用なのは自他ともに認めるところ。子供の散髪は主人がしていたが、プロ並みに上手いと思っている。「何回練習台になってやっても、進歩がない奴だ」と言われ続けてきた。とうとう堪忍袋の緒が切れて「当たり前じゃない！　あんたにはあるけど、私にはチンポなんぞありやせんもの！」と言ってしまった。それ以後一切散髪をさせなくなった。

　息子が教えた散髪屋へ出かけるようになったが、初日から大恥をかいたらしい。薄暗い部屋には店主も客もいない。声をかけて出てきた店主に「ここが千円で刈ってくれる散髪屋さんですよね？」と尋ねたら、「違う」という。「その店を教えて欲しい」とお願いしたら、「自分で勝手に探せ」と言われ、奥に引っ込んでしまったとか。商売敵の店で尋ねるとは！息子が教えた散髪屋はその数軒隣であったとか。

ダンシャクイモ

　ジャガイモの芽が出始めた。日付タグには「2月27日　ダ

ンシャク」と書いてある。今まで気にもかけていなかったが、このカタカタのダンシャクが妙に気になりだした。

　ジャガイモの原産地は南米アンデスからメキシコにかかる海抜3000〜5000mの高原地帯だと言われている。世界遺産である空中都市マチュ・ピチュの段々畑でも栽培され、インカ帝国の重要な食糧源になっていたらしい。そのような背景からすれば、「アンデスレッド」や「インカのめざめ」「インカのひとみ」といった品種があってもおかしくはない。しかしダンシャクやメークイン、キタアカリになると、さて、どんな由来があるのか興味がわくのも当然。帰宅してから調べていると楽しくなった。

　朝ドラで放映されている「マッサン」も佳境に入っているが、このマッサンに似たもう一人のマッサンがいることが分かったのだ。土佐出身の男爵川田龍吉である。彼は、明治の初め、英国で船舶技術を学び、日本の造船業発展に貢献したが、後に北海道で農場を開き、欧米から導入したジャガイモ栽培に取り組んだという。その品種が「男爵イモ」として知られるようになったとか。

お遍どさんに連れていかれるぞ！

　「分け入っても分け入っても青い山」（山頭火）ではないが、実家の目の前を、四十四番札所の大宝寺と四十五番の岩屋寺へと通じるへんろ道が通っている。幼少の頃、人通りの

少ない山道を、金剛杖をついたお遍路さんが、般若心経を唱えながら、チリンチリンと鈴の音を鳴らしながら通り過ぎていた。その行列をつくって歩いていく姿が、何かしらとても怖かった記憶がある。汗と埃で汚れきった白装束のせいかもしれない。悪戯をしたり、親に逆らったりした時など、何かにつけて「お遍どさんに連れていかれるぞ」と脅されたりしたものだ。当時は、お遍路さんとは言わず、「お遍ど」と言っていたが、鬼か人さらいのように思え、しおらしくなる他なかった。なぜ親たちがこどもの脅しにお遍路さんを利用したのか今もって分からない。

　時々孫たちがやってきて、悪さなどをしていると、同じように「お遍どさんに連れていかれるぞ」と言ってやろうと思うが、通じる筈もなかろう。久しぶりに実家へ帰っても、脳裏に焼き付いたお遍路さんの姿はどこにも見られない。一抹の寂しさを感じるが、マイカーやバスなどで一瞬のうちに通り過ぎているようだ。

豚児の夢

　一番下の息子のノートには、「大きくなったら大工さんになりたい」と書いてあった。「お父さんやお母さんを、こんな雨漏りする家じゃなくて、もっと立派なお家に住ませて上げたいから」と。
　歴史を刻んだみすぼらしい家。日露戦争や第2次世界対戦

の空襲も潜りぬけ、西側の柱には、爆弾の破片が突き刺さったまま。私たちが住む前には、親戚の者が、伊予絣の染物工場をやっていたらしい。リフォームはしたものの、あちこちの部屋で、雨漏りしている状態であった。特に茶の間の天井がひどく、大雨の時など、コウモリ傘をさして夕食をとったこともあった。惨めと言えば惨めだが、主人はいたって暢気なもの。屋根裏のバケツに落ちてくる雨音を聴きながら、作句や謡の練習をする神経の図太さだ。

　冬には隙間風が入ってくる。外と内の温度がほとんど変わらない状態になる。同じことは夏にもいえる。「寒い時は寒いように、暑ければ暑いように、自然に逆らわずに生きることが大事。おかげでみんな病気一つしていないではないか」というのが口癖。

　とっくに成人している息子は、大工さんにもなっておらず、立派な家を建ててくれてもいない。

犬の餌を食べるの！

　肉を干した保存食のジャーキー。主人の大好物である。何処へ行っても土産を買わない人であるが、海外出張ではかならずビーフ・ジャーキーを土産に買っていた。土産というより、自分用と言った方が適切かもしれない。
　好みを知っている知人も、海外旅行の度に、土産にこれを持参してくれる。お裾分けはしてくれるが、ほとんど自分一

人で食べている。歯も弱くなっているのか、しゃぶるように食べている顔は、幸せそのもの。

　畑仕事からの帰り道、近くのスーパーへ立ち寄った。買い物を一緒にすることなど滅多にない。汚れた長靴をスリッパに履き替え、わざわざ「野菜の市場調査だ！」などと口実をつけて、後ろから付いてきた。メモしていたものをカートに入れ、レジへと足を向けたところ、主人がジャーキーコーナの前で、微動だにせず棚を注視している。「何か欲しいものがあるの？」と聞くと、指をさし、「うまそうだから、これを買ってくれ！」と言う。よく見ると、ペット用の餌を並べた棚。「犬の餌でよければ買うけど、本当にこれでいいの？」。主人は口惜しそうに、「最近の犬はこんな贅沢なものを喰っているのか？」とぼやいていた。

うそつき勇助

　鉄砲には、フグの俗称がある。毒にあたると死ぬところからきているようだ。ほら吹きとかうそつきという意味もある。さしずめ落語の鉄砲勇助は、うそつき勇助。これが江戸では、「弥次郎」とか「嘘つき村」に分かれたようであるが、大筋、落ちなどは変わらない。

　嘘つき村に住んでいる嘘つき名人の鉄砲勇助に、大阪の嘘自慢男が挑戦しにやってくるという設定。よくもこれだけ法螺やうそを考えたものと感心するばかり。落語の世界では、

腹を抱えて笑い飛ばせばそれでおしまい。

とはいえ、現実の社会にも嘘つき名人がいる。どこまでが本当でどこまでが嘘か分からない。しかし、悪意なき嘘や病的な嘘にどれだけ人々は、ストレスをため、猜疑心を深め、人間関係を破壊してきただろうか？

イソップ物語の「羊飼いと狼」を思い出す。一人ぼっちの寂しさから、狼がきてもいないのに、「狼がきたぞー」と叫ぶ。この嘘の繰り返しのために、狼に襲われ喰われてしまうという残酷な物語。

どこかは分からない。蒙古が攻めてくるぞー、黒船が攻めてくるぞーと煽っているような気がしてならない。もうすぐエイプリルフール。楽しい嘘を聴きたいものだ。

四月馬鹿

四月馬鹿がやってくる。毎年4月1日は嘘をついてもいい。ただし正午までという落のついたエイプリルフールの風習。フランスのシャルル9世が1月1日を新年としたため、これに反発した人々が4月1日を嘘の新年とし、バカ騒ぎを起こした。そのため13歳の少女までが処刑されるという事件までに発展。この事件を風化させないため生まれたとも言われているが、私自身も嘘のために、生死をさまよう苦い経験をしたことがある。

若い頃、仲のいい友達と山登りをした。終日雨が降ってい

たが、どうしても当日までに帰らなければならない用があった。ポンチョの上にザックを担いでの下山となったが、道案内の標識の向きが変えられていたことを誰も気づかなかった。ゆるんだ道にはチョコレートの包み紙が捨てられており、正規のルートを降りているものと信じて疑わなかった。ところがこの包み紙も、悪戯された標識のために、迷い込んだ先のパーティが捨てたものであり、断崖絶壁の上で一夜を過ごしたことを後で知った。

　悪夢のようなこの事件を思い出すことがあるが、嘘の道を教えることも殺人に繋がることを肝に銘じておかなければならない。

生きるためのウソ

　「父親は3年患って死に、母親は3日寝てポックリ死んでしまった。死ぬ間際に、東京は人が多くて仕事にありつけないから、田舎に行きなさい。そこで仕事がなかったら、おにぎりをもらいなさい・・ボ・ボ・ボ・ボクは今日で3日も飯を食べていない・・」。これは天才画家山下清の物乞いの決まり文句。口からでまかせのウソではあったが、生きていくためのウソ。昭和7年、清10歳の時、父親の清治は脳出血のため死亡。アルコール中毒であった。それを機に母方の山下姓となるが、母親は死んではいない。昭和46年7月10日、清のなくなる2日前。母ふじたちと夕食をしながら「こ、こ

今年の、は、は花火はどこに、い行こうかな・・こ今年も諏訪湖へ行こうかな」これが、最後の言葉であったと言う。清も脳出血、享年49歳であった。

そんな清が放浪の知恵として実行したものがある。世間（人）様を怒らせてはいけない。他人の物を盗らない。人と争わない。人に嫌われない。

宮崎、鹿児島、熊本、長崎への旅をし、最後に大分の湯布院夢美術館へ立ち寄った。常設の山下清原画展を鑑賞しながら、こういうウソや生き方のあることを悟った。

カーナビは取り付けたが！

時間を見つけては、お遍路の旅に出た。そのたびに口論になる。運転をしない私が地図を見ながら、道案内をすることになるが、すんなり目的地へ着いたためしはない。話を聞かない男と地図が読めない女では、当然車の中に不穏な空気が漂い続ける。自宅へ着いたときには、疲れ切って、もう二度と出かけるものかと心に誓った。

主人が安物のカーナビを買ってきて、遍路の旅に出ると言う。地図を見なくていいと言うので、誓いを解いて出かけることにした。世の中にこんなすごい機械があるとは想像もできなかった。現在位置、目的地までの予定到着時間、事故の多発地域、左に寄れ、右に回れなどと、かわいい女性の声で至れり尽くせりの道案内。うっかり間違っても、「ルート変更

をします」などと決して怒ったりはしない。そんな時、最近カーナビを取り付けた友達から携帯に電話がかかってきた。「マリちゃん、蜜柑を届けようと思っとるけど、道に迷ってしまって‥」。「今、どこにおるん？」。「交差点のところ」。「交差点はなんぼでもあるじゃん‥」。彼女はかなり慌てていた。ナビを取り付けたが、使い方が分からなんだと言っていた。

スマホは泣いたり笑ったりしないだろうに

　夕方決まったように電柱にもたれかかり、スマートフォンに夢中になっている男の子を見かけるようになった。気になって様子を伺っていたが、日が暮れても帰ろうとしない時がある。何度か訳を尋ねてみようと近づくと、怯えた子猫のように姿を消してしまう。
　スマホに夢中なのはこの男の子ばかりではない。滅多に利用することはないが、用があって道後まで市内電車に乗った。車内でお喋りしているのは外国人観光客くらい。老若男女を問わず、ほとんどの乗客がスマホを手にして画面を操作している。ゲームをしているのか何かの情報を入手しているのかは定かでないが、みんな何かに夢中になっていることだけは間違いなかろう。私の正面に女子高生３人が並んでいた。おそらくこの３人は仲のよい友達だろう。しかし互いに会話を交わすこともなくスマホに目をくぎ付けにしながら指先を動かしている。どうして顔を見ながら楽しい会話ができ

ないのだろうか？

　2年半ちかく口もきけず歩けもしない闘病生活を病院で過ごした義父ではあったが、見舞ったときには涙を浮かべ笑顔を見せることなどもあった。スマホは泣いたり笑ったりはしないだろうに！

たかが犬とは何ぞな！

　畑で草取りなどをしていると、犬に引っ張られながら散歩をしているお爺さんとよく目が合う。寡黙なのか、耳が遠いのか、挨拶をしてもコックリ頷くだけ。会話など交わしたことはなかった。

　今朝も、いつものようにお爺さんが通りかかった。足に包帯をまかれた犬が、痛そうに寄り添って歩いている。小太りで短足のこの犬の品種も名前も知らなかったが、従順で大人しそうなところは、どことなく飼い主のお爺さんに似ていた。とっさに道に駆け上がり、犬の足をさすりながら、何があったのか尋ねた。「酷いことをするもんよな！　いきなり車が飛び出してきて跳ねられたんよ。運転手にひどいことするなあ、言うたらな、たいしたことなさそうや。たかが犬じゃないか、いうてさっさと逃げてしもうたがな」と、今までの鬱積を吐き出すようにお爺さんが捲し立てた。「あんまり痛そうにするもんやから、病院へ連れていったんじゃけど、足の骨にヒビがはいっとてな・・・」

つらそうな顔をしながら犬が私を見上げている。「たかが犬なんかいう奴は許せんよね。お爺さんも、たかが馬か鹿のような奴に言われとうないわ、と言うちゃらよかったのに！」

教習所に補講の回数券を！

　四十路に近い年齢と、生来の不器用さに躊躇はしたが、運転免許証を取ることにした。教習所へ通い始めてから２か月近く経っていたが、合格させてもらえなかった。主人から尋ねられたので、「確認が遅いとか、車間距離がみじかいとかで、合格させてくれんのよ」と、厳しい教官のせいにして繕った。

　それから１か月位して、やっと路上教習までこぎつけたが、相変わらず合格はさせてもらえなかった。主人からは「免許証を諦めるか、補講の回数券でも作ってもらったら？」などと、嫌味を言われたりした。

　路上試験の帰路、いつものように、隣の教官が「車を停めて下さい」と言う。悪い予感がしたので、先に口火を切った。「主人から運転の素質がないから、止めろと言われたばかりです。補講、補講でお金も沢山使ったし、今日合格しなかったらきっぱり諦めるつもりです」と。別に、教官を脅したつもりはないが、晴れて免許証を手にすることができた。

　自分用の中古の軽自動車を買ってもらった。三日目の夕刻、車庫入れに失敗し、潰してしまった。それ以後４台の車

を潰したが、人を潰したことは一度もない。厳しかった教官のお蔭と感謝している。

もし戻れるなら

　従妹連中が集まって他愛もない雑談をしていると、「もし戻れるなら、いつの時代に戻りたい？」と振られた。とっさの質問で答えに窮したが、「学生時代かな！」と答えると、「マリちゃんは、古典的やな」と笑われた。オウム返しに「あなたは？」と言うと、「私は、32歳や！」との意外な答。「何で32歳なん？」と尋ねると、「32歳は子供を連れて離婚した歳よ。もう一度あの歳に戻って第二の人生をやり直したい」と。

　たとえ人生のやり直しができたとしても、人それぞれ答えが違うところに面白味がある。田端義男は、「今さら離縁と言うならば　もとの19にしておくれ」と唄い、石川啄木は、涙しながら「十四の春に帰る術なし」と詩を遺した。

　しかし、決して忘れてはならない、戻らなければならない歳があることも、脳裏に刻みこんでおく必要があろう。

　「どうして日本人はこんなバカになったんだろう。日本人とはなんぞや」、そんな思いを抱き続け、22歳の自分に宛てて書き続けた作家がいたことを。救うべき民衆を、「そんな者ひき殺して行け」と言う時代があったことも。1945年8月15日　司馬遼太郎22歳の夏だったという。

当たり前に感謝

　ファーストフードでお昼をすませようとでかけたが、店内には予約待ちの客であふれていた。今さら、別の場所へ行くのもなどと逡巡し、大人しく席の空くのを待っていた。お昼もとっくに過ぎたウイークデー。見渡せばあちらこちらで祖父母に連れられた児童たちの姿がある。近くのテーブルの上に置かれた子供たちのお皿には、そろったようにトウモロコシの粒が添えられている。1人の男の子が器用に箸を使いながら、一粒また一粒とつまんでは口に運んでいる。それを隣で眺めていた小さな女の子が、見よう見まねでつまもうと頑張っている。やっとのことでつまみあげ口に運ぼうとするがまたポトリと溢している。連れのお爺さんは、眼を細めながらこんな二人の仕草を黙って眺めていた。
　名前を呼ばれたが気が付かなかった。よほど私も見惚れていたのかもしれない。運ばれてきた私のお皿にも同じように、トウモロコシが載っていた。子供たちがしていたように箸で一粒ずつつまみ上げて口に運んでみた。溢すこともなく口に上手に運べている。晩年に義父がよくご飯粒を溢していたが、歳をとるとはこんな当たり前のことができなくなることかしら！

ドジを踏むにも

　踏むにもいろいろな踏み方がある。食べ物を足で踏んづけようものなら「この罰当たりが！」とカミナリさまが落ちてきたものだ。ただし、例外というものがあってうどん粉だけは踏んづけても罰はあたらない。どうも神様は足踏みの手打ちうどんがお好みらしい。

　同じ石に二度躓くなともいう。失敗するのは構わないが、同じ失敗を繰りかえしてはいけない譬え。別に同じ轍を踏むなともいう。ところがこのような立派な先人の教えがあるにも拘わらずドジを踏んでしまった。

　スマホに夢中になっていた病院の待合室。ひょいと顔を上げると前の席に広げたままの新聞が目に留まった。こんなところに新聞を放り出したままでと思いながら手に取ってたたんでいた。でも、株式欄を一面にしたこの経済専門紙には恨みつらみがあった。地元の愛媛新聞に切替えて欲しいと言っても夫は勉強のためだと言って聞いてくれなかった時期があった。いっそのこともしゃぐってやろうかなどと思っていたら、「それ私の新聞ですが」と冷めた顔と低い声。てっきり病院の新聞とばかり思っていたが、こんなのを踏んだり蹴ったり、じだんだ踏みたい気持ちというのだろうか？

宅配人もルーキー

　真新しい制服に帽子。明らかに新人と判る宅配人が荷物を届けてくれた。シャイなのか寡黙なのか定かではない。名前の確認もしないまま小さな箱を手渡された。緊張しているのであろうか。「ここに印鑑かサインをして下さい」と無表情のまま小さな声で言う。指定された場所へ印鑑を押して戻すと、「ありがとうございました」と心無い礼を言って帰って行った。

　いつもの方なら、大きな声で挨拶をしてくれる。住所と名前を確認し、時には、送り主や中身まで言ってくれていた。こちらも顔や名前を覚えており、知人のような安心感があった。

　小さな箱には化粧品と書かれている。心当たりがあったので、そのまま机の上に置いていた。日の沈みかけたころ、慌てたように今朝ほどのルーキーがやってきて、受け取っていた荷物の確認をさせて欲しいという。改めて宛名を見てみると、近所に住むＡさんのものであった。小さな汗を額に滲ませながら「本当に申し訳ありませんでした」と心のこもった詫びをされたが、悪い気持ちはしなかった。心をこめて挨拶をする。心をこめてお詫びをする。このような失敗を繰り返しながら立派な社会人になるのかしら！

四十、五十は洟垂れ小僧

　埼玉の兄が深谷市にある渋沢栄一記念館へ連れて行ってくれた。来訪者が少なかったせいかもしれないが、初老の男性スタッフが館内を隈なく丁寧に説明して下さった。「四十、五十は洟垂れ小僧、六十、七十は働き盛り、九十になって迎えが来たら、百になるまで待てと追い返せ」と言ったのは渋沢栄一だという。

　息子の中には40を過ぎたのもいる。はな垂れ小僧とは思はないが、66歳の私の気持ちはまだ青年。「六十、七十は働き盛りか」などとオウム返しに合鎚をうちながら頷いていた。そういえば私だけではない。叔母もこの4月10日で101歳になった。施設でお世話になっているが、たまに見舞っても私の名前はハッキリ覚えてくれている。そんな叔母の口癖が「まだお迎えが来てくれんのよ」。

　世界最高齢としてギネス世界記録に認定されている大川ミサヲさんが、4月1日に老衰による心不全で亡くなった。享年117歳。渋沢栄一が言った100歳のお迎えをはるかに超えたミサヲさんによれば、長生きの秘訣は「おいしいものを食べる」ことであったとか。叔母にもおいしいものをたくさん食べてもらって世界記録の達成をと願っている。

時計の裏のゼミ生たち

　40年近くも働き続けている時計が動かなくなった。この時計は、卒業記念にと贈ってくれたもの。主人が教壇に立ちはじめて、最初に担当したゼミ生たちからのものだ。いつでも見られるようにと居間の壁にかけてあるが、芸予地震のときに一度落下した。上部の湿度計のガラスにヒビを入れてしまったものの、故障することもなく、現役で頑張ってくれている。

　電池を入れ替えようと裏返した。なけなしの小遣いをはたいて買ってくれたのだろう。ゼミ生たちの名前が書かれているが、ほとんどが読み取れなくなっている。新しい電池と入れ替えると、元気に動き出した。特徴のあるこの時計の跡が、長い星霜を経た証のように壁についている。元の位置に戻したところへ、主人が散歩から帰ってきたので、「電池を入れ替えたとこやけど、この時計をくれた学生さんたちの名前を憶えている？」と、尋ねてみた。別に試したわけではない。主人は数名の名前を言ってから、「この娘らにはずいぶん心配させられたな！」と当時のことを懐かしそうに話してくれた。「この娘らも、お孫さんたちから『おばあちゃん』などと呼ばれているのじゃなかろうか？」と。

畑の小さな労働者

　野菜日記に、2月28日モンシロチョウ初飛来と書いてある。無農薬に徹するために、防虫ネットなどの対策をしているが、完全には防御できない。いつの間にか、葉に穴が開き始める。青虫などを見つけて捕殺するものの、1匹のモンシロチョウが200個近い卵を産み付けてくれる。特にアブラナ科のキャベツやダイコン葉が大好物で、油断をすれば葉っぱはたちまち丸裸。今年も青虫との対決が始まるのかと思うと何かしら憂鬱になってくる。

　でも、よく観察しているとナナホシテントウムシがソラマメに群れているアブラムシを食べている。ミツバチが白菜の花の受粉を手助けしてくれている。蜘蛛も糸を張っての害虫退治。管理機の後を追いながら、掘り起こされた虫を食べている鳥たちもいる。土の中のミミズだって土壌づくりに一役買ってくれている。こんなにも小さな仲間たちが、一緒に働いてくれていると思うと、老体に鞭も打ちたくなる。

　こうして育てた愛情一杯の野菜ではあるが、農薬たっぷりの見栄えのいい野菜ばかりが好まれるのは何故なのか？　いくら「無農薬の野菜だから安心して食べて」と言っても、虫の食った野菜は嫌われている。

スマホホーリック

　日本人は凝り性の質なのか？　一つの事に熱中すると、満足するまで止められない。かってはひたすら働くサラリーマンを譬えて働き蜂と言った。それが高じるとワーカーホーリックになる。多くを犠牲にして夢中になる仕事中毒のこと。これなど見方をかえれば美徳になるが、最近そうでない中毒が大きな社会問題になっている。児童や中高校生のスマホ中毒。現代病の代表として年々増加傾向にあるとか。

　最近、スマホに切替えてみてよく分かった。今まで使用していた携帯電話にはない機能が沢山ある。それにアプリを増やせばさらに充実し一層面白くなる。気が付けば朝などということも。ことは児童や中高生のみの問題ではない。大人も中毒症にかかってしまっている。寝床や台所、通学や通勤する時などもスマホがないと落ち着かない。こんなことをしておれば身体によくないのは当たり前。

　スマホ電源スイッチオフ運動を始め、出来る限り人と向かって話をする。たくさん本を読み、自分で考える習慣を身に着ける。日々の糧を与えてくださった皆様に感謝しながら食事をする。今までやっていた極々当たり前のことを当たり前にできるようになるまで！

はやとちり

　上京した時、兄嫁に「おいしい鰻を食べさすところがあるから」と、わざわざ地下鉄に乗って赤坂にある目当ての店を訪ねた。道路筋に30メートルくらいの行列が出来ていた。この鰻を食べるには、最低小一時間は待たなくてはいけないらしい。待つのはあまり好きではない。でも路上で40分位は待たされたであろうか。やっとのことで席に案内され、手渡されたお品書きを見て驚いた。メニューの中から「ひまつぶし」の文字が目の中に飛び込んできた。お腹が減っていたのと、待たされたことへの腹立ちのせいか分からないが、「何も好き好んで『ひまつぶし』のためにここに来たわけではないのに。こんなメニューはケシカランよね？『ひまつぶし』なんぞ」と、独り言のように言った。

　すかさず兄嫁から、「ひまつぶしって何？」と聞き返された。「これ、これよ、このメニューの『ひまつぶし』というの‥エ！『ひまつぶ‥』‥『ひつまぶし』‥あれえ！　これ『ひまつぶし』じゃなくて、『ひつまぶし』だったのよね！　ところで、この『ひつまぶし』って一体どんなもの？」と、ハヤトチリの照れ隠し。急いで話を逸らしたものの‥‥‥

ハムの名付け親

　息子がハムスターの番をケージごともらい、半ば強引に

飼ってくれと押しつけた。本屋へ出かけ、飼い方について書かれた本を数冊買って来た。ペットショップへ行き、ひまわりの種などが入った専用の餌やそれらを入れる皿、トイレ用の砂や容器、遊び道具の回し車など、必要なものも揃えた。結構物入りではあったが、回し車に入ってクルクル回している様子を眺めていると、いつまでも飽きることはなかった。

　でも、それぞれが好き勝手な名前で呼んでいることに気が付いた。主人はオスをシュンペータ、メスをモンローと呼び、ケージにイログロ俊平太、イログロモンローと書かれたネームタグまで取り付けている。イログロは自称主人のペンネーム。自分の名の俊の一字に経済学者のシュンペータをからめて名付けたらしい。「モンローは？」と訊けば、「色気のある名前じゃろがな！」とのこと。私はわたしで、オスには「ベッカム」、メスは「マリリン」と呼んでいる。最近では、「ヨンサマ」や「イチロー」などとも呼んだりしている。モンローと呼ぼうが、イチローと呼ぼうが、本人たちは全く意に介せず、知らんぷりしてクルリンで遊んでいる。

特種詐欺と合言葉

　三男坊から電話がかかってくると決まったように「オレオレ」と言う。本人は冗談の積りだろうが、風邪気味の時などいつもの声と違っていると、本当の「オレオレ詐欺」ではなどとビックリすることがある。そんな時には「電話応対品質

向上のため録音させていただいております。まず合言葉を頂戴できますか？」とやり返している。今は少し複雑にしているが、「合言葉は差し上げられません」が最初の合言葉だった。幸い身の周りには一人も被害に遭っていないが、オレオレ詐欺に始まり架空請求、還付金、融資保証金詐欺や特殊詐欺などによる地方の高齢者の被害が後を絶たない。今回も東京にいる親族を装い金銭を無心し、羽田空港に呼び寄せてだまし取る「上京詐欺」事件が現れた。「私だけは絶対にだまされない」と思っている人が意外と被害に遭っているとか。逆に、「私も騙されるかもしれない」と思えば事前に対策は立てられるはず。

　何はさておき、普段から互いにコミュニケーションを取っておくことが大切。稚拙なやりかたかもしれないが、アリババと40人の盗賊のように「開け　ゴマ」などの合言葉も一つの対策になるような気がするが？

ハムも立ち食い

　東京から列車に揺られながら久し振りの里帰り。宇高連絡船に乗船するや上甲板へと急ぎ、熱々のかけうどんを立ち食いした。そんな懐かしい思い出をよく耳にする。私にも数少ない経験はあるが、1988年瀬戸大橋の開通を機に、この連絡船も廃止になった。今も高松駅構内で連絡船うどんを食べさせていることを知り出かけてみた。連絡船の上甲板と駅の

構内では月とスッポン。当時の味とおなじかどうかも鈍った舌には思い出せそうもない。

　高松へ出かけたついでに本屋に立ち寄り、面白そうなのを数冊買い込んだ。パラパラページを繰っていると、讃岐うどんの宣伝でもなかろうが、「うちの犬はうどんが大好き、立ち食いしながら何杯でもお変わりをする」などと他愛もないことを書いてあった。

　「犬がうどん？　うどんをお変わりする、それがどしたん？　わが家のハムスター君は、うどんであろうが蕎麦であろうが、ラーメン、ハルサメ、細くて長いものならなんでもハムハム言いながら喜んで食べとるよ！　それだけやないで。揃いも揃って前足で上手に掴み、立ち食いしながら食べとるよ」などと、独り言のようにいっている自分がすごく滑稽だった。

こんなイケズなジイサマも

　しゅうとめに用があって、施設を訪ねた。昼前ではあったが、玄関をはいると大きなホールがあって、利用者がそろって昼食をとっていた。手の不自由な人にはスタッフが一人ひとり食事の介護をしている。中には一人のスタッフが複数の利用者の食事のケアーをしていることもある。聞こえてくるのは、スタッフの声のみ。口元に運ばれた食事を無表情のまま、飲み込んでいるどの顔にも笑顔がない。美味しいとも不

味いとも言わない。まるでロボットがパクパク口を開けているようにしか見えない。

　そんな中、玄関に一番近いところで食事をしていた男性のお年寄りが、睨みつけるような形相で私を眺めている。若い女性のスタッフがスプーンを口元に持っていくと、すごい力で払いのけた。食べ物がスタッフの制服やその老人にも飛び散った。彼女はもの静かに、老人の顔や服に飛び散った汚れ物をきれいに拭い、またスプーンで口元に運んでいる。同じようなことを数回繰り返していたが、払い落とされ、汚されても彼女の表情は少しも変わらなかった。

　女性スタッフが天使のように思え、このイケズなジイサマの頭をポカリとお仕置きしたい衝動に駆られた。

こね鉢も手作り

　実家が林業をやっている関係で、主人がこね鉢用の材料をもらって欲しいと言う。うどんや蕎麦を打つ鉢を作りたいらしい。伐採した手ごろなヒノキの切り株があると言うので、もらって帰った。

　翌朝から、主人はこね鉢づくりに没頭。夕刻、近所のおばちゃんがやってきて、「何をつくっとるの？」と覗き込みながら訊かれた。まだこね鉢らしい形にもなっていない。「当ててみてくれますか？」と主人はのみを持つ手を休めようともしなかった。「分からん。全然分からんわ！」と言いながら、お

ばちゃんは帰っていった。

　二日目の夕方、またおばちゃんがやってきて、助手をしていた私に「朝から晩まで熱心にしよるけど、何を作っとるんよ？」と同じ質問をされた。大きな丸い穴が刳り抜かれていたが、こね鉢などと答えるのが恥ずかしいような代物だった。

　刳り抜いた半円を紙やすりで磨き終えたのが、2006年12月28日。主人63歳の誕生日であった。さらに桜井の漆器工房で漆を塗ってもらい、翌年2月17日に完成。

　久し振りに、讃岐の製粉所から取り寄せた粉でうどんを打ってくれた。手作りのこね鉢で打ってくれたうどん、いつ食べても最高の味がする。

ハムの運動会

　ハムスターの健康のため、仕切りをつけたケージから一匹づつ摘み出しては、応接室を運動場代わりに走らせている。順序は決まっている。ベッカム、マリリン、息子のベッカムジュニア、娘のマリリン2世。ベッカムが疲れたころを見計らってケージに入れ、ジュニアを摘み出しては走らせるといった具合。決して一同仲良く運動会をさせたりはしない。一緒に遊ばせたいのは山々、でも出来ない理由がある。ハムの世界には親族法も近親結婚の戒めもない。親子、兄妹の見境なく、メスのお腹が大きくなり、やがて9匹から12匹位の

子を産むことになりかねないのだ。

　どのハムも、色気のあるかわいいお尻を振りながら、チョコチョコ膝の上に登ってきたり、読書をしている本の上にやってきては、ピョコンと二本足で立ち、物珍しそうに覗き込んだりする。肩まで昇ってきて頬に温もりのある毛を擦り付けたりする時もある。うっかりすると、半纏のポケットへ入り込み、破れかかった小さな穴を見つけては、端から端まで走り回っている。

　日増しに会話の少なくなっていくなか、息子はむすこで癒しにでもとこのハムたちを無理に押し付けたのかもしれない。

世間様に笑われる！

　「破れたパンツ」の下書き原稿をしゅうとめに見てもらった。彼女は、「てかがみ」や「へんろ道」の大フアン。掲載されることはなかろうが、あらかじめ了解をいただいておこうとの一念。虫眼鏡で字を追いながら読まれていたが、「マリちゃん、体裁が悪いがな！　こんなこと書かれたら世間に笑われるがな！」。とは言え後の祭り。原稿は昨日送ってしまっていた。

　「どうして笑われるのですか？」と尋ねると、「礼服の綻びを直すのと訳が違うぞな。今どきパンツの繕いしよる人などおらまいがな！」とのこと。しゅうとめにとってパンツは、

使い捨ての消耗品でしかない。買ったほうが安くつくと思っているらしい。「そうかも知れないけど、パンツを繕うことは子供や孫たちにとって教育的価値があって、世間に笑われることなど・・・・・」と言いながら、久し振りに「世間」という言葉を口にしたことに気が付いた。そういえば、最近、あまり世間や体裁さらには恥などという言葉を耳にしない。自分たちの行動規範は鏡に反射された世間や恥という物差しによって制約されていたように思うが、それらの言葉すら死語になろうとしているのだろうか？

富岡製糸場が世界遺産に！

　去年の9月に日本うどん学会全国大会が群馬県で開催され参加した。会場は高崎市の青雲塾会館。研究発表が午前中で終わったので、埼玉から来ていた兄の車に仲間が便乗し、世界遺産としての登録を申請していた富岡製糸場の見学に出掛けた。
　その富岡製糸場が、イコモス（国際記念物遺跡会議）から世界遺産として最も高い勧告を受け、この6月にも登録される見込みとなった。登録されれば、富士山に続いて18番目の世界遺産となる。明治5年に造られた日本で初めての官営工場で、115年間も現役の工場として創業し続けた。フランスから技術や知識を導入し短期間に生産システムを作り上げたこと、養蚕と生糸産業の革新に決定的な役割を果たしたこと

などが高く評価されたようだ。

　ボランティアガイドの方が案内してくれたのは、製糸機械の整然と並ぶ工場やレンガ造りの倉庫など一部。観光客の一人として耳を傾けながら、山本茂実が発表した「あゝ野麦峠」を思い出していた。劣悪な環境の中で働く女工たちの姿が脳裏に焼き付いている。舞台こそ違うがどうしても重なってしまう。哀しい歴史を想起するのにいいきっかけになるかも知れない！

モンシロチョウ

　地軸に「菜の花畑のモンシロチョウが主役」「生命の神秘を観察できるこの季節は、悩みなど吹き飛ぶ」と書かれていた。でも私の野菜日記には、「モンシロチョウ初飛来。今年も青虫との対決が始まると思えば憂鬱」と記録している。

　主婦でいるときは、菜の花畑で乱舞するモンシロチョウに心が癒された。虫かごへ入れていつまでも眺めていたいと思ったことさえある。ところが野菜作りを始めて間もない頃、キャベツの苗を沢山買ってきて定植。キャベツはモンシロチョウの大好物である。いつのまにか丸裸にされ一頭も収穫できなかった。農薬を使いたくなければ防虫ネットを張るようにと教えられ、去年は入り込む隙を作らないよう丁寧にネットを張った。それでもいつの間にか葉っぱが食われている。日を追って被害が大きくなっていく。キャベツがかわい

そうになって、ネットを外し、一匹ずつ青虫を捕まえては瓶の中へ入れた。驚くような青虫の数に驚愕。悩みが吹き飛ぶどころか、途方に暮れたこともある。

　どことなく金子みすずの詩「たいりょう」と重なる。「はまはまつりの　ようだけど　うみの　なかでは　なんまんの　いわしの　とむらいするだろう」

ハムの部屋はインテリルーム！

　2階の部屋は主人の書斎を除いて誰も使っていない。子供たちが自立した今も、書架やベッド、空調設備、電話、テレビなどがそのままの状態で放置されている。思いついたように掃除で上がることはあるが、空き部屋にしていることがいつももったいないような気がしていた。子供たちがいる時は、手狭に思っていたこの家も、二人暮らしには広すぎる家になっていた。

　そんな時、恒例の行事になっているバーベキュウ・パーティに主人の教え子たちがやってきた。普段は応接室でハムスターを飼っているが、一時的に2階へケージを移していた。しかし、一人の卒業生がソファーに座った途端、「この部屋、何か動物の臭いがする？」と言いだした。たちまちハムスターを応接室で飼っていることがバレてしまった。

　これを機会にハムスターたちを2階の一室に移し、ケージは自由に出入り出来るようにした。格子なき牢獄にした途

端、家族がどんどん増えて行く。心当たりにメールでお願いした。「うちのハム君達は、空調設備、電話、テレビ付の文化住宅に住んでいます。知能指数も頗る高く、愛嬌もたっぷりあります。欲しい方には無料でさしあげます」

てんとう虫の恩返し

　畑の貯水タンクで一匹の七星てんとう虫が溺れかかっていた。そっと人差し指をさしだして救ってやった。しばらくじっとしていたが、元気に飛び去っていった。私に「命を救ってくれてありがとう！」と言ってくれたような気がした。

　そら豆がどんどん背丈を伸ばし、花をさかせ実をつけ始めてきた。この調子なら今年はおいしいそら豆が沢山食べられると嬉しい気分になった。しかしそれも束の間のこと。目を凝らしてよく見てみると、どのそら豆の株にも沢山のアブラムシがぎっしりついている。日ごとに元気がなくなっており、そら豆の様子が少しおかしいとは思っていた。こんなに沢山のアブラムシを手で捕殺するには限界がある。好きにはなれない農薬が頭の隅をかすめた。

　一匹の七星てんとう虫が私の手のひらにやってきて、「私は先日命を助けていただいたマリアです。農薬を使えば私たちの仲間も死んでしまします。私たちにお任せください」と言いながら、なにやら仲間に命令をしている。そら豆に家来のてんとう虫が群がり、あっという間にアブラムシをやっつ

けてしまった。こんなお伽話を考えながら、畑仕事をするのも結構楽しいものだ！

人殺しの玩具

　6兆円の売上。受注生産方式、売れ残ることはない。造れば必ず売れる軍需産業。買い手は国だからだ。こんなボロイ儲け話はない。年商1000万を上げるため昼夜を問わず働き、赤字続きで涙しながら解雇通知を出している経営者もいるというのに。

　そんなぼろ儲けをしているのは一体誰なのか？　戦闘機や軍艦、大砲や砲弾などの軍需品は、一体どこの工場で作っているのだろうか？

　柳井行のフェリーに乗船していた時のこと。デッキにでて大島大橋を見上げていたらすごい轟音を残し、数機のジェット戦闘機が頭上をかすめた。轟音だけでも十二分に威嚇能力がある。航空自衛隊防府基地に近いこの辺りの住民は、厭でもこのような轟音を聞かされ続けているのか？　松山に住んでいる私には経験することのない出来事だった。今まで考えもしなかったし、関心を持ったこともなかった。

　頭上をかすめた戦闘機が、輸入されたものかどうかは分からない。しかしひとつだけはっきりしていることがある。このような愚かしい人殺しの玩具を造るのは人間以外にはいない。動物の世界でも殺し合うことはある。しかし、それは種

の保存のため、生きるためのものだ。

フグを捌く

　山育ちのためか、魚を調理することは滅多になかった。ところが、嫁ぎ先は魚の臭いがプンプンする漁師町。漁港には蛸壺があちらこちらと積まれていた。とりわけ「蛸飯」が有名で、NHKや民放でもたびたび紹介されたこともある。

　義父も釣りが大好きで、暇さえあれば出かけていた。学生結婚のわが家にはその釣果のお裾分けがありがたく、貴重な食材になっていた。頂く魚は異なっていたが、この季節にはよくフグを頂戴していた。義父は「チンブクを持って来てやったぞ」と言っていたが、後で図鑑を調べたら「砂ふぐ」とか「クサフグ」と呼ばれていた。毒があることは十分に知っており、怖くて捌けなかった。ところが、しゅうとめが「皮や血、肝などの内臓をたべなきゃ死ぬことはないから」と頭のところに包丁を入れ、一気に皮を剥ぎとった。真っ白な身がプリンと飛び出した。見よう見まねで何度もやっていると、今では親指ほどの小さなフグでも「プロ並みの捌きだ！」などと褒めてくれるようになった。妊娠中のことでもあり、「フグのような子供ができやしないか！」と心配していたが、そんなこともなく、まだみんな元気で生きている！

悔いのない死に方

　漱石の小説「吾輩は猫である」には、迷亭が苦沙弥先生の奥さんに蕎麦の食べ方を講釈するくだりがある。「初心の者に限って、無暗にツユを着けて‥あれじゃ蕎麦の味はないですよ‥」などと。

　これが落語となるとそうはいかない。わずかのツユで蕎麦をたぐっていた男が病気になった。明日とも知れぬ身になって「なにか言い残すことはねえか？」と問えば、「一度でいいから、蕎麦にツユをたっぷりつけて食べてみたい」と答えたという。

　大事にしてくれた叔父はお酒が大好きだった。子どものいない寂しさを紛らすためかも知れなかったが、呂律の回らぬ舌で玄関の戸を開けろと夜襲をかけられることも何度かあった。判で押したように手には１升瓶をぶら下げていた。時々、飲み友達か戦友かは知らないが、そろって軍歌を歌いながら上り込むことも。戦地での悲惨な苦労話などを伺おうとしたが、のらりくらりと誑かされ一度も聞くことができなかった。

　そんな叔父が肝臓がんで亡くなったが、「好きな酒で命を落としたのだから」と悲しむ者はあまりいなかった。むしろ「たっぷりツユをかけた」生き方に誰もが軍配を上げていたのかもしれない！

こんな大型連休の過ごし方も

　農作業をしていたら、息子が小学校へ入学した男孫と幼稚園に入園した女孫を連れてやってきた。大型連休にも拘わらず、旅行などの計画は全くないとのこと。防鳥ネットの中には熟したイチゴやそら豆・グリーンピースなどがたわわに実っており、二人に籠をもたせて摘み取りをさせた。真っ赤なイチゴを口に頬張りながら「美味しい、美味しい」を連発している孫たちの様子をみているだけで頬が緩む。

　女孫が器用にハサミを使ってグリーンピースの実を採っていたが、ちょっと目をはなした隙に口をモグモグさせている。口を開けさせると生の豆を口一杯に詰め込んでいる。「美味しいか？」と尋ねると、コックリ頷いた。イチゴといい豆といい本当によく食べる孫たちだ。

　お昼には、持参していた弁当だけではたらず、手作りのかまどの上に鉄板を置きそら豆を莢ごと載せた。お塩をパラパラ振り掛けて食べさせたら、これまた「美味しい、美味しい」と言いながら全部食べてくれた。

　あそこへ出かけたい。ここも見てみたいなどと綿密な計画を立てていた大型連休もあった。が、こうして畑でのんびり孫たちと過ごす連休もあながち捨てたものではないか！

目くじらを立てる前に

　早朝、小野川沿いを散歩していたら、初老の大男が、年端もいかない少年に、目くじらを立てて怒鳴りつけていた。軽トラックには古新聞が積まれていた。古紙の回収日に無断で持っていこうとしていたのを咎めていたようだ。クドクド罵声を浴びせていたが、少年は黙ったまま頭を垂れていた。
　確かに、松山市には資源化物持ち去り禁止条例があり、古紙、ガラスびん、ペットボトルなどの収集、運搬ができるのは委託を受けた業者に限られている。しかし一般市民には、禁止命令を出したり、行為者を捕まえることは出来ないはずだ。持ち去り行為を見かけたら、清掃課へ行為の日付や場所などの情報提供はできるが、罵声を浴びせたり、罵倒したりする権利はない。目くじらを立てる前に、持ち去り禁止や条例のあることをきちんと冷静に諭せなかったのか？「目くじら」とは「目くじり」とも言う。この「目くじり」がなまって「目くじら」になったとも言われているが、鯨とは関係ないようだ。吊りあがった初老の目が鯨の目に似ていたわけでもない。晴れない気分で散歩を続けていても、黙って項垂れていた少年の姿が脳裏から消え去ることはなかった。

大きな夢となくした夢

　私たちの若いころと隔世の感がする。日本が戦争に負けて

70余年が経とうとしている。敗戦後の日本は、食べ物がない、住むべき家もない。勿論、電気洗濯機や冷蔵庫などあろうはずはない。素足にゴム草履で雪の中を登下校した。明けても暮れても、芋や粥。すえたご飯は当たらないからと、食べた雑炊で家族全員が下痢をおこしたりもした。冷たい水に耐えながら、母親はたらいと洗濯板で汚れた衣類を洗っていた。こんなないないづくしの生活ではあったが、一つだけ大きな夢があった。

　餓えの苦しみをさせないように、能力に応じて教育を受け、少しでも健康的で文化的な生活ができるようにと、誰もが大きな夢を持って頑張った。おかげで、私たちは、その欲しいと思っていた殆どのものを手に入れることができた。かぐや姫がやってきた月へも人間は行ってしまった。たしかに、この世の中は豊かで便利になった。

　ところが、気が付けば、今度は逆に一つなくしたものがある。それも夢。これからの日本を支えていかなければならない若い人たちに夢がない。夢があれば人は頑張れる。だが、夢のもてない世の中でどのように頑張れというのだろうか？

そろそろ行くけ！

　話題が土産品の話になったが、夫は土産を買って持ち歩くのが大嫌い。ところが元同僚ご夫妻は土産品を買うのが何よりの楽しみ。「旅の土産品は方言が何より。馬鹿みたいに土産

品を買いあさり重たい荷物を両手に持って」と夫が失言してしまった。「私も方言は嫌いではないですが、語尾に『け』のつく愛媛の方言は好かんですね！」との反論から方言論争へ発展。

「私の母など『け』としょっちゅう言うとりますよ。『そろそろ行くけ』などと」。「『け』は少し汚げな言葉に聞こえませんか？」。「少しもそうは思いませんよ」。面白くなって私も参戦させてもらった。「前の朝ドラの『花子とアン』をご覧になりましたか？　あれは甲斐の山梨が舞台ですよね。『花、頑張って勉強しとるけ』などと言うとりましたよ。今の朝ドラ『まれ』でも、『あれ、したんけ』と『け』がついとるし・・。輪島地方でも『け』が・・」。朝ドラの方言で思い出したように夫が「そういえばその前の岸和田が舞台やった『カーネーション』。あれも『け』言うとったな！『あんた泣いとんけ。それ洋服やったんけ』などと」。方言論争に明け暮れた楽しい旅の夕食だった。

時代劇の男女がハグ？

　ボストンから学生たちの引率としてこられた先生を一か月ほど受け入れたことがある。普段着の生活を見てもらいたくて、特別なことはなにもしなかった。主人の両親や近隣の方達も、さりげなく協力をしてくれていた。

　彼が帰国する朝、玄関先に皆が集まってくれた。涙こそ見

せなかったが、黙ったまま一人ひとりに彼はハグをした。最後に私にハグをしながら、「マタアイタイデス」と一言いってくれた。この時、ハグは最高の別れの仕草、ことばなどなくても互いの気持ちが通じ合えることを実感した。

　テキサスから2週間ほど女子高校生を短期留学生として預かったこともある。この時も暑い夏休み中。家には娘がいなかったので、少し戸惑ったが、帰国する時、彼女も眼に涙を浮かべながらハグをしてくれた。別れは人の世の常ではあるが、ハグは惜別の悲しみに耐えている互いの気持ちを肌で感じさせてくれる。

　どうしてわが国には、ハグの仕草がなかったのか不思議でならなかった。でも、しゅうとめの部屋でテレビのスイッチをいれた途端、時代劇の中で男女が抱き合って別れのシーンをやっている。こんな古い時代からハグをやっていたのかしら？

スカイプで子守

　群馬で開催された学会へ出席した後、埼玉の兄の家に一晩厄介になった。兄嫁は実父の看病のため家をあけることはほとんどなかった。そのお父様も亡くなられ、週末にはアメリカにいる娘の家を訪ねることになっていた。
　翌朝のことだった。朝食をご馳走になって一息入れたとき、「これからスカイプをするから、一緒に話してみない

か?」と兄が言った。相手は国際結婚をしている姪御である。カルフォルニヤは夕刻だが、互いにこの時間に電源を入れる約束をしているらしい。スカイプという言葉も初めてなら、どんなことをするのか興味津々。しばらくコンピュータの前で、兄はゴチャゴチャやっていたが、画面に懐かしい姪御の顔がアップで飛び出してきた。ダンナはまだ帰宅していなかったが、カメラを振って双子の赤ちゃんを見せてくれた。「松山の叔母ちゃんだよ！ わかる？ わかりますか？」とアホな会話をしたが、生まれて初めてのテレビ会談。テレビ電話なんて夢のように思っていたけど、現実にこうして相手の顔を見ながら話している。随分便利になったものだと感心していると、兄嫁が、「これで子守をしている」と言ったのでまた驚いた！

嘘をつきたくないから！

　北条早雲も、「早雲寺殿二十一か条」の家訓を残し、「全ての人に対して、一言半句たりとも嘘をついてはならない。一生の恥と考えて、嘘はつかぬように」と戒めている。早雲のみならず、幼少の頃から「嘘は泥棒の始まり」、「嘘をつけば閻魔さんに舌を抜かれる」などと教えられてきた者にとっては、あからさまに嘘をつくよう命令されてはたまったものではかろう。

　新人研修も終え、秘書課へ配属されていた姪御が「会社を

辞めたいから、相談にのって欲しい」と、ひょっこり自宅を訪ねてきた。理由を尋ねると、「朝から晩まで嘘をついている自分が嫌になった」とのこと。上司が部屋にいるにも拘わらず、不在だと応えている。電話で「急ぎの用があるから」と懇願されても、取り次げない。そんな繰り返しが嫌になったと言うのだ。

「辞めたければ辞めればいいじゃない」と突き放した。「たった三文字退職願と書けばすむこと。嘘が嫌なら、本当のことを言えばいい。先々「あなたの赤ちゃん、猿そっくりじゃない」などと言われたくなければね！　姪御と同じように、社会のためにと夢を膨らませていた新入社員が、そろそろ悩み始めているのでは。

伊予塾「ゴール無限」

　競技場に入った君原選手が、ゴールに向かって最後の力を振り絞っていた。68年のメキシコオリンピックでのこと。決して振り向いてはいけないマラソンで、彼は後ろを振り向いてしまった。「もう走れません」と遺書を残し、自殺をした最大のライバル、親友でもあった円谷幸吉がそうさせたとも言う。その時3位だったニュージランドの選手が迫っていたのに気づき、わずか14秒の差で振り切った。表彰台に上った彼は「円谷さんの分まで頑張れました！」と。決して自分のことは言わなかった。

この時、私は二十歳。テレビ画面に釘付けになってこの報道を観ていたが、夢遊病者のように大きく頭を振りながらゴールした残像が今も脳裏に焼き付いている。
　伊予塾も第43回になる。リジュール松山で開催された君原健二氏による「ゴール無限」を楽しく拝聴した。全てに不器用でテニスや水泳などのスポーツは、自分でもやらないし、テレビ観戦をすることもほとんどない。ましてや、マラソンのことなど全く知らないが、こうして歴史に名を刻むような方のお話を伺うと、空の頭が重くなっていくような気がする。次回の演者は誰？　伊予塾が楽しみだ。

マンガの果たした役割

　主人が島根大学の非常勤講師として教壇に立っていた頃、集中講義を終えて戻った彼がこんな話をしてくれたことがある。授業中に鉄腕アトムを歌うことになり、70人位の受講生に「誰かコンダクターをやってくれませんか？」と声をかけた。一人の学生が教卓のところへやってきて「先生！　私も松山出身です。松山東からこの大学へ来ております」と自己紹介をし、フロアに向かって指揮をとってくれたそうだ。教室の中は鉄腕アトムの大合唱となったが、一節目を歌い終わったところで「声が小さい、もっと大きな声で！」とやり直しを命じた。アトムがキャンパス中を飛んでいるかのように大きな声が響いた。ところが「ゆくぞ　アトム　ジェット

のかぎり　こころやさし」と歌ったところで急にストップをかけた。「おかしいではありませんか？　アトムはロボットです。どうして機械にこころがあるのですか？」

　そこから議論が始まったようだ。何故日本が驚異的な経済発展をしたのか？　マンガがどのように日本経済の発展に寄与したか？　学生たちの答えがとても面白かったと話していたのを思い出した。巷では、人気漫画「美味しんぼ」の鼻血問題が騒がしい。

ピーナツとカラス

　ピーナツは一度も栽培したことがない。「ためしに植えとうみや」と主人の弟から沢山の種をもらった。さやから実を取り出し植える準備にかかった。ところが別の用で中断をしたのが運のつき。机の上に殻と実をおいたまま忘れて家に帰ってしまった。

　翌朝、畑の机の上を見て驚いた。殻が散乱し、実も三粒ほどしか残っていない。直観的に、この辺りに住み着いているカラスだと思った。屋根の上で「バカ〜　ばか〜」とあざ笑ってる気がしたので、小石を投げつける真似をした。カラスは逃げたが、「確証もないのにカラスだと決めつけるな！」と主人に窘められた。いろいろ犯人を想定したが、カラス以外には考えられない。ネズミ取りの粘着シートで捕まえてやろうかと思ったが、黒いカラスがバタバタのた打ち回っている姿

を想像しただけで止めにした。毒を盛ってやろうか、でも「殺すのは絶対よくないやり方だよ！」と言ったら、「アオムシは平気で殺しているじゃないか？」とまた主人に上げ足をとられた。

そういえば、黒いピーナツを食べた食べないなどと言うロッキード事件があったが、カラスは自分が食べたなどとは絶対言わないだろうな！

行商人の売り声も懐かしいが

学生時代、昼前になると行商の車がよくやってきた。授業中の窓の外から「いしやき～いも　早く来ないと行っちゃうよ」などと売り声が聞こえてくる。そのたびに一人クスクス笑っていた。その独特の口調に食指は動いたものの、一度も買って食べたことはなかった。

小さい頃には、リヤカーに長いさお竹を積んだ行職人もいた。「たけや～、さおだけ～」と響きのいい声が耳に残っている。今では、軽トラックに竿竹を積み、売り声もスピーカー越しになっている。

ほとんど姿をみなくなったものもある。金魚売やアメにギョウセン。そういえば夏場になると風鈴売りも心地よい音色を響かせていたっけ。しかし昔はなかったが、最近の売り声の代表は廃品回収。「毎度お騒がせしております。ご町内でご不要になりました・・」。

こうした売り声を懐かしんでも詮ないことではあるが、人口の減った地域ではスーパーも撤退。高齢化をむかえ、買物にも困る人がたくさんいる。買い出し用の大きなリュックを背負い、遠くのお店まで出かけているおばあちゃんもいる。勝手口から威勢のいい「まいど～」の声。御用聞きの若者が体の不自由なお宅へなどと・・・。

子供に居留守を頼むな！

　浴槽から出た途端、チャイムが鳴っていることに気が付いた。裸では如何ともしがたく、また静かに身を沈めた。中江藤樹は読書を続けるために、来客があっても、自ら居留守を使っていたとか。からかわれていると思った来客に「本人がおらんと言っているのだ。これくらい確かなことはなかろう」と毅然と答えている。非凡な才能の持ち主ならこのように言えようが、こちらには出るに出られぬ事情というものがある。

　結局、訪問者が誰だったかは分からなかったが、長湯のせいで湯疲れしてしまった。同時に、主人が在職のころ大失敗をしたことを思い出した。もともと彼は受話器を取らない主義。大抵は私が秘書のような役をしていたが、たまたまパン作りの生地を練っている時に電話のベルが鳴った。手がはなせなかったので、主人の居留守を小学生の息子に頼んだ。「お父さんは留守にしていると言っておいて」と。電話口に出た

息子が正直に「お父さんはいますが、留守にしているとお母さんが言っといて」と。しばらくしてまたベルが鳴った。先の電話が北海道の学長先生だったことを知り、冷汗三斗の大失態！ 教訓その1、子供に居留守を頼むな！

本の処分はしたものの！

「処分しなければ危ないな！」と口癖のように主人は言っていたが、踏ん切りがつかないようだった。個人の趣味か職業柄かは分からなかったが、毎日のように本屋へ出かけては本を買い込んでくる。それも量が嵩むと相当な重量になる。主人の退職が押し迫ったころ、とうとう危惧していた座が抜けてしまった。これで決心がついたのか、山のようにあった本を処分することになった。まだ役に立ちそうなものや学生にも読んで欲しいようなものを選び、大学の図書館へ寄贈。それ以外のものは廃品回収の業者に処分をお願いした。それでも普通トラック三台分くらいはあったろうか。中には一冊数万円もするものもあったが、未練がましいことを言うなと一喝された。出版社から寄贈されたものもあるが、ほとんどは自分の小遣で買ったもの。40年近い本代への出費を考えてみると相当な額になる。業者からトイレットペーパ5個を渡された時には、他人事ながら涙が出そうになった。

退職をした今、週一回位のペースで大学から本を借りては読んでいるが、何となく不便らしい。溜まり始めたどの本に

も以前のように付箋が貼られたり書き込みがされている！

田植えの準備始まる

　あちこちで田植えの準備が始まった。カラスまでが小鳥たちに交じり、大型トラクターの跡を追いかけている。掘り起こされる虫が目当てなのだろう。何とも牧歌的な風景だ！鳥たちが塒に帰るころには、きれいに整地された田に変身。水が張られるのはいつ頃だろう？　水面に写る満月が楽しみだ。

　とはいえ、田植えの最盛期も都道府県によって異なっている。最も早いのは沖縄県。すでに３月頃には田植えが終わっているとか。そういえば、３月の下旬、いつもの旅仲間と九州３泊四日の貧乏旅行をした時のことだ。西都原古墳群に向かっていた車窓から、田植えをしている光景を見て驚いたことがある。宮崎はとりわけ台風の上陸頻度の高いところ。品種改良米の種で、早く田植えをして早く収穫する。台風シーズンを外し、出来るだけ被害を少なくするのが理由とか。地域によって田植えの時期も違っているが、その方法も様変わりしている。小学生の頃には田植機などはなく、家族総出で一列に並び腰をかがめながら一株、一株植えていった。泥だらけの足にヒルが吸い付き、無理に剥がして血がにじみ出たことなど、思い出したくない想い出なども・・・！

モスキートの殺し方

　夏が来れば主人の決まってやることがある。下着姿でテラスの椅子に座りビールを飲むこと。ビールが主たる目的ではない。蚊を殺すことである。厳密に言うと、殺すことが目的ではなく、殺し方の研究をしているとのことらしい。2003年6月から、暗殺年月日、捕殺数、種類などのデータをきちんとコンピュタに保存し、捕殺の証拠として死骸を瓶にまで入れて保存している始末。勿論、蚊だと認定しうるに足る姿をとどめていなければいくら捕殺したとしても数にも入れないし、保存もしない。

　6月から9月まで1か月平均600匹位の蚊を殺しているが、年々、数が減少してきているらしい。裸のオッチャンが天敵だと、蚊が学習したのかも知れないが、主人に言わせると、蚊は余り利口じゃないようだ。ただ、人間と同じように、蚊にもいろいろな性格をしたのがいるらしい。警戒心の強い者、おどおどした蚊、アホ丸出しで好きにしてなどと、いきなり吸い付いてくるものなど。

　その研究成果であるが、血を吸われる前に、しかもほぼ100％の確率で殺せる方法を発見したとのこと。蚊の眼の構造を研究し・・・、後は、論文を出すまで秘密だとか　？

お前、歯がないのけ！

　松山市保健所から主人に手紙が届いた。「めざそう　8020（ハチマルニイマル）」と封筒の裏に書かれていた。「80歳で20本以上の歯を保とう」とか！　旅仲間の一人は、全て自分の歯。北大時代の先生が「歯磨き粉で毎日磨けば歯は削られて小さくなっていくが、虫歯になって抜かれるよりはましだ。毎日歯を磨くこと！」との教えを守ってきたようだ。ところが、私も主人も部分入歯。特に主人の入歯は滑稽そのもの。前歯が揃ってなく、しゅうとめから「お前！　歯がないのけ？」とよく言われている。
　歯痛にでもなれば何を食べても美味しくない。イライラ感は最高！　歯は正に健康のバロメータだ。とはいえ、我慢の限界まで歯科医への足は重い。あの電気ドリル！　スイッチが入った途端に身震いがする。高度な文明社会にして、あの音は少しも進歩していない。それが嫌なら普段から予防を！ということであろうか。6ム4シに因んで生まれた虫歯予防デーが歯の衛生週間になった。毎年6月4日から10日までの1週間。これは1958年から厚労省、文科省、日本歯科医師会が実施しているもの。去年からは歯と口の健康週間になっているようだが。

ゲンゴロウたちはどこへ？

　水生昆虫のゲンゴロウ（源五郎）、名前自体が頗る面白い。このけったいな名を付けた人物を知りたくて、図鑑やネットで調べてみたが分からなかった。大方、左甚五郎の親かもしれないなどと呑気なことを。近年この黒ボタンのような姿を見ることはほとんどなくなった。タガメやアメンボ、小さな小川に沢山棲息していたホタルやどじょうもそうだ。竹で編んだじょうれんで何回かすくうと、夕餉のどじょう汁ができるほどたくさん獲れていた。この汁だけはどうしても好きになれなかったが、今ではスーパーのバケツの中でしか見ることが出来なくなっている。

　ため池や水路の改修などによる水性昆虫の生活環境が大きく変わったせいかもしれないが、主たる原因は農薬らしい。田圃の上を大型のリモコンヘリがブンブン飛び回りながら農薬を散布している。昆虫にとっては種の存続にかかわる大惨事だろうが、さらにブラックバスやブルーギルなどの外来種が追い打ちをかけているようだ。いったん、これらが川や池に侵入してしまえば、またたくまに水性昆虫を総なめにする。アメリカザリガニにいたっては水草まで消滅させてしまっているようだが・・？

山路こえて

　クリスチャンではないが好きな讃美歌はたくさんある。人生に疲れた時といえば些かオーバーになるが、自然に口ずさむ歌がある。讃美歌404番　山路こえて。この歌を聴いているとすさんだ心が落ち着き、何かしら訳のわからない涙が頬を静かに流れ落ちていることがある。

　　みちけわしく　ゆくてとおし　こころざすかたに
　　いつか着くらん
　　ひもくれなば　石のまくら

　この歌碑が小野川に沿った近くの高校にあるというので、散歩がてら訪ねてみた。風に乗ってチャイムや応援歌が聞こえてくる。絵にしたくなるような塔の十字架。礼拝の時間に流れる讃美歌に何度か耳を傾けたこともある。コンパクトに纏まったこの学舎は好きな場所の一つでもある。

　正門近くにいた先生に許可をいただこうと訳を話すと、親切にも案内してくださった。刻まれた詩文ははっきり読み取れたが、時の流れは無情にも立札の説明文を消し去っていた。でもこの讃美歌は、初代校長に就任した西村清雄先生が作詞したもの。しかも、日本人が作詞した初めての讃美歌としてあまりにも有名である。

　人生の旅に、石の枕あり。山頭火は草を枕に漂白の旅を続け、主人は本を枕に転寝をしている。

たかが5000億じゃないか！

　大手自動車メーカーの外国人社長。報酬が10億円の大台を超えたというニュースを聞いて、思わず「嘘でしょう！」と叫んでしまった。年金生活の私にとって、この金額は天文学的な数字でしかない。品性下劣も顧みず、1日どれくらいのお金が使えるのかと手元の計算機に10億を入れたが、桁数不足で入力できない。ならば手動でと広告の裏にゼロを書いていったが、1、十、百、千、万・・・と何回も繰り返すしまつ。正確に10億の数字を書くのにも一苦労であった。

　そんなお粗末なことをやっている私に主人が言った。「たかが10億位で驚くな！　わずか3秒ほどあくびをしているだけで5万円稼いでいる人もおるんぞな！　時給600円か700円であくせく働いている学生アルバイトもいると思えば、たった1時間で6000万稼いでいる人もおるのに！　ソファーでゴロリと横になり1時間ゴオゴオ鼾をかいているだけでだよ！　年収に直したらどれだけになるか計算してみいや！」。

　獅子奮迅の働きに対する正当な報酬とはいえ・・・。もう一度計算をしようと思ったが、出てきた答えを見ても詮無いこと。たかが5000億位のはした金じゃないか！

四コマ漫画と地軸

　四コマ漫画の作家は偉いと思うし尊敬する。たった四つのコマの中で起承転結をやってのけなくてはならない。よくもそんなしんどい仕事を連載でやってのけられるものよ！　ただただ感心するばかりだ。でも、作家が何を考え、何を言いたいのか？　簡単に読者に分かるようなものは芸がないとでも思っているのか？　懲りに懲り、捻りにひねったマンガに出くわすと終日憂鬱になる。時にはそんな漫画家が憎たらしくもなる。薄っぺらな頭を働かせ、一コマ一コマ上へ行ったり下がったり。推理に推理を重ね、新聞の隅から隅まで目を通していても理解できない時である。よっぽど作家に電話して、「恐れ入りますが、ギブアップします。教えていただけないでしょうか？」などと思ったりすることも！　それでも苦労に苦労を重ね、難問が解けた時の快感を味わうこともあるにはあるが・・・・・。

　同じように毎日期待しながら読んでいる地軸の著者も凄いと思うし憧れでもある。相当な知識、博識がなければあれだけのことは書けないだろう。それも毎日毎日続けられることが何よりも凄い！　私のような凡人には到底真似できるものではないとはなから諦めている。

どっちがバーバリアン？

　青虫を素手でつまんでは踏み潰していた。そんな私を見ていた主人が、「随分野蛮人だな！」と軽蔑したような口調で言う。「野蛮人にならない殺し方なんかあるの？」と口答えしてやった。「わざわざ足で踏みつぶさなくても、瓶にでもいれて水攻めにでもしてやれば！」とか。

　まだ主人が在職していたころ、釣同好会に所属していたことがある。仲間と連れだって南予へ夜釣りに出かけ時、夕刻、防波堤で沢山の鯖がつれたそうだ。携行していたプロパンに網をかけ生きた鯖をのせて焼いていると、同好会の会長が「先生は、バーバリアンですね！」と嘲笑したらしい。生きた鯖をそのまま網にのせるのは、長時間苦痛を与え続けるからカワイソウ。苦痛は出来る限り短くとばかり、鯖を岸壁にたたきつけ一気に殺して網にかけたという。

　釣りから戻った彼は悩んでいた。「会長はシロウオの踊り食いが大好物。嬉しそうに生きたまま食っているじゃないか！　どっちが野蛮人なんだ？」などと！　そういえば、どこかの島でイルカを砂浜に追いやり、生きたまま放置したことで「日本人はバーバリアン！」と国際問題に！　それなら、主人の方が野蛮人じゃないのか？

ドライバーの仕草

　無意識かどうかは分からないが、人の仕草くらい面白いものはない。畑への往路、今や行き交うドライバーの仕草を見るのが趣味にまでなっている。運転しながらシェーバーで髭を剃っている男性をよく見かける。時には、鼻の穴に指を突っ込み、顔をゆがめて鼻毛を抜いていたり。女性は化粧だ。口紅を塗ったり、髪を梳いたりしている。主人などはバックミラーで化粧をしている若い女性に見惚れ、クラクションを鳴らされたこともあるようだが。遠慮がちにしているようには見えるが、大方朝寝坊をしていたのだろう。朝寝坊といえば、男女に共通するが、運転しながら、大口を開けてパンやおむすびなどを口に放り込んでいる人がいる。食べているだけまだいい方かなどと思ったり。地図や新聞を広げて大きなあくびをしていたり、くしゃみをしながら運転している者なども。目を見開いたままクシャミなどできないだろうが、主人のクシャミは機関銃。危険運転の類に入るのではないかなどと危惧しているのだが！
　一番気になるのは携帯電話だ。渋滞の時など、対向車の若い女性がサングラスに煙草を吸いながら天に向かってケラケラ笑っていたりすると！

手作り手すり

　義父の歩行が覚束なくなった頃、家に閉じこもらないようにと、なけなしのお金をはたいて車椅子をプレゼントした。でも数か月は、車椅子の自分を惨めに思ったのか、世話になりたくなかったのかよく分からないが、使われることもなく埃をかぶっていた。

　久し振りに義父を訪ねると留守！　しゅうとめが車椅子に義父を乗せ、近くの公園へ出かけていることを隣人から教えていただいた。

　私たちの家にも気軽に来られるようにと、主人はホームセンターで角材や分厚いベニヤ板などを買い込んできた。暇を見つけては日曜大工でテラスから応接室へ直接車椅子で上がれるようにした。見栄えはよくなかったが、何度も実験を繰り返し、やっと完成！　ついでに玄関にも介護用の手すりを取り付けていた。しかし義父は一度も彼の作ったバリアフリーの坂や手すりを使うこともなく、病院へ入院をしてしまった。買った車椅子もいつのまにか倉庫で錆びついている。

　義父が亡くなってからしばらくして、何日もかかって作った手作りスロープを取り外したが、玄関の手すりはそのままにしていた。でも義父のためにと造った手すりが、今では自分たちの役に立っている。

なんとかならんのかなもし！

　短足で胴長。お世辞にも恰好いいとはいえない。でもすごくハンサムで優しそうな顔。撫でてやるとご主人の顔を遠慮がちにみながら、よそよそしくするところも大好きだった。名前を教えてもらったことがないので、いつも「ワンちゃん！　とか、犬ちゃん！」などと勝手に呼んでいた。
　犬を連れてというより、犬に連れられてと言った方がいいかもしれない。農作業をしていると、朝夕、決まったように散歩をしているおじいさんとそのワンちゃんのカップルを見かけていた。ところが１か月位前から、犬の姿がない。おじいさん一人が農道を往来するようになった。ハウス用四輪車をシルバーカーにでもしているのか、いつもキャリーを乗せている。車に跳ねられ、包帯を足に捲きながらおじいさんに引っ張られていたのはつい先日。「あのワンちゃんが死んだのだ！　おじいさんの大事な相棒が！　こんなことになるなら犬の名前くらい教えてもらっておけばよかった」と・・・。
　通りかかったおじいさんに尋ねてみた。「犬かな？　元気でピンピンしとるぞな。そやけど田植えで忙しいけにかもうてやれんのよ！」とか。この早とちり、なんとかならんのかなもし！

消えた弁当箱？

　弁当を机の上に置き、胡瓜を植える準備をしていた。スピーカーから流れてくるお昼のメロディを聞くと、急にお腹がすいてきた。ところが弁当がいくら探しても見つからない。ボケが始まったのか、弁当を忘れてきたのかどうかもはっきりしなくなった。仕方なく近くのうどん屋さんで昼を済ませた。

　翌日また同じように机の上に弁当を置き、指さし声だし確認してから農作業に取りかかった。ハサミを取りに倉庫へ戻った時だ！　野良猫が弁当を銜えて持ち去ろうとしている。「こら～　泥棒猫！」と叫んだら、銜えていた弁当を離して一目散に逃げ去った。まさに間一髪であった。

　今度やったら捕まえて10年の懲役刑にしてやろうかなどと思いながら、倉庫の戸を開けてビックリ仰天。腹を空かした5匹の子猫がニャーニャー鳴きながら一斉にこちらをみている。泥棒猫はこの子らの親だったのか？　盗んだ罪は重いが、飢えたこどもたちを育てるためにやむをえずやったこと。その事情を考慮すると情状酌量の余地は十分にある。罪を憎んで猫を憎まずともいう。子猫たちの好きそうなものをタッパーに詰め込んで持参してやったが、彼らの姿はどこにもなかった。

私も学会員

　日本うどん学会設立大会が開催されたのは、平成15年6月14日のこと。主人の秘書と言えば聞こえはいいが、運転手としてオークラホテル丸亀へ出かけた。そのことを考えると、設立当初からかかわっていたことになる。第2回の全国大会は松山で開催され、冷やかし半分に友達と出かけた。人手不足で、受付までさせられたが、おかげで懇親会に招待され、コラムニストの勝谷誠彦氏と話す機会も持てた。「旅」(新潮社)の雑誌に私が受付をしている写真まで載せてくれていた。その当時から物書きとしての風格はあったが、今も学会の理事。

　うどん大好き人間ではあるが、学会員になろうなど夢にも思っていなかった。ところが3年前に、副会長をしている主人から、「会費を払ってやるから学会員になれ」と有無をいわさず、学会員にされてしまった。

　主人が「漱石と饂飩」について発表した第9回和歌山大学での全国大会から正式の学会員として参加。次いで金沢で開催された第10回も、主人は「山頭火と饂飩」について発表。この時にも畑の仲間と一緒に参加した。昨年は群馬の高崎で開催され、温泉の湯浴みも楽しんだ。学問もよし、旅もまたよしだ。

野菜の原価計算

　一粒の種もみから500粒位のお米が出来る。多収穫品種だと1000粒以上のお米を実らせるのもあるらしい。こんな話を本職のお百姓さんから聞いたので、ひょっとしたら、大金持ちになれるかもと思った。

　里芋は一個の種芋から10個から15個以上の小芋をつける。今収穫しているじゃがいもは平均して7個から10個。大きさにばらつきがあり、交換価値のなさそうな直径1、2センチ未満もいれると15個位は採れるかも！　ミニトマトも上手に栽培すれば、200個から300個位できそうだ。筑波万博では、1万個ものトマトが収穫できたと話題になったが・・！

　肥料や種代を一切無視しても、200倍や500倍もの収益が期待できるものが他にあるだろうか？　ならば江戸時代のように、ほとんどがお百姓さんという就業構造になっていてもおかしくない。でも現実は違う。数学的には簡単に儲かりそうであるが、畑仕事をするようになってこの難問が解けたような気がする。

　裏のおばあちゃんに野菜を持参すると、「苦労して作られたものを、どうしてお店はもっと高い値段で売ってあげないのかしら！」と口癖のように言ってくれるのだが・・・？

旅だった先は！

　旅仲間と鹿児島の鹿屋航空基地資料館を訪ねた。20数年前にも一度見学したことがある。リニューアルしたのか、随分様子が変わっていた。一人遅れて資料館へ入ろうとした時、私服の男性スタッフに何処から来たのか尋ねられた。「愛媛から」と答えると、即座に関　行男大尉を知っているかと言う。恥ずかしながら全く知らなかった。説明してくれるというので、彼の後に従った。壁一面に特攻隊員として亡くなった遺影が飾られ、その先頭に関大尉がいた。神風特別攻撃隊の一隊「敷島隊5軍神」の一人として顕彰されていることや西条市の出身だったということも知らなかった。
　若干24歳で南の空に散華した時は、新婚3か月だったとか！　ましてや奥様の名が偶然にもマリコだと言われたときには胸が爆発しそうになった。
　ホテルで遅まきの夕食を摂りながら、旅仲間の一人に関大尉のことを知っているかどうか尋ねると、顕彰碑のある西条市の楢本神社へも行ったことがあるという。この歳になっても知らない事ばかり。こんな若者たちの尊い命が、愚かな戦争のために奪われ、黄泉の国へ旅立った悲しい歴史をもう一度勉強しなおさなくては・・・・！

ジューンブライド

　2週間ほど前に千葉に住むいとこの長男が結婚した。日光東照宮近くで結婚式をあげ、松山や広島からもかなりの親戚が出席したようだ。松山へ戻ったいとこと一緒に昼食をしながら、当日の写真を見せてもらったが、幸いにも雨が降らなくて何よりだったとか。主人が間髪いれず、「どうしてよりによってこんな湿っぽい梅雨のシーズンを選んで結婚式をするんでしょうね？　そもそもジューンブライドなどという外来語がいつごろから日本に定着したのでしょうかね？」などと。いとこはちょっと答えに窮していたが、主人はさらに「皆さん、きちんとした礼服で参列されていたのでしょう？　私など汗かきだからたまったものじゃない。このような不快指数の高い時に！」。なんとなく嫌味なことを言っているように思えたので、主人の足を踏んづけた。そしたら「どしたん！痛いがな。何で足など踏むんぞな！」だって！　これほど無神経とは思ってもいなかった。

　「同僚が6月に結婚して招かれたことがあったんですよ。汗かきの私は我慢できなくなって礼服もネクタイも外してしまったんです。隣にいた事務長がこれも給料のうちだと思って我慢して」とか！

草刈機はありますか？

　農作業をしていたら、軽のワゴン車が停まり、一人のジャージ姿の若者が駆け足でやって来た。この青年とは面識はない。生涯学習センターで子供たちの大きなイベントがあり、急きょ駐車場の草を除去しなければならないとのこと。草刈機があれば貸して欲しいと言う。
　主人は倉庫の中から長く使っていない草刈機を取り出してきて彼に言った。「エンジンがかかるかどうか？　かからなければ持って行っても何の役にも立ちませんからね！」と。スタータの紐を何度も引っ張っていたらエンジンがかかった。主人は「絶対に怪我をしないように気を付けて！」と念を押していた。
　主人が打ったうどんで、千葉から戻っていたいとこも一緒になってお昼をしていた。貸した草刈機が話題になったが、「ひょっとしたらもう戻ってこんかも知れん」といとこは言う。確かに分かっているのは、生涯学習センターだけ。名前も何も訊かないまま貸している。「戻らなくてもかまんけど、怪我のほうが！」と主人。
　3時が過ぎて帰り支度をしていたら、今朝ほどの青年が草刈機を抱え「本当にありがとうございました。おかげで助かりました。これで子供たちも・・・！」。

幸せとは？

　人が見惚れるようなゴージャスな服を着てみたい！　叶えましょう、お好みの服を。毎日トリフやフォアグラが食べたい！　食べさせてあげますよ、お腹一杯に。雨漏りしない立派な家があれば！　建ててあげましょう。素敵な家を。ついでに侍従や召使も雇ってあげましょうか。もっとお金があれば！　上げましょう、欲しいだけ。素敵な彼氏が欲しい！　そんなの簡単、あなた好みの男性を探してあげましょう。他に何か欲しいものは？　つまらんことですが、方言がなおらないので困っています！　もっと賢くなりたいのですが？　もっと人付き合いが上手になりたのですが？　もっと時間が欲しいのですが？　もっと長生きがしたいのですが・・？
　幸せが、全て私たちの欲望を充足できた状態だと思っている人がいますが、実は、そうではありません。幸せには努力して手にすることができるものと、そうでないものがあります。しかし全て手に入れた人が幸せではありません。そういう人は逆に不幸なのです。何か欲しいものがあるから幸せなのです。手に入れる過程が幸せなのです。だから貧乏が幸せなのです。時間や寿命ははなから勝手にできるものではありませんから！

新聞がタブレットで読める！

　主人が使っているタブレットを借りて、畑で音声検索をしていた。「カボチャノビョウキ　タイサク　ムノウヤク」などと。私の声が悪いのかタブレットが鈍いのか分からない。なかなか認識してくれないので同じことを繰り返していた。通りかかったおじいさんが不思議そうな顔をしながら、「何をしとるんぞな？」と覗き込んできた。タブレットに向かって独り言を繰り返している私の頭がイカれたとでも思ったのか！「南瓜の葉が病気になっているので治す方法を‥」と一通り説明すると、「そんな便利な機械があるんかな？」と首をかしげながら散歩を続けていた。
　便利と言えば、やっとのことで愛媛新聞の電子版がPCやタブレットで読めるようになった。勿論、ダウンロードしたのは主人。メールアドレスの違いや沢山のパスワードに手こずっていたようだが、愛媛新聞のトップ画面が出てきたときには手を叩いて喜んでいた。切り抜いてスクラップもできるようになった。こんなことができるなら、毎日毎日切り抜いてスクラップ帳に貼らなくてもよかったのに！　なにより旅行先で欠かさず新聞が読めることだ。こんな嬉しいことはない。電子版万歳だ！

一富士二鷹の初夢ではない！

　一富士二鷹や一姫二太郎でもない。「一姫二虎とは何か？」と雑談していた友達から尋ねられた。「怖さの順やろか？　1番怖いのが女性、次が虎だと思うけど！」と答えると、「そんなら3番目は何？」。「地震、雷、火事、親父やったら火事になるけど」。「それがダンプやって！　知らなんだろー！　うちもこないだ友達に教えてもろたとこや！」とか。これは危険なドライバーのタイプをもじったものらしい。1番が女性ドライバー、2番酔っ払い、そしてダンプやトラックの運転手さん。なかなかうまいこと言うなと感心したが、最近ダンプにも女性ドライバーをよく見かける。ダンプの塗装自体いかにも重量感や威圧感があり、後部にぴったりくっつかれたりすると恐怖すら感じる。それが最近ではボディも明るい色調で塗装され、側面には「環境に明るい・・」などと。何より女性ドライバーが運転している姿をみると、「凄い！　カッコイイ！」などと感嘆するばかり。そういえば、電車の運転手から船長さん、パイロットなど、男性ばかりの世界と思っていた職域で女性が頑張っている。オッと！　大型トラクターを操縦しているのもおばちゃんだった・・！

日本語で喋るな！

　随分便利になったものだ。若いころは、レターヘッドにタ

イプのキーを叩き、アメリカの友達に手紙を送っていた。何度も間違ってはやり直し、やっとのことで郵便局へ。切手を貼って投函したときにはほっとした。

今や、郵便局へ行く必要はない。スカイプでのお喋りやメールで手紙がいとも簡単に送れる。台所で片づけをしていたら、主人が埼玉に住んでいる兄にスカイプのセットをするよう電話を入れていた。何か料理でも作っていたようで、待って欲しいとか。兄嫁は娘の出産の手伝いのため、ロサンゼルスへでかけて1か月になる。まだしばらくは戻れないらしい。

スカイプが繋がった。主人がコンピュタに向かって英語で話し始めた。耳をそばだてていると、夕食のメニューのことが話題になっている。男子厨房に入らずとはいかないようで、冷や奴などの日本語が聞こえてくる。

兄嫁や赤ちゃんの様子を知りたくて二人に割って入った。主人が日本語で喋るなという。「どうして日本人同士が英語でなんか？」。兄は「普段から練習しておかんと、眼の青い旦那とスムースに会話ができんからな」とか。主人にも練習台として頼んでいるらしいが・・？

栄光への明日に向かって！

まだ陽は沈んでいなかったが、グラウンドに夜間照明が灯った。高い防球ネット越しに高校野球大会行進曲が聞こえ

てきた。散歩を中断し、グラウンドに足を踏み入れた。

　手前の方では、ラグビー部が二手に分かれて模擬試合をしている。キックされた奇妙な形のボールを上手にキャッチし、猛突進している。若さって本当にいいものだ！

　下校しようしている女子高生達から、次々と「こんばんは」とか「さようなら」などと笑顔で挨拶をされる。なかなか気持ちのいいものである。そのずっと奥の方で、一人のマネージャーらしき女生徒がプラカードを掲げ、僅か10数人ばかりの球児が大きく足を振上げながら入場行進の練習をしていた。

　少子化の影響だろうか？　数少ない部員が行進曲に合わせて列をなしている姿に胸を打たれた。勝てる保証はどこにもないが、ラグビーのように、楕円のボールの弾み方次第で勝敗が分かれることだってある。

　この高校は一度も甲子園へ行ったことはない。栄光への明日に向かって入場行進を続ける球児たちは、夢を叶えようと一人一人が鼓舞しているように思えてならなかった。努力はいつか夢を叶えてくれるから・・・・！

やさしいドライバーさんとは？

　出たくても出られない。入りたくても入れない。下手な運転ではいつまでたっても道路に出ることが出来ない。そんな時、こちらの気持ちを察してパッシングランプを点灯し、気

持ちよく入れてくれるドライバーがいる。判で押したようにダンプかトラックの運転手さんたち。涙が出るほど嬉しくなり、お礼の気持ちを伝えようと手をあげたり、頭を下げたりしている。

そこで「やさしさ実験」なるものをしてみた。どのような車やドライバーが、割り込みや停まって入れてくれるかどうか？　勿論、1番はダンプやトラックの運転手さん。次が、女性ドライバー。ただし、私と同じくらいの歳恰好で、運転未熟なドライバー。似たような辛い経験をしているのだと想像する。免許取り立てと思われるギャルなど割り込ませてくれることはほとんどない。タクシーもそうだ！　隙さえあれば強引に割り込んでくるが、停まって「どうぞ！」などとされたことは一度もない。一番ひどいのは、黒塗りの高級車！ドライバーも後部座席でふんぞり返っているのもネクタイを締めた紳士。一番マナーを心得ていると思われる人種が1番ひどい。貧乏人の僻み根性かもしれないが！

天気予報は空を見ながら

久しぶりの釣行で主人は興奮している。机の上に釣道具を一式ならべ、準備に余念がない。「パン3個、ゆで卵に塩を振ったもの2個をビニール袋に入れて」などと、朝と昼の弁当の注文にも抜かりはない。

準備は出来たものの、夕刻よりテレビなどで天気ばかりを

気にしている。予報によれば、吉田湾は午前中一杯雨とか。

　釣仲間から電話があった。「雨」とか「赤潮の被害」、「漁師さんは大丈夫」などの単語が聞こえてくる。この分だと弁当の準備はしなくてすむなと思っていた。ところが電話を切った主人が、「行く事にしたから、弁当とお茶の準備を頼む」と言い残して、さっさと自分の部屋へ入った。

　夜中の3時頃に物音がしていたが、そのまま寝入ってしまっていた。激しい雨音で目が覚めたときは、もう6時を回っていた。こんな雨の中を出かけたのか？　そのうち諦めて戻ってくるだろう・・！

　帰宅したのは、夕刻の5時も過ぎていた。二人とも真っ赤に日焼けし、上機嫌であった。開口一番、「漁師さんの方が天気は良く当たる。気象予報士は、機械に頼らず空を見ながらして欲しい」と。そういえば、雨が降っているのに、「晴れ」などと・・！

ルビを振る物差しは？

　親が読んでいた本の中に漢字全てにルビが振ってあった。幼少の頃、それを盗み読みしながら漢字の読み方を勉強した経験もある。

　本誌「挑戦するぞ夏休み！！」の記事には、全ての漢字にルビが振ってある。老眼の身となっては邪魔な感じがしないでもないが、児童や生徒のために配慮をしているのだろう。

もしそうであるなら、ルビを振っていない記事は小中学生を対象としたものではないのだろうか？　いつもの野次馬根性で1面から探し始めた。
　早速見つかった。ピントの豆知識。2面は、「季のうた」の夏帽子にルビが！　どうしてここだけルビが振られたのかよく分からない。3面は、ピントの「答」。24面には「銅像歴史さんぽ」。この記事は子供たちにも必ず読んで欲しいとの筆者の気持ちが込められているようだが・・？
　見落としていたが、4コママンガにもルビが振られていた。「おーい栗之助」だ。ところが「ゴキゲンさん」にはない。この漫画は児童や生徒向けではないのか？　新聞のルビは、常用漢字以外だと思っていたのだが、何か特別な物差しでもあるのだろうか？　そんなことを考えていたら、とっくに畑へ行く時間を過ぎていた・・！

長蛇の列で1円玉を！

　防虫ネットを買いにホームセンターへ出かけた。目的のものはすぐに見つかり、レジへと急いだ。よっぽどタイミングが悪かったのか、レジに長い行列ができている。こうなってはじっくり待つほかないと覚悟した。やっと次が自分の番になった。すぐ前の初老のおばあさんが男のお孫さんを連れている。夏休みの買物でもしたのだろうか？　レジ机には山のように虫かごや花火セットなどが積まれている。おまけにお

孫さんの手にも値札のついた虫取り網や麦藁帽子まで被っている。買物の金額は1万円を超えていたが、机の上に10円玉や1円玉をじゃらじゃら出しながら、ゆっくりと彼女は数えはじめた。レジの女性の額には汗がにじみ出ている。少しイライラしている感じが手に取るように分かる。おばあさんは少しも意に介せず、1円玉を「一つ二つ・・・」とやり始めた。お孫さんが虫取り網を私の頭から被せるような仕草をした。「このおばさんは今イライラ感が最高点に達しているのだ！」という顔で睨み返してやった。よほどレジの女性に「法律では、20個までしか使えないことになっていますよ！」と言ってやりたかったのだが・・・・・！！！

松山城が1位ぞなもし！

　旅行口コミサイト城ランクで松山城が2位に選ばれたとか。26日付の本誌6面の記事によれば、1位が熊本城、3位が姫路城、宇和島城も11位であったようだ。手前味噌と笑われるかもしれないが、1位は松山城ぞなもし！　と言いたいところ。
　夏真っ盛りの今頃、ホームステイしていたアンディ・ソゴロウ先生と子供たちを連れて涼みがてら松山城へ登ったことがある。ロープウェイやリフトは利用しなかった。東雲口登城道の登り口からゆっくり20分位かけて登った。子供たちは交互にアンディの手を引いては、日本語で「早く！　早

く！」と急き立てていた。夕刻とはいえ、汗が体全体から噴き出していた。本丸広場に着いたときには真っ暗。人影もまばらだった。子供にせがまれて買ったかき氷をベンチに座って皆で食べた。宙は満天の宝石箱。眼下の夜景を見ながらアンディが「ビューティフル！　オオ〜、ビューティフル！」と感嘆の声を連発していた。松山空港へ離着陸する飛行機の光跡。そこへ松の木の隙間からゆっくり大きな満月が上ってきた。その時の光景は生涯忘れられない。ビデオカメラで記録に残したが、やっぱり松山城が１位ぞなもし！

クールビズとホットビズ

　ホームステイしていた汗かきのアンディが、「ニホンノナツハトテモムシアツイイデス！」とハンドタオルで顔を拭きながら愚痴をこぼしていた。涼を取る手段は、もっぱら団扇か扇風機くらい。主人も子供も上半身裸のステテコやパンツ姿。来客があろうがなかろうがお構いなしのクールビズ。小泉さんや小池さんが、ノーネクタイやノージャケットなどと言う数十年も前から時代の先端を走っていた。
　そんなアンディに主人は諭していた。「"郷に入っては郷に従え""人が踊るときは踊れ"と言うことわざが日本にあります。ミスターアンディ！　気にすることはありません。今、あなたは日本のわが家にいるのだから、パンツでOK。まず、ネクタイを外し、ズボンを脱ぎなさい！」と。ネクタイを外

すまでにかなり時間がかかったが、その後はよろこんでランニング姿になっていた。

　このようなクールビズやホットビズは、一族の誉れ高き伝統かも知れない。しゅうとめの部屋にもクーラーはあるが電源を入れたことがない。扇風機も私どもが訪ねた時くらいしか回さない。暑ければ暑いなりに、寒ければ寒いなりに！その方が健康にいいのかも知れない！？

メロンやトマトは果物か？

　「おかやまフルーツお中元祭」の日帰り旅行に出かけた。祭り寿司、サイコロステーキなどの昼食付もよかったが、白桃、メロン、シャーベットが食べ放題というのもたまらなかった。おまけに、白桃、メロン、デラウェア、パイン、マンゴー、りんご、すもも、キウイ、トマト、スイートコーンの10種類もあるフルーツボックスをお土産に頂戴した。

　ボックスのフルーツを1個ずつ取り出していたら、「この中に、果物でないものがある。当ててみろ」と主人が妙なことを言い出した。「愚者は教えたがり、知者は教わりたがる」と言うが、彼は本当にいろんなことをよく知っている。深く考えたこともなかったが、みんなフルーツのような気がしていた。「樹木に育つものと、蔓や茎になるもので区別してみろ」とヒントをくれた。すると、メロン、トマト、スイートコーンは野菜になるのか？「でもスーパーでは、メロンや

トマトなども果物コーナに置かれているよ」と言い返した。
　アメリカでは、トマトが果物か野菜かで裁判になった話まで持ち出してきた。どちらになるかで税金が違ってくるらしい。結局、トマトは野菜に決まったようだが・・・・・！

ラジオ体操の歌を聞きながら！

　レストランで楽しそうに食事をしている親子の会話に耳を傾けていた。夏休みに入ったものの、ラジオ体操が廃止になった話をしている！　よっぽど割り込んで「どうして？」と尋ねたかったが、思いとどまった。
　早朝、近くの公園へ出かけてみた。大きな丸い時計の針が6時15分を指している。公園には人影はなく、数少ない遊具が寂しげに子供たちを待ちわびているようだった。ほどなく、一人の男の子が目をこすりながらやってきた。首から出席カードをぶら下げている。この地区ではラジオ体操は廃止されていないようだ。男の子に「ラジオ体操はやっているの？　いつまでするの？　何かご褒美は貰えるの？」などと矢継ぎ早に尋ねていた。きちんと答えてくれた上に、「父兄は生徒のうしろ」と場所まで案内してくれた。5分前には買い物かごのようなラジカセを持った若いお母さんが娘の手を引きながらやって来た。あっという間に、35～6人の子供たちが集まっている。若いお父さんやお母さんたち数名も児童の後ろに並んでいた。

「新しい朝が来た、希望の朝だ」ラジオ体操の歌が公園に響いた。私も、子供たちもこの曲を聞きながら大人になった。

今までこんなことはなかったが？

　釣りから戻っても主人は道具をテラスの机の上に放りだしたまま。翌日も片付けようとはしなかった。ネットに残っていたジャミのせいだと思うが、異様な臭いと蝿が群がっているのに気付いたのだろう。やっとのことで彼は片付け始めたが、リールにスプレーをしているのを見て驚いた。主人は錆止めの積りであろうが、手にはキンチョールを握っている。「蚊でもいるの？」と尋ねると、「馬鹿もん、リールに錆止めしとるんぞな」と。「どうして錆止めにキンチョールなんか？」と言ったら、「蚊がおったことにしといてくれ！」と照れ笑いしながら錆止めスプレーを探しに行った。
　主人ばかりではない。しゅうとめ宅で風呂に入った。久しぶりに頭を洗おうとシャンプーらしきものを手にとり、ゴシゴシ頭を掻いたがいっこうに泡が立たない。外に置いていたメガネをかけて見てみると、浴槽を洗う洗剤であった。
　こんな出来事が続いた朝、新聞社から電話があった。単語登録の変換ミスをやっていたらしい。投稿担当者の方が、「ご主人の名前になっているが、満里子の間違いではないか？」と。なるほど、私たちは間違いなくボケ始めているようだ・・！

夫婦別室のすすめ！

　夫婦喧嘩をしない円満な家庭は、「夫婦別室」に限るとか！夫婦が一緒に寝ると、肉体面・精神面・感情面での健康に悪影響を及ぼし、うつ病や心臓病などのリスクが高まるだけではなく、離婚や自殺にもつながるという。
　そういえば、主人が現職の頃、酔った勢いで7人ほどの同僚が押し掛けて来たことがある。学者の話題など堅苦しいものとばかり思っていたが、夫婦が一緒に寝ることの功罪を延々とやっていたことを思い出した。
　来客全員が夫婦別室！　これが学者夫婦の共通項であることを初めて知った。もとより主人のいびきは悪評がある。本人は頑として認めないので、一度テープレコーダで録音して聞かせたことがある。いびきだけならまだしも歯ぎしり、寝言の三拍子ときてはたまったものじゃない。それだけではない。生活のリズムが全く違っていた。主人は夕食をすませ、暫くテレビなどを観ているが、9時頃にはもう床に就いている。そして2時か3時頃には起き出して、本を読んだり論文を書いたりしている。私はといえば、1時か2時頃に蒲団に潜り込む夜行性。一晩中、誰かが起きて何かをしており、防犯効果は抜群であるが・・・・・！

カレーうどんの上手な食べ方

　神戸の新聞社から主人に電話があった。主人は散歩に出かけている。用件を尋ねると「カレーうどんの上手な食べ方があれば教えて欲しい・・」といった取材であった。以前にも、NHKや香川の新聞社から電話があり、麺にかんする問い合わせや資料の要求があったが、このような内容のものは初めてであった。

　散歩から戻った主人に伝えると、「こんなことでも記事になるのかな？」と苦笑いしていたが、翌日、また新聞社から電話があった。電話口で主人が無遠慮に応えているのが聞こえてくる。「汁はねなしで食べる方法ですか？　難しいですね。でも服を汚さない一番いい方法がありますよ。汚れるのが嫌なら食べない事です。それでもというなら、焼肉屋さんがやっているような紙エプロンなんかすると・・・」。どこで脱線したのか分からない。「初デートは、ラーメン屋でするなっていうじゃないですか。カレーうどんもそうですよね！汁はねするものを食べていると、見たくないものまで見えてしまって上手くいくはずないですよね！」と調子づいて喋っていた。

　何日かして記事のコピーが送られてきたが、ラーメン屋の話は全てカットされていた。

「エッセイ集」に触発され！

　東京に住む主人の知人から一冊の書籍が届けられた。表紙には「エッセイ集　折ふしの事」と書かれている。読み終えた主人が、「お前も読んでみろ！」と手渡してくれた。
　この著者は東京の大学で教壇に立っておられたが、数年前に定年の挨拶状を頂戴していたのを思い出した。表題どおり、今まで生きてきた折りふしの出来事を思いつくまま自然体で書かれている。家族のこと、学生のこと、社会のことなど、肩肘を張らずに綴られたこのエッセイ集。気が付けば私も一気に読み終えていた。自分の書いたテーマと重なる部分も沢山あったが、切り口が随分異なっていたり、捉え方や考え方も大きく違っていることに驚きもした。
　主人も一度だけ小説らしきものを書き、「坊っちゃん文学賞」に応募したことがある。見事に落選し、爾来、一片ごりでペンを握ろうとはしなくなった。「お前も生きてきた証に本に纏めてみたら？」と主人が勧めてくれたが、どうやら夫もこのエッセイ集に触発された様子。温めている原稿を本にしたいらしい。私も日記がわりに書いているものや書き溜めたものが随分な量になっている。なんとなくその気になってきそうで・・！？

主在宅ストレス症候群

　朝送り出したら夜まで戻ってこない。何十年もこんな生活パターンにドップリ浸かった者にとって、ある日を境にそこいら中でゴロゴロされ、やれお茶だ、やれ新聞だなどとやられてはたまったものじゃなかろう！　生活リズムの大きな変化により、なんらかのストレスがたまることなど容易に想像できるというものだ。事実、「主在宅ストレス症候群」などと呼ばれる疾病もあるようで、うつ病、高血圧、ぜんそく、パニック障害、ガン恐怖症、十二指腸潰瘍、キッチンドリンカーなどの兆候が表れるという。しかし、病院を訪ねても原因不明と診断されることが多いらしく、最近では、結婚間もない20代や30代の女性でも増えているとか！

　その特徴として、夫は、仕事が唯一の生き甲斐、休日家でゴロゴロ、妻の外出に不機嫌でなんやかやと詮索したり、家事は一切しないタイプ。一方、責任感は強いが、ストレスを発散させるような趣味を持たず、友達も少ないような妻のタイプに多いようだ。

　1つずつ当てはめてみたが、どれも当たっておらず、私自身は、主在宅ストレス症候群とは全く無縁のような気がする。でも、ひょっとして血圧が高いのはなどと？

どうして罵倒されなきゃならないの？

　主人の友達から、「コンピュタの調子が悪いから見てくれないか？」と電話があった。これが初めてではない。そのたびに私も同伴し、台所などの片づけをしていた。彼は事情があって一人でアパート住まいをしている。
　約束の時間に訪ね、玄関のベルを押した。なんの返事もない。ドアをノックしたが、やはり返事がない。主人がおもいきりドアを叩いたそのときである。階下から中年の男性が「お前ら、そこで何しよるんぞ？」とすごい剣幕で怒っている。「そこはわしの娘が住んどる部屋ぞ！　警察呼ぶから名前を言え！」と、鬼のような形相で言う。とっさに「階を間違えた！」と思い、陳謝しながらもう１階上の階段を上った。同じようにベルを押すと、女性が怪訝そうな顔をしながら出てきて「まさか！」と思った。彼女は以前からこの部屋に一人で住んでいるという。狐につままれたようにパニックになった。主人が携帯電話で呼び出すと、最初の部屋で間違いなかった。ベルが壊れていたのと、徹夜をして眠りこけていたとか！　娘の部屋とは、最近越してきた彼の左隣。それにしても何で罵倒されなきゃならないの！？　何も悪いことしてないじゃない？

海の上で死ねたら！

　主人が釣り友達と免許証の更新をすべきかどうか電話で相談している。運転免許証の話しではない。海技免状（小型船舶操縦免許証）を更新するかどうかで迷っているようだ。連れは、視力の衰えで前回の有効期限を最後に更新しなかった。もし夫が更新しなければ今後一切遊漁船を借りての釣が出来なくなるらしい。

　釣果があった時の二人の幸せそうな顔！　これ見よがしにクーラーを肩に下げ、満面の笑みで戻ってくる姿はいつみても嬉しいことではある。しかし、二人ともすでに古希を迎えた同い年。日暮れになっても帰らない時など、寒心に堪え切れず心配ばかりさせられることなる。「歳も歳だから、いっそのこと返却すれば」と言ったが、間に合わなかった。「これが最後、もう一回だけ更新する」とのこと。「これが最後は、すでに２回目」になるのを忘れているらしい。

　以前には、酔った勢いで「教壇の上で倒れたらこれくらい幸せなことはない！」などと豪語していた。それが、いつの間にか「海の上で死ねたら！」などとセリフが変わっている。どうせ言っても詮無いこと！　好きなことをしていて死ねるなら、それもいいかなどと諦めてはいるが！

ついてないときは重なるものだ！

　畑の草を引いていると、蜂が巣作りをしているのを発見。刺されでもしたら大変だと思い、遠慮がちに作業をしていた積りだが、あっという間に脛を刺されていた。唾をつけてみたが腫れは治まらない。アロエやヨモギの葉を探したがどこにも見当たらない。手当たり次第にそこいらの葉をもしゃぐって汁をつけたが、ますます痛みと熱を持ち始めた。早々に畑仕事を切り上げ、救急箱のかゆみ止めや病院で頂戴していた軟膏をベタベタ塗っていたら治まった。

　数日後、柿の根本に生えていた野良映えの紫蘇を片付けていたら、今度はイラ虫にやられてしまった。赤く腫上り、文字通りチカチカ、イライラして気分が悪くなった。泣きっ面に蜂とはこういうのだろう。またもや小さな蟻が袖口から這い上がり、腕が腫上ってしまった。痒さのために掻きたくはないが、ボリボリ、ボリボリ掻きまくってしまった。病院へとも思ったが、こんな三段腹は見せられたものじゃない。我慢が肝心とコノテガシラを見上げたら、蓑虫軍団に襲われている。退治してやろうと足を踏み入れた途端、鉢植えのサボテンのトゲにやられてしまった。ついてない時は重なるものだ・・！

免許証の返還、どうしようか？

　不器用は十分に自覚している。主人からも「免許を取るのは諦めろ！」と言われていた。運転免許証を取得するまで10数回も実地試験で落とされた。今度落とされたら免許は諦めようと臨んだ実地試験。幸か不幸か分からないが、貼られた合格者一覧に自分の番号を見つけた。涙が止まらなかった。28年前の事である。

　運転免許証は取れたが、それ以後も主人に空き地へ連れて行かれ、繰り返し練習をさせられた。バックが苦手で、何度も放置されたドラム缶に車をぶつけた。車庫やブロック塀を壊したことも。一度は、サイドブレーキのかけ忘れで土手から車を谷底へ落としてしまったこともある。そういえば、保免の土手で、坂道発進が出来なかったこともある。当時の車はマニュアル車。後続のトラックの運転手さんが見かねて運転をしてくれたこともある。3歳だった豚児は今でもそのことを覚えていて私をからかっている。

　更新の時期を知らせる葉書が届いた。幸い一度も人身事故は起こしていない。そんな昔話をしながら、友達に相談すると即座に「更新した方がいいよ！」と言う。「免許証を持っているだけで身分証明が出来るから」とのこと！？

秋の味覚、秋刀魚の不思議な魅力

　「この間おさんの三馬を偸んでこの返報をしてやってから、やっと胸の痞えが下りた」。これは夏目漱石「吾輩は猫である」の一節。台所へ這い上がっては下女のおさんに投げ出され、投げ出されては這い上がる。そのしっぺ返しに「おさんの三馬」を偸んだ猫。秋の味覚の代表、秋刀魚に漱石は三馬を当てたが、馬ではどうも舌の上に旨味がのらない。

　網の上の秋刀魚が、真っ赤にやけた炭火のうえにジュウジュウ脂を落としている。もうもうと煙を上げている傍らで姉さんかぶりのおかみさんが目をしばたたかせている。半世紀前にはどこにも見られた光景であった。こんがり焼き上がった秋刀魚にスダチと醤油を落とし、すり大根を絡めて口に運ぶ至福の一刻。秋刀魚には一般庶民をひきつける不思議な魅力がある。

　お馴染みの古典落語「目黒の秋刀魚」の落ちは、「サンマは目黒に限る！」とか。それにちなんでか目黒駅前商店街周辺で「目黒さんま祭り」が開かれたという。振る舞われた秋刀魚は7000匹。推定2万から3万もの人が行列をつくり、3時間から5時間の待ち時間を余儀なくされたという。そこまでして賞味したいとは思わないが・・！？

畑にも個性が！

　畑を始めてから散歩が楽しくなった。今まではよその畑を見ても、どんな野菜が植えられているのか、育ち具合はどうか、大きな実をつけているがどんな肥料をやっているのかなどという関心は全くなかった。ところが、小野川に沿って畑を眺めながら散歩をしていると、視点の違った畑が見えてくるから面白い。こちらの畑では、もうトマトが背丈くらいに伸びている。ここのスイカは幸せだ。麦わらが一本いっぽん丁寧に敷かれ、さぞかし気持ちがいいだろうなどと！　このお百姓さんはシャイなのか警戒心が強いのか？　頑丈な柵を廻らせ、何を栽培しているのか分からない。

　こうした畑を眺めていて気付いたことがある。畑にも随分個性があると！　そして情報の宝庫だと言う事を！　もちろん私どもの畑にも個性はある。主人にいたっては、畑で潮干狩りをやっている。小さな小石を見つけてはバケツに入れ、「アサリが獲れた！」と喜んでいる。「農業美学」と称し、畝が少しでも歪んでいると気になるタイプ。ロープを張って畝を作っている。逆に畑仲間の一人はアバウト農法。曲りくねった畝に草茫々。それでもキャベツやダイコンが元気に育っている・・！

おまけの人生

　グリコのキャラメルが大好きだった。もちろんキャラメルを食べる楽しみもあったが、箱の上に乗っかった小さなおまけが目当てだった。このおまけの箱を開ける時の心のときめきは今でも鮮明に蘇ってくる。まさにミステリアスな箱。何が飛び出してくるか分からない。推測する喜び。あれこれ考えていることが楽しかった。食べることと遊ぶことが子供の特権。こんなちょっとしたおまけが大人になった今でも懐かしい想い出を残してくれている。

　このおまけとミステリーは子供だけの特権ではない。日帰り旅行のおまけに目がくらみ旅友達を誘ってみたり、目的地を告げられないミステリー旅行に誘われたり・・！

　子供といわず、なんでもちょっとしたおまけをつけてくれると嬉しくなるものだ。おまけを単なる値引き行為の１つなどと言われると寂しくなる。玉手箱を開けるときのあのミステリアスな緊張感！　年齢には関係ないように思う。

　そういえば、私もおまけで生きているのかもしれない。縄文・弥生時代の平均寿命30歳と比べると、倍以上も長生きしている。手元のアルバム写真1人1人を見ていたら、随分沢山の同級生があの世へ旅立っていた。

一緒に治しましょう、膝の痛み！

　立ち上がるとき無意識に「よいしょ」と言っている。いつごろから言い出したのかはっきりしないが、そんな自分が気になっていた。タイミングよく「一緒に治しましょう、膝の痛み」の一文が目に留まった。これは9月20日、今治市総合福祉センターで開催されたふるさと大学「伊予塾」第44回講座の演題。早速主催の愛媛新聞社へ参加申し込みをし、今治へ出かけて拝聴させていただいた。

　講師は膝のプロフェショナル、広島大学大学院教授の越智光夫先生。自分自身の反省すべき点、見直すべき点などがよく分かった。太った人はまず体重を減らすこと。痛みを感じる時は無理をしないこと。ウォーキング、筋力トレーニング、水泳など体調に合わせた適度の運動。どれも当たり前のことかもしれない。でも、先生の治療方法を伺っていると、痛みで苦しんでいた膝もなおりそうな気がするから不思議だ。

　最後部の席に座っていたら、記者の方から講演の感想を聞かせて欲しいと言う。「伊予塾には毎回参加させていただいておりますが、今回も大変勉強になりました。このような企画を今後も楽しみにしております」とインタビューに応えていた・・！

曼珠沙華と死人花

　畔に沿って曼珠沙華の花が綺麗に咲いていた。何本か切り採ってしゅうとめ宅を訪ねた。差し出したもので「いらない」などと言われたことは滅多にない。でも「ソウレンバナなんかいらんぞな！」とあっさり拒否された。初めて聞く花の名前だった。

　自宅へ戻り、「ソウレンバナ」と「いらない」と言われた理由を調べてみた。別名彼岸花とも呼ばれているこの曼珠沙華は、サンスクリット語で天界に咲く花という意味。おめでたい事が起こる兆しに赤い花が天から降りてくるという仏教の経典から来ているらしい。ところがこの花には覚えきれないほどの異名がある。しかし「ソウレンバナ」はどこにも見つからなかった。同時に、死人花、地獄花、幽霊花などの怖い別名があることを知った。しゅうとめは別名から連想される迷信のようなものを信じていたのかも知れない。無知ほど怖いものはないと大いに反省したが、以前から曼珠沙華に謎めいたものを感じていたのも事実。「どうして枝も葉もないのか？」「なぜ畔やお墓などでよく見かけるのか？」などと。ただ畔やお墓に植えられている理由が分かっただけでも、大きな収穫になったが・・・・・！？

これで採算とれるのかしら？

　いつもながらこんな値段で採算がとれるのだろうかと危惧しながらバスに乗った。午前中のコースは、瀬戸内海を望む漁港、下津井の回船問屋（北前船で賑わつたという港町）、児島学生服資料館（大正時代から昭和初期の日本一の学生服の産地）、ふゅーちゃ（岡山漁連の海産物の買い物）であった。学生服や買物にはあまり関心はなかったが、回船問屋資料館の館長さんから北前船の説明を聴きながら、巨額の富を築いた江戸の海商、高田屋嘉兵衛のことなどを思い出していた。

　そして松茸づくしの昼食。松茸入りすき焼き、松茸ご飯、松茸の天麩羅、松茸入り茶碗蒸し、松茸パスタ、松茸入りお吸い物、松茸寿司、松茸握りずし、松茸入り白身魚の柳川風、松茸かまぼこの10種。おまけにマスカットは食べ放題。さらにマスカット1房、野菜3種、果物3種の袋詰め放題のお土産まで頂戴した。

　お腹が一杯になったところで、日本三大稲荷の一つ、最上稲荷を参拝した後、倉敷美観地区の自由散策。大原美術館や児島虎次郎記念館は閉館していたが、何回訪ねてもノスタルジックな街並み。年金生活者には本当にありがたい日帰り旅行の企画だったが・・！？

毎度、お騒がせしております！

　大きな単車に乗ってやってきて、「マタキタヨ！」と大きな声とともに玄関の戸が開く。息子が真っ先に飛び出して行く。その息子を単車の後ろに乗せ、暫く近くの公園を何周か回ってから夕飯となる。これがいつものパターン。そして決まったようにあれこれ愚痴を言い始める。公民館から流れる拡声器の音！「毎度、お騒がせしております！」とやってくるチリ紙交換の声。カナダからやってきた先生には、耳障りでしょうがないようだ。彼らにとっては、虫の音や風鈴の音、せせらぎなどの風流な音も雑音・騒音になってしまうらしい！

　いつのまにか彼は道後温泉近くへ引っ越していた。暫くしてからそのマンションへ夕食に招待されたことがある。引っ越しの理由を尋ねてみると、やはり「音がうるさくて我慢が出来なかったから」と言う。ところが、また引っ越しを考えていると言った。ここでも騒音公害に悩まされているらしい。

　「どこへ引っ越しても無駄だと思うけど」と、私ははっきり彼に言った。そうこうしていると、急性くも膜下出血で亡くなったとの訃報が届き、夫と息子がお葬式に参列した。彼はもう引っ越しをする必要がなくなったのだ！

夜がこんなに長いとは！

　93歳になるしゅうとめ宅でホームステイを始めて2週間がたった。夫の弟夫婦が娘の住んでいる東京へ出かけているためだ。週に3回デイサービスセンターへでかける以外はほとんど自宅での生活。足腰も達者。炊事洗濯は自分でこなしているが、部屋の掃除だけは週に1回ヘルパーさんにお願いしている。

　耳は遠くなっているが、大きな声をだせば会話も十分できる。そんなしゅうとめの1日は、3匹の金魚への挨拶から始まる。餌を与えながら水槽に向かって「キンちゃん、元気にしていますか？　お腹がすいたでしょ？　これからごはんをあげるからね！」。それからおもむろに義父のお位牌に向かって手を合わせる。

　ホームステイを繰り返していると、わが家のように勝手がわかると言うもの。別に不自由を感じたことはないが、生活のリズムは狂っている。テレビはしゅうとめの部屋だけ。デイから戻ると、ボリュームを大きく上げて時代劇の水戸黄門や桃太郎侍などを観るのが唯一の楽しみらしい。夕食を終えてしばらくすると灯りを消してもうベッドで横になっている。私も9時頃には、床に入り読書をしたり日記を書いたりと。夜がこんなに長いとは！

ジンクスを担ぐ人、担がない人

　何かにつけてジンクスを担ぐ人がいる。旅に出てホテルに泊まる。部屋が4階だと「別の階にしてほしい」という。部屋の番号に4や9の数字がついていると「不吉だから！」などと！　4や9だけでなく13も嫌われる数字だ。特に13日の金曜日はイエス・キリストが磔刑された日。そのため13階も13号室もだめと決めつけている人もいる。この日は、旅に出ないし飛行機にも乗りたくないという知人もいた。
　部屋に敷かれた床が気になり、わざわざ電話でスタッフを呼びつけ方角を尋ねる人もいるらしい。北枕は不吉だとかで、初めからコンパスをポケットへ忍ばせ、自ら床の位置を変える人もいるようだ。
　方角で思い出したが、主人の友達に島根出身の方がいた。彼は、就職先の松山へは直接向かわないで、山口で一泊してから松山へ入ったとか？　夫も私もこのような迷信やジンクスを担いだりすることは滅多にない。第一、私の誕生日は9月13日。ところがこの9月13日の早朝、老猫のペットが倉庫で亡くなっていたことがある。主人は東京への出張を取りやめ、あちこち電話を入れていたが、ひょっとしたらジンクスを担いでいたのでは・・・！？

山頭火のような旅がしたい

　退職が目の前に迫っていたころ、夫は口癖のように１人旅をしたいと言っていた。「１人ぶらりと汽車に乗って、足の向くまま気の向くままのブラリ旅。木賃宿で旅の衣を解き、湯上りのほてった顔で酒をそそぐ。ゆっくり唇に盃をあて、ぬるめの地酒を咽喉に流し込む。敷かれた煎餅布団に身を横たえ、今日１日の出来事をうつらうつらと思い起こしながら眠りにつく。夜明けとともに旅の衣を・・」などと。「まるでフウテンの寅さんとそっくりじゃない！」とからかったら、それ以来１人旅の話はしなくなった。

　それが、藪から棒に「山頭火のような旅をしてみたい」と言い始めた。今さら、一笠一杖に破れた僧衣をまとい、行乞をしながら草を枕に寝るような旅でもあるまいと思ったが、それが夢だという。聞かなかったふりをしていると、「何もないことがどういうことか分かるか？」と訊く。彼の頭の中は一体何を考えているのかまったく見当がつかない。「『親も無し妻無し子無し板木無し金も無けれど死にたくも無し』と言うけれど、文字通りないない尽くしの人生になれば、誰でも山頭火のような生き方をはじめるのではなかろうか？」などと！？

消えていく銭湯の高い煙突

　子供がまだ小さかったころ、近くで親戚が銭湯をやっていた。そんな関係で日に2～3回も入浴することがあった。たまには子供が寝付いた終い湯のころに出掛け、裸になって叔母と一緒に浴槽の掃除を手伝ったこともある。叔母が病気で寝込んだときには、急場しのぎで番台に座った。男の脱衣場が丸見えで気恥ずかしい思いをなんどもした。そんな時に限って友達がやってきて、「マリちゃん、ええねえ！　変わってあげようか？」などと耳打ちするような恰好で冷やかされたりもした。

　夕食時など叔父に代わって、ボイラーへ薪を放り込む手伝いなどもやった。大勢の入浴客が入ってくると、ボイラーの温度が一気に下がることがある。小さな覗き窓から男湯の浴槽を見て湯量を調整しなければならないが、恥ずかしくて見ることもできない。すると覗き窓を目がけて桶で湯を投げつけながら、「湯をもっと出さんか！」と怒鳴る人もいた。温度を下げまいと必死になって薪を放り込んだことも再三あった。

　その銭湯の高い煙突が取り壊されていくのを見ていたら、訳の分からない悲しみがこみ上げてきた。もう二度とあんな経験をすることは出来ないのだ・・！

講義の合間の脱線ばなし

　講義の内容は何一つ覚えていないのに、不思議と脱線ばなしは覚えていることがある。某先生はいつも5分前に教卓の前に立ち、私たちを眺めている。ベルが鳴ると一人一人の顔を確認しながら出席をとる。それからおもむろに誰かを指名し、前回の講義の要約をさせる。これは前の講義を欠席したものに対する配慮らしい。始めのうちは私語するものなど誰もいない。でも、講義に飽きてくるとあちこちから私語が始まる。講義よりも脱線話をして欲しいとのサインを送っていたように思えてならなかった。先生が講義中での脱線話をあらかじめ準備していたかどうかは分からない。でも私たちにとっては、緊張を解くひと時でもあり、その話をまた楽しみにしていた。

　ある時、授業中に1羽の雀が教室の中に飛び込んで来た。天井近くを飛び回る雀を私たちはキョロキョロしながら目で追っていた。授業にならないと思ったのか「雀がチュチュ〜ンと飛び込んできましたね！　雀も勉強をしたいのかな！ところで雀百まで踊り忘れずという諺を知っていますか？」と。この「雀がチュチュ〜ンと飛んできた！」が45年経った今でも頭から離れないでいる・・・・！

ボストンからの贈り物

「ず〜と前に来たアンディから、僕には服、ふえ、ボストンの野球せんしゅのカードをもらった。お父さんと大学生の兄ちゃんにはネクタイ、お母さんにはかびん、高校生の兄ちゃんにはぼうしをおくってきてくれました。みんなたいへんよろこんでいました。あした学校へもっていきます。きたいしていてください」。息子の机の引き出しから小学校5年2組の日記帳が出てきたので、部屋の掃除を止めてページを繰った。マス目一杯の大きな字。下手くそで読みづらいその後に、担任の先生が丁寧に赤字でコメントを書いてくださっている。「すごいね。うれしいですね。ずっと交流がつづいているんですね」と。

夫がボストンへ出張したときには、アンディのお宅にホームステイさせていただいたことがある。そんな彼に、「アンディから頂いたネクタイがあるらしいけど、どんなネクタイか覚えている？　今もあるの？」と尋ねてみた。彼は「アンディからネクタイなど貰った覚えはない」とハッキリ言った。私も花瓶を頂いたことなどすっかり忘れてしまっていたのでちょっと安心したが、子供の日記には花瓶やネクタイを贈っていただいているのだが・・！

近所の貸本屋さん

　自宅の近くに住居の一部を改修した貸本屋さんがあった。棚に並んだ本の冊数も多くはないし、看板なども掲げていなかった。
　ご主人は戦死され、2人おられた息子さんも県外へ就職をされている。年老いたおばさん1人がほそぼそとお店を切り盛りしていた。銭湯を営んでいた親戚の叔父が読書家で、暇さえあればよくこの貸本屋さんで本を借り出しては読んでいた。推理小説が大好きだったことは知っていたが、具体的にどのようなジャンルの本を読んでいたかは分からない。でも私の子供達にも「赤胴鈴之助」や「のらくろ二等兵」のマンガ本などを借りてくれていたことだけはよく覚えている。
　本の返却を頼まれ何度かこの貸本屋さんへ出向いたことはあるが、客はほとんどいなかった。それをいいことにして、縁台のようなところに腰を降ろし書棚の本を引っ張り出しては読み漁っていた。日本の識字率が高いのは、このような貸本屋さんが近くにあったからではなかろうかなどとつくづく思ったものだ。
　ところがテレビやネットの普及が原因かどうかは定かでないが、風の便りにお店がなくなっていることを知らされた。思い出が1つ1つと消えていく！

かしこい添乗員さん！

　いつもの旅友達が、九州3泊4日のバス旅行へ誘ってくれた。「歩けるうちに旅をしておけ」とは義父の口癖。よろこんでご一緒させていただいた。観光バスの中は同年輩位の顔ばかり。ウィークデーにもかかわらずこうして旅ができるということは、お勤めも終わり第2の人生を謳歌している方達ばかりだろうか？　まるで大人の修学旅行のようだった。

　全員揃ったところで、若い女性の添乗員さんがマイクを取った。3泊4日ともなればそうとうな距離になる。注意事項に始まり、4日間のルートや観光場所、トイレ休憩から宿泊所、お土産にいたるまで詳細に説明をしてくれた。おまけに観光地に近づけば、見どころや歴史などをきめ細かく話してくれる。まるでバスの中は移動教室。学校の先生から講義を受けながら旅をしているような気分だった。ましてや彼女は紙切れ一つ見ていない。

　この添乗員さんとは何度かご一緒させていただいたことがある。今回も同じバスだと分かったときには頬が緩んでしまった。「いろんなことをよく勉強されていますね！　みんな感心していますよ」と声をかけると、「ガイドさんがいませんから、私が勉強しないと」とか！

3年生になったら！

　「げん気」と手刷りされた文集が出てきた。表紙はボロボロ。25年前に作られた末っ子小学校2年の時のものだ。表紙をめくると担任の先生の名前や住所などが書かれ、その裏ページにはもくじがあった。どういう配列か分からないが、32人の生徒の名前が活字で打たれ、息子の友達の名前も何人か見つかった。

　おそらく2年生を修了した記念に楽しかった思い出や、3年生への抱負のようなものを書かせたのだろう。遠足に出かけたこと、劇で主役に選ばれたこと、バスに乗って砥部動物園へ行ったこと、運動会のリレーで1等になった話など。生徒たちがそれぞれの思いを綴っているのがとても印象に残った。

　「マラソンで39位だったから、3年生になったらもっとしんどくなるからがんばろう。3年生になってしゅう字があるからきれいな字できちんとていねいに書きたいよ。2年生のときに先生によくおこられたから3年生になったらもっとおこられないようにしたいです」。これが豚児の残したもの。「3年生になっても元気でわすれものをしないように」と、家の人からのコーナに私が書いている。そういえば、忘れ物をよくする子供だったな〜！

10円手相のおじさん

　結婚した当座、正確な場所も日時も覚えてはいないが、道後公園近くの夕刻だったと思う。主人も私も占いなどにはまったく興味はなかったが、誘われるままに屋台の暖簾をくぐったことがある。当時、彼はまだ大学院へ通っており学生の身分であった。勿論、そんな個人的なことを易者に話したわけでもないが、夫には「あなたは研究者か科学者、ひょっとしたら学者になるタイプかな？」と言われたことを今でもハッキリ覚えている。確かに35年近い教壇生活を送ったわけだから占い通りの人生を送ったことになる。

　ひるがえって私の方へ顔を向けたが、易者の顔つきから嫌な予感がした。しばらく沈黙が続き、やっと口を開いたと思ったら、「あなたは、よき伴侶に恵まれましたね。この方以外の人と・・・・」。これも今思えば占い通りだったかもしれない。

　そんな話を友達に話したら、「それって10円手相の村山桂山さんと違う？

　私の大好きな句、『つらかろう、おれも乞食を50年』という句碑もあるらしいよ！」と教えてくれた。なんのことはない。あの時みてもらった手相のおじさんは、日本一安い占い師。10円手相の桂山さんだったとは！？

カンコロ

　毎年のようにサツマイモの苗を植えていた。勉強不足か愛情不足か分からないが、満足のいくような芋が収穫できなかった。懲りもせず今年も沢山の苗を購入。少々不安はあったが、牛糞も化成肥料も散布しないまま定植。蔓起こしも数回行い、収穫の時期を迎えた。

　株元へスコップを踏み込んだ。失敗か、成功か！　この瞬間がたまらない。冬瓜のような大きな芋が次から次と出てきた。3年目にしてやっとまともなサツマイモを作れるようになった。ところが、よく見てみるとあちこちに大きな穴があいている。なかにはコガネムシの幼虫が穴の中にいるのもあった。収穫できたら皆にお裾分けをと考えていたが、こんなサツマイモを差し上げる訳にはいかない。悩んでいたら、むかし母親が干芋にしていたのを思い出した。

　早速、芋を蒸かして薄く切り、天日に干した。飴色になったころ、お届けしようと袋に入れていたら息子が孫を連れて遊びにきた。二人に手渡すと、息子が「お父さんは戦後の餓えを経験していないけど、昔のひとはよくカンコロを食べていたんだよ」と孫に話していた。この不思議な言葉「カンコロ！」。懐かしい響きがする・・・・・！

いわしのほっかぶりずし

　かっての鰯は漁獲量も多く、わが国の海産動物の天然餌料として、海の生態系で重要な役割を果たしてきた。世界中で漁獲され、食用や飼料として広く利用されていたが、近年漁獲量も激減。1匹10円、1山150円などといった安物の代名詞のイメージが消えようとしていた。

　ところがこのところ釧路が鰯の豊漁で沸いているという嬉しいニュースが飛び込んできた。釧路と言えば名物駅弁の「いわしのほっかぶりずし」。学生時代に北海道旅行をしたとき、友達と一緒にこの駅弁を食べた記憶がある。鰯をマリネ風に漬け、甘酢の薄切り大根を上にのせたいたってシンプルな寿司。この寿司ネタが不漁続きのためにアメリカ産や千葉産に代わっていたらしい。素人には、輸入品であろうが県外産であろうが味の違いなど分からないと思うのだが、この豊漁で20年ぶりに地元産のマイワシネタに戻るという。

　そういえば、山頭火が旅した名護屋や片島の漁港も鰯の豊漁に沸いており、どこも鰯、鰯臭かったことが日記に書かれていたことを思い出した。獲れたての安い鰯を買い、頭をしゃぶりながら「うまかった。うますぎだった」と手放しで喜んでいたことを！！

わが家の長い炬燵の歴史

　幼少の頃の想い出、炬燵ではあるが、それを何と呼べばいいのか分からない。万物にはそれぞれ固有名詞があるが、それ自身が分からなかったり、分かっていても思い出せない歯がゆさがある。

　「瓦製の・・引出みたいな箱の中に炭火を入れ、その上にうっすらと灰を被せて蒲団の中に入れてくれとった・・」。湯たんぽを入れて欲しいと言った夫に、独り言のようにつぶやいたら、「番屋炬燵というかもしれんが、自信がない」と言う。そして彼も何かを思い出したように、炭火の入った瓦炬燵？　の話を始めた。小さな四畳半。男兄弟3人が一つの瓦炬燵を真ん中にして蒲団を敷き、冬の真夜を凌いだとか。時には、空腹をいやすためにこっそりスルメイカを茶箪笥から持ち出し、炬燵の炭火で焼いて食べた話などをしてくれた。でも、彼も同じように「今思えば、よくもあんな危ないものを親は入れてくれていたものよ！」と感慨深そうに過去の想い出に浸っていた。

　わが家の長い炬燵の歴史。瓦炬燵（番屋炬燵）が、木製の電気炬燵や電気毛布へと変わってきたが、足元にあるのは湯たんぽ。水を温めただけのこの不思議な炬燵が、わが家の相棒になっている。

入れ墨に見惚れる

　5歳の息子を連れて近くの銭湯へ出かけたときの出来事だ。片田舎には珍しく中年の女性が背中一面に刺青を彫っていた。珍しそうに眺めていた息子が「お母さん！　見て見て、綺麗ね！」と声を潜めながら私の手を引っ張った。蝶や花などの彫り物に私も見惚れていた。振り向いた女性に、思わず「綺麗ですね？」と声をかけてしまった。「若気の至りで彫ってもらったけど、今では消したくても消せなくてね！」と悲しそうに言われたことを思い出す。

　入れ墨の調査を拒んだ男性職員を戒告処分にし、配置転換をしたいわゆる入れ墨調査訴訟で、橋下市長が敗訴した。「社会的な差別につながる個人情報保護条例違反」との理由からだ。素人の私にはこの判決が妥当なのかどうかはよく分からない。が、どうしても顔の入れ墨を理由に温泉施設で入浴を拒否された報道とオーバーラップしてしまう。入れ墨には、威圧感や恐怖心をあおる反社会的側面と、宗教や伝統文化として彫られる二面的な側面がある。

　さて、遠山の金さんならどう裁いただろうか？　「この桜吹雪、散らせるものなら散らしてみろい」と啖呵を切って、納得のいく名判決を下して欲しいものだ。

志をもって成人式へ！

　法的には、二十歳になれば成年になる。今まで未成年者だからと売ってくれなかったお酒を飲め、タバコを吸うことが出来るようになる。選挙権ができ、親の同意なしに結婚も養子を迎えることも出来る。なにより何千万とか億のつく契約も自由に締結できるようになる。大人になるということは、こういういままでの絶ちがたい世間のしがらみからの解放。裏を返せば、今まで未成年者として保護されていた全ての特権がなくなるということ。未成年者が結んだ契約は無効にできた。親には、未成年の子供を育てる義務があり、万一子供を餓死させれば罰せられた。こうした罪を犯しても、未成年者は社会的に保護され、ＡとかＢとかで紙面に載った。

　ところが権利や義務の背景には、「大人として精神的にも身体的にも十分に成熟したもの」という前提がなければならない。大人になりきらない成人式ごっごなどと揶揄されぬよう、志をもって毅然と成人式に臨んでもらいたいものだ！

きめの細かい配慮を？

　年末年始を故郷で過ごした人たちが、次々とＵターンしている。お腹をすかし、トイレを我慢していた人たちがサービスエリアやパーキングへと駆け込んだ。ところがパンや飲み物を買うにも売店はクローズ。トイレはロックアウトされ、

子供は泣きながらその場でお漏らしをしてしまった。そこにはあるべきものがない苛立。あっても何の役にも立たない焦燥感！

これは、年始の3日夜から4日未明にかけた高速道路での出来事。警察が一部のサービスエリアやパーキングを、暴走族対策として閉鎖の措置をとったためだ。閉鎖を決定したのは当日。「今年も頑張るぞ！」と新たな思い出を胸に日常生活へ戻ろうとしていた矢先のこと。

事前の告知を知らされなかった方たちから、苦情が相次いだのも当然。が、毎年繰り返される暴走族問題。警察にもこうした措置を取らざるを得なかった事情は十分に伺える。ただ、もう少しきめの細かい配慮が必要だったのではないかと思うのだが？

クリーンで副作用のない再生エネルギーを

石油や石炭などの化石燃料は無尽蔵ではない。学生時代には60年とか25年といったアバウトな数字で枯渇すると言われていた。そのたびに人間は賢いから代替エネルギーを見つけるだろうと思っていた。すると次々と原子力発電所が産まれていった。しかしこれらを稼働させるウランやプラトニュームも有限であるばかりか、廃棄物の処理方法や人類に及ぼす健康被害も未知数のまま。

が、某電力会社の年頭の挨拶、「全社の総力を結集して再稼

働を達成し」などと檄を飛ばしていたのがとても気になる。広島や長崎への原爆投下、東京電力福島第1原発事故の教訓もどこへやら。「原発ありき」の時代に逆戻りしそうな勢いである。

　せっかく芽生え始めたクリーンで副作用のない太陽光や風の利用。しかもこれらは無尽蔵にある。どうしてこのような再生可能エネルギーの芽を摘むような方向へ舵を切ろうとしているのか？　時間はかかるかもしれないが、検討の余地は十分にあろう！

神の見えざる手

　ずぶの素人考えであるが、政府は市場経済に干渉し過ぎているような気がしてならない。卑近な例が、法人税を下げてやるから、賃金を上げてやれといったもの。ところが、その恩恵を受けたのは一部の大企業と公務員。中小企業やその従業員たちは、ただ恨めしそうに指をくわえて眺めているだけ。どんなに夜遅くまで働こうが、休日出勤しようが残業手当も特別出勤手当も請求できない。しようものなら解雇をちらつかされるとか？　それどころか、給与の未払いまでしている会社も多いと聞く。株価は上がり、景気がよくなったと一人はしゃいでいるのは政府ばかり。地方末端の人たちには画餅に過ぎず、おまけに17年4月には、消費税増税10％は必ず実施する方針だという。

政府には政府の、市場経済には市場経済のそれぞれの役割があり、また果たさなければならない義務がある。緩んだパンツを履いていると、スカートまでがずり落ちているような気になってしまうのでは？

羊の群れは？

　「生きもの地球紀行」や「地球ふしぎ大自然」の番組は好きでよく観ていた。肉食動物が草食動物を襲うシーンや、自分たちの子どもを必死で守ろうとする親の姿など固唾を呑んで観ていたものだ。
　あるとき、喰うか食われるかの一コマ一コマで面白いことに気が付いた。近くに肉食動物が潜んでいても、草食動物の群れが安心して水を飲んでいる。ところがよく観察していると水も飲まずキョロキョロしているのがいる。群れの安全管理を一手に握った１頭、それがリーダーであり、特別な能力を備えていなければ務まらない。敵が空腹状況なのか否か、どれくらいのスピードで走るのか、逃げ切るだけの距離を保っているのかなどなど。
　ところが、不思議なことに同じ草食動物ではあっても羊の群れにはリーダーが存在しないそうだ。どれか１頭が危険を察知し、回避行動をとれば他の群れがそれに追従するらしい。無能なリーダーが続くと、このような羊の群れになるかもしれない！

異物混入で思うこと

　戦後の喰うや食わずの時代には、饐(す)えたご飯でよく下痢をした。虫に葉の喰われた野菜や青虫が這いだしたりするのは日常茶飯事。ただ食べる物があるだけでありがたく、異物が混入したくらいでこんなに大騒ぎをすることはなかった。現在では、厳しい食品管理がなされており、腐敗したものや異物が混入すること自体が珍しい時代。裏を返せば幸せな時代かもしれない。

　プラスチック片を食べた子供が口の中を切るケガをした。顧客が、苦情を訴えようと差し出したビニール片を店員が紛失。異物混入が故意によるものではないにしても、負傷者が出たりお店の側に十分な落ち度がある場合には、速やかに公表し、謝罪すべきとは思う。

　とはいえ、今日も店頭にはいつまでたっても腐らない豆腐や虫一つ喰われていない見栄えのいい野菜が並んでいる。世の中に腐らないものなど一つもない。腐るものが腐らない。こんな不思議なことに誰一人驚こうとしないからおもしろい！？

表現の自由とは？

　パリの風刺専門週刊誌シャルリエブド本社で、黒覆面の男らが自動小銃を乱射。編集長や警官たち12人が殺害された

事件。どの社説にも、こぞってこの事件が取り上げられていた。「フランス週間紙襲撃－言論への暴力を許すな」。「パリ新聞社銃撃　表現の自由に挑戦する蛮行だ」。「表現の自由へのテロは断じて許さない」などなどと。

　表現の自由や言論の自由は、今更言うまでもないこと。が、その前提には、万民に理解され、個人的にも社会的にも是認される範囲内のものでなければならない。東京電力福島第一原発事故後、手や足が３本ある相撲の力士を描いたフランスの風刺漫画。これによって被災者の心情が傷つけられた。たとえコメディとはいえ、自分が暗殺される映像を観てニタニタ笑い飛ばせるのは狂人位なものだろう。己の欲せざる所は、人に施す勿れ。表現の自由にも、越えてはならない一線があり、煽り続ける限りこのような事件はなくならないだろう・・・！

息子のしょげかえった顔

　次男が高校２年の時、友達に誘われ夏休みの20日ばかりアルバイトをしたことがある。ビルのメンテナンスを専門にしている小さな個人会社。朝から晩までオフィスの床をワックスがけする仕事であった。パンと牛乳をもらって残業をしていたとは知らず、夜遅く戻ってくるたびに心配させられたことも。

　始業式の前日、「アルバイト料をもらいに行くから」と満面

の笑みを浮かべて家を出た。生まれて初めてのアルバイト。額に汗した労働の対価、自分の力で手にする報酬。彼にとっては、ワクワクするような人生経験の幕開けだった。ところが夕方近くに戻った彼の顔には、朝の笑顔はなかった。「アルバイト料はもらえなかった」と一言。理由を何度も尋ねたようだが、訳の分からない話ばかりをしていたとか！　その後も何度か会社へ出かけ、掛け合っていたらしいが無駄のようだった。

　新聞紙上でブラック企業の文字をみるたびに、息子のしょげかえった顔が目に浮かんでくる！

成果主義の結末

　某会社の若手社長がテレビで対談していた。社員は会社のためではなく、個人の幸せのために働かなければならない。家族と長時間一緒に暮らせるよう一切の残業は禁止。家族が離れ離れの生活するような単身赴任も禁止。有給休暇は労働者の当然の権利として100％取らせている。ほれぼれするような企業理念。こんな素晴らしい会社もあったのかとひたすら感心しながら耳を傾けていた。が、このようないいことずくめの経営で維持存続ができるのだろうかとの疑念もあった。

　対談も終わりかけたころである。「従来の日本的経営はもはや通用しない。年功序列型賃金支払制度などは、逆に不公平につながる」とこの社長は力説した。そして具体的な成果

主義の方法を説いていた。つまるところ自分の提案した企画が失敗すれば、翌月からは無報酬になるということ。やっぱりや！

　知人もこのような成果主義の会社で働いていたが、とっくの昔に身体を悪くされリタイヤしている！？

異物混入の影響がこんなところにも

　去年の秋、近くの大型スーパーへ出かけたことがある。この中にはハンバーガーとラーメンの隣接したお店があり、客席は共用となっていた。昼前とはいえ、ハンバーガーの店には長い行列ができている。どのスタッフも若く、笑顔で手際よく客の注文をこなしていた。かたやラーメン店には、客らしき者は見当たらず、中年のオジサンが所在なさそうに客席を眺めているだけだった。ここで食べる積りはなかったが、気の毒になってラーメンを注文したことがある。
　昨日、郊外のホームセンターへ出かけたついでに、隣のショッピングモールへ立寄った。ここにはドーナツとハンバーガーのお店が隣接。ドーナツのお店は、行列が通路まではみ出しており、仕切りのされた客席も満席であった。が、ハンバーガーの店は閑散としたもの。とっさに異物混入のせいだと思ったが、どのスタッフにも笑顔はない。別に彼らのせいではなかろうが、早くスマイル０円を取り戻して欲しいものだ！

野良猫が赤ちゃんを救う

　犬が人間に噛みついてもニュースになりにくいが、人間が犬に噛みつけば大きなニュースになる。意外性からだろうか？　これと同じで、猫が幼児を襲った猛犬に体当たりして撃退、小さなチワワが赤ちゃんに襲いかかった毒蛇に立ちはだかり、無事赤ちゃんの命を助けた報道などには、感動のあまりおもわず涙があふれ出したりすることがある。

　ロシアでは、アパートの廊下に放置された生後2〜3か月の赤ちゃんを、野良猫が寄り添い、自分の体温で温めて凍死の危機から救ったというニュースがあった。気温は氷点下。もしこの猫がいなければ赤ちゃんの命はなかっただろうと・・・・！

　北海道では猛吹雪の中で父親が娘の命を助けようと覆いかぶさるようにして自らの命を絶った。娘さんが助かっただけでも救われるが、野良猫に助けてもらった赤ちゃんの親は、一体どのような心境で放置していたのか？　事情の如何を問わず、猫にも劣る行為をしたことを恥じねばならないだろう！

書き損じは失敗ではない

　今までは、年賀状の宛名までコンピュータの住所録からプリントアウトしていた。生来の悪筆は承知のうえで、せめて

宛名だけでもと去年から手書きにした。ところが宛名と郵便番号を間違えたり、本文とは上下反対に書いてしまうなど、数枚の書き損じをしてしまった。おまけに予想外に年賀はがきも余ってしまった。お年玉の当選番号を確認してから郵便局へ持っていき、切手かはがきに交換してもらおうと思っていた。

　今日は、その当選発表日。当選番号は明日の新聞になるだろうなどと思いながら紙面を捲っていると、本誌生活欄の「飢餓救う書き損じ年賀状」が目に留まった。書き損じのはがき1枚が、赤ちゃんに提供する栄養がゆ1食分になるという。こうした飢餓をなくすためのキャンペーンが、NPO法人によって2001年から実施されていることなど全く知らなかった。書き損じは失敗ではない。飢えに苦しむ赤ちゃんや子どもたちの学習支援活動ができるのだから。

ようじと少年法

　上州新田郡三日月村の貧しい農家に生まれた木枯らし紋次郎。テレビから「だれかが風のなかで」のテーマー曲が流れてくると他の事は何も手につかなかった。お決まりの「あっしには関わりのねえことでござんす」といいながら、口にくわえたようじをプイと吹き飛ばし、悪人を懲らしめてくれるところがたまらなかった。

　しかしこんなようじの使い方は許されない。19歳の少年

が菓子容器にようじを突き刺し、撮った動画をネットに投稿。「無能警察、捕まえられるなら」などと息巻いていたが、建造物侵入容疑で逮捕された。動機は「少年法を改正させるため」とか！「万引きや菓子につまようじを入れて捕まってもたかだか1、2年で出てこられる。18歳以上に少年法適用はいらない」などと。本当に少年法が改正されるとでも思っていたのだろうか？　世間から注目され喝采を浴びた自分の酔った姿しか見えてなかったのでは？　それにしてもネットの影響にはビックリする！？

運転免許の審査を厳しくするには

　とっさに知人の名前が思い出せず、「誰やったかいね？」などということが多くなった。ことにつけ認知症を自覚することがあったので、自己診断をしてみた。十数項目の質問全てにチェックをいれボタンを押す。「このツールで見る限り、あなたが『認知症』にかかっている可能性は少なそうです」との判定結果。思わず破顔一笑したが、世の中では認知症とみられる高齢者が、高速道路で逆走し死亡事故を起こす事例が増えている。こうした背景からか警察庁が、75歳以上の運転免許保有者への認知機能検査で認知症の疑いがあると判定された人すべてに医師の診断を義務付ける方針を固めたようだ。事故防止の対策上、運転免許の審査を厳しくすることはやむを得ないことかもしれない。しかし知人が運転免許を返納し

たために生活の足を奪われ、何かと不便されていることも身近に知っている。併せて生活の足を確保する支援方法も検討しておく必要があるように思うのだが！？

かあさんの夜なべは無償の愛

　日本の童謡に、「かあさんの歌」というのがある。かあさんは麻糸を紡ぎ、おとうは土間で藁打ちを。夜なべしながらかあさんがアカギレした手で手袋を編んでくれた。このような内容の歌詞であるが、この手袋には無償の愛があった。が、一方的に残業を強要し、しかも不払いというのでは、無償の愛もあったものではない。

　ところが、時間に縛られない働き方ができるようになるという労働時間規制の適用除外案を厚生労働省がまとめた。何時間働いたかではなく、どのような成果を出したかで賃金を決める新しい制度らしい。要は残業代ゼロ！　1075万以上の年収がある専門職が対象とか！　どこからこんな具体的な数字がはじき出されたのかは分からない。でも、残業代がでないとなれば、人はさっさと仕事をかたづける。かえって効率や生産性が上がり、経営者は好都合とでも思っているのだろうか。ちょっとまてよ、総理大臣や国会議員さんには残業手当はあるんだろうか！？

人質救済に英知を集めよ！

　こんな話を聞いたことがある。もしも気に入った５万円のコートを主人に買ってもらいたいなら、まず甘えた声で10万円の値札のついたコートを見せなさい。彼はそれを見るや否や「こんな高価なものが買えるか！」と一喝する。「それじゃこれで我慢するから」と、しおらしく自分の欲しかった半額のコートを見せるようにと。

　今回の二人の日本人人質事件は、これとまったくおなじではないかと思ってしまった。心の中では、大山鳴動して鼠一匹で終わってくれることを願っていたが、残念ながら一人の無辜の日本人が犠牲になってしまった。同時に人質解放の条件として出していた２億ドルという桁外れの要求が、仲間のイラク人女性死刑囚の釈放へと切り替わったことである。あまりにも狡猾なやり方に憤懣やるかたない気持ちだが、まだ尊い命が助けを待っている。たとえ理屈の通じるような相手ではないにしても、英知を結集し救出への道を探し続けて欲しいと願っている！

敵に塩を送れない度量のなさ

　敵に塩を送ったのは、武田信玄に敵対する上杉謙信。この塩攻めを仕組んだのは信玄と競り合う今川氏。人心が離れるような卑劣な策略を実行した人物に、後世残るものなど何一

つないことを歴史が教えている。が、このような人物は現代にもいるようだ。

　選挙に負けたことを今も根にもっているのだろうか？　沖縄県知事が、就任の挨拶をするために上京しても面会に応じない。多忙とはいえ、互いに大きな問題を抱えた当事者同士。なぜこのような機会にわずかな時間でもそれぞれの気持ちをぶつけ合おうとしなかったのか？　「話せば解かる」と諭したのは元犬飼毅総理。話し合わなければ、解決の糸口など何時まで経っても見つかるまい。問答無用では、まるで暴徒のやることではないか？　挙句の果てには、予算を減らそうとまで画策しているとか。こんなことで辺野古移設を打開する積りかもしれないが、沖縄の民心を失うことになるなどとはまったく気づいていないようだ・・・！

年金受給年齢を引き上げるなら

　夫がサンフランシスコにあるIBMの本社を訪ねたことがある。1989年だから、もう26年も昔の話。持ち帰った資料の整理をしながら、job description（服務規程書？）に目を留めて、「アメリカはすごい国だな！」と嘆声を上げたのを覚えている。冒頭に「当社は、国籍や性別・・・・によって」などと書かれていたようだが、肌や目の色の後に、年齢による差別をしないという文言を見つけたためだ。

　私の知人の一人は、55歳で定年退職をされた。今は、その

年齢も伸びて、60歳とか65歳などになっているようだが、それでも定年は明文化されている。

　人間の頭の回転は、きちんと9時からスタートし、夕方5時に店じまいするものではない。朝型もあれば夜型もある。人は、65歳になったとたんに無気力や無能力になったりするものではない。70や80歳でも働ける人たちは沢山いる。年金受給の年齢を引き上げるなら、お年寄りでも活躍できるようなシステムも考えなくちゃ！

弱者優先の道路づくりを

　いつもは車のすくない小野川沿いの土手が散歩の定番コース。とはいえたまに宝探しの積りで通ったこともない道を散歩したりすることもある。思わぬところで神社や公園を発見したり、珍しい生垣や盆栽を見つけるのも楽しい。垣根越しに犬に吠えられ、ビックリすることもままあるが！　でも散歩していていつも思うことは、日本の道路は弱者優先には造られていないことだ。狭い道幅には歩道もない。車が来るたびにひやひやしながら避けている。歩道らしきラインは引かれていても片方だけ。これでは交通ルールもあったものじゃない。一体どこを歩けばいいというのだろうか？　せめて腹いせ紛れにパアパアクラクションを鳴らすのだけはやめて欲しいのだが？

　本来、車椅子やベビーカーが最優先され、歩行者、自転車、

公共交通車や営業車、そしてマイカーの順にすべきもの！どうもこの国の強者優先は道路ばかりではなさそうだ。すべてが弱者切捨ての論理で動いているようで！

審判の在り方に一石を

　期末試験で、ある科目の採点が予想したものではなかった。恐るおそる、担当の先生に尋ねに行ったことがある。綴じられた解答用紙の中から、何度も指先を舐めながら私の答案を探してくれた。目の前で1問ずつ正否の説明をしてくれていたが、急に先生の顔が歪みしばらく沈黙が続いた。次の瞬間「すまん、採点の間違いだ！」と謝ってくれた。今もこの1件が目に焼き付いている。

　テニスにも、納得のいかない判定がされた場合、ビデオ判定を申告できる「チャレンジ」という制度がある。人間の目も100％確実ではないことを証左しているようなもの。相撲の審判人は行司。その判定に疑義があれば「物言い」という素晴らしい制度もある。5人の審判員が土俵上で協議できるが、こちらも人間のやること。

　白鵬がこの審判を批判したことで、相撲協会やマスコミから集中砲火を浴びている。横綱とはいえ、審判の在り方に一石を投じたくらいの度量があってもいいのでは・・！

所得格差をなくすには？

　所得格差をなくす方法がある。累進課税方式！　お金持ちから沢山の税金をとって貧乏な人たちに分けてあげる。この所得再分配制度のお蔭で貧富の差がなくなると教わってきた。
　ところが、世界的なベストセラーとなったトマ・ピケティ著「21世紀の資本」によると、所得格差は縮小するどころか拡大しているというから驚きだ。経済学と聞いただけでも身震いするが、700数ページの分厚い専門書を読み切る能力も自信もない。はなから諦めているので本など買って読む気もない。全ては新聞やテレビなどからの情報。
　東京都内で講演したピケティさんは、アメリカやブラジルなどでは「トップ10％が全所得の50％以上を得ている。財産の格差はそれ以上だ」と指摘し、その解決策も提示されているようだ。素人考えではあるが、そんなことは至極簡単に出来るのでは？　格差拡大がすすんでいるなら、今の累進課税方式でお金持ちの税率を引き上げれば済むことじゃないなどと？

LED型信号機の落とし穴

　発行ダイオード(LED)型信号機は、電球型に比べると電気料が約5分の1と節電効果が高く、CO_2の排出量も少な

いので地球の環境に優しい。寿命にしても従前の1年に比べると10倍も長く、加えて昼夜を問わず視認性が高いと言われている。このような維持費の安さや安全性が後押しをしたのか、早いスピードで全国的に普及していったものと思われる。

　ところがこれは降雪量の少ない地域に住んでいる者の言えること！　豪雪や吹雪に悩まされている北海道や東北地方では、見えなければいけない信号が真っ白になって見えなくなる。電球型のように発熱しないため、雪が付着してしまうらしい。お巡りさんや委託業者の方達が、長い煤払い棒を持って着雪した信号機の雪を払っているようだが、人海戦術にも限界がある。

　落とし穴はどこにでもあるようだ。「ヒーターで熱して」などと言う妙案ではなく、LEDの特性を残したまま安全性の高い方策を一日も早く見つけて欲しい！

Jリーグを目指す子供たちのために

　八百長は、八百屋の店主、長兵衛（通商：八百長）と碁仲間だった相撲の年寄（伊勢海五太夫）に由来するらしい。碁の腕は長兵衛のほうが上であったが、商売上の打算からか、わざと負けたりして年寄りの機嫌をとっていたという。これが相撲界では、わざと負けることを「八百長」と言うようになったとか。

2011年に発覚した大相撲八百長問題は記憶に新しいが、いつのまにか相撲以外でも八百長という言葉が使われている。
　日本サッカー協会は、スペイン時代の八百長関与疑惑によりアギーレ監督の解任を発表した。ご本人は八百長に関わったことはないと繰り返し否定してきたが、同氏や選手の銀行口座に振り込まれた総額1億4千万円については固く口を閉ざしたままだと言う。
　監督解任の影響は大きく、選手たちやファンにも大きな動揺を与えるだろうが、サッカーは野球と並び人気の高いスポーツ。Jリーグを目指す子供たちのためにもクリーンな解決を望みたい・・！

飴玉3個と道徳の「特別の教科」

　小学校の校庭に、薪を背に本を読みながら歩いている金次郎の銅像があった。道徳の象徴のような存在で、スマホをしながら歩いている現在の子どもと変わらないじゃないかなどと思ったことは一度もなかった。そんな尊徳さんが問題を出した。
　「3個の飴玉を、2人の兄妹で分けなさい」と。日本人の子どもは、算数が得意だから1.5個と答え、先生も正解にするだろう。でも、「虫歯になりたくないから妹に全部上げる」と回答する子もいる。中には、「兄妹で1個ずつ、残りの1個は

お母さんにあげる」とか、「貧しい人に全部あげる」と言う子たちもいるはずだ。このような時に、先生は、生徒たちの出した答えにどのような評価をするのだろうか？　ましてや、1.5個と答えた生徒に、「硬い飴玉をどうして二つに分けられるの？」と意地悪な質問をして、もし答えられなかったら！ 小中学校の道徳を「特別の教科」に格上げする文科省の学習指導要領改定案が公表されたが？

NHKのトップはどちらに顔を向けているのか？

　言うまでもないが、NHKは公共の福祉のために、豊かで良い番組による放送をサービスする特殊法人。国営放送でもなければ政府の広報を代行するものでもない。そのためにはオンブズマン制度のように財政の自立が不可欠。それを実現しているのが視聴者の私たちが負担している受信料制度であろう。

　ところが、そのトップの会長就任会見で「政府が右と言うことを左と言うわけにもいかない」などと発言し、マスコミで大きな批判を浴びたのはわずか1年余り前のこと。性懲りもなく、戦後70年前の節目に従軍慰安婦問題を取り上げる可能性についてこう答えている。「政府の正式なスタンスが見えないので、慎重に考えなければならない。夏にかけてどういう政府のきちっとした方針が分かるのか、このへんがポイントだろう」と。

甥御たちもNHKで働いているのだ。トップがやる気をそぐようなことをしないで欲しい。向けるべき顔は視聴者であって、決して政府ではない！

老いは死より残酷

　森繁久弥が痴呆を演じた「恍惚の人」をテレビで観たことがある。明日はわが身と思いながら、近くの古本屋さんで有吉佐和子の文庫本を手に入れ、一気に読みながら涙した。「老いは死よりずっと残酷」。ノートに抜き書きしていた言葉そのままのやるせない事件が起きてしまった。

　薄着のままで赤い長靴を手に持っての徘徊。その度に近所の人たちや警察に保護されている。事件当日にも、食事を食べなかったり、湯飲みを割ったりしていたとか。

　こうした老老介護の疲れからか、5年ほど前から認知症を患った妻を、夫が手にかけ警察に逮捕されてしまった。自宅には「すまん、母さん。病院もういいわ」という書き物を残し、自分も死のうとしたらしい。

　同じような認知症を患い、食事や入浴から排泄の介護まで献身的に続けている知人がいる。テレビの認知症番組に登場した彼が、「大変ではあるが、介護をできる幸せもある」と言われていたのがせめてもの救いになっている！

パスポート返納の是非

　引出の中に、赤や青の表紙のパスポートが数冊ある。菊の紋様を中央にして上部には、「日本国　旅券」、下部には「JAPAN PASPORT」と書かれているが、青い表紙の方は、古くなってその文字すら見えなくなっている。表紙を開くと、外務大臣の要請文が日本語と英語で書かれており、何度読んでも日本国民としての自覚と責任の重さを痛感させられる。「日本国民である本旅券の所持人を通路故障なく旅行させ、かつ、同人に必要な保護扶助を与えるよう、関係の諸官に要請する」と。

　今回、シリアへ渡航しようとした新潟市のフリーカメラマンに対し、本人の生命や財産を保護するため旅券の返納を命令、受け取ったとのニュースを新聞で知った。旅券の返納は当然とか、渡航の自由を阻害するなどといろいろな意見が取沙汰されている。でも、この方には奥さんや子供さんは？ご親戚の方達はこの渡航に対してどのようなお気持ちでおられるのだろうか？　そちらの方が気になって仕方ないが！？

ねこまんまを食べてみて？

　昔、東京で笑われたことがある。「ぬくごはんに鰹節をふりかけ、醤油をかけて食べるのが大好き！」と言ったら、「ぬくごはんたあ、なんぞなもし？」と聞きかえされた。江戸では

ぬくごはんと言わず、温かいご飯と言わなければならないらしい。たとえ笑われようが「ねこまんま」は好きだからしょうがない。今でも、1人だけの時には、時々こんな調子で簡単に食事を済ませることもある。

　この鰹節は、日本の食文化とりわけ和食のベースと言っても過言ではない。ところが、国が異なるとそうでもないようだ。今年5月にイタリアのミラノで食をテーマにした国際博覧会の開催が予定されているが、この鰹節がEUの食品の安全規制に触れて持ち込めないとか！　製造過程で生成される発がん性物質の含有量がEU基準を超えているというのがその理由らしい。「和食」はすでにユネスコ無形文化遺産に登録されている。一度EUの人たちもこの「ねこまんま」を食べてみるといい！

借金癖のついた日本

　シェークスピアの名言がある。「借主となるなかれ、また貸主となるなかれ。貸主はカネと友を同時に失う」。亡き両親もよく言っていた。「欲しいものがあっても、借金までして買うようなことをするな！」と。車を買うときも、家を手に入れる時もローンを組むようなことはしなかった。

　ところが世の中には、借金癖がついてしまったのか、借金漬けになっていることすら知らないのか、まるで他人事のように振る舞えるものがいることも事実。わが国の借金がそ

れ。

　財務省が発表した昨年度末現在の額は1029兆9200億円。国民一人当たりに換算すると810万円にもなる。これは誰が考えても尋常な数字ではない。健全な財政改革には、入るを計って、出ずるを制す以外に方法はない。もしも成長による税の収入増と増税、歳費の削減が思い通りにいかなければ、この借金は紛れもなく次世代へのつけとして送られていくことになる。こんな悲しいことを願う親はいない！？

うなぎの人口ふ化成功の快挙

　世界3大珍味として、トリュフ、キャビア、フォアグラがよく挙げられる。キャビアやフォアグラは食べたことはあるが、キャビアが美味しいなどと思ったことは一度もない。珍味はさておき、珍客のおもてなしにとっさに浮かぶご馳走といえば、お寿司か天麩羅。それにフグやウナギだろうか？しかし、2013年に環境省がニホンウナギを絶滅危惧種に指定したため、ご馳走の1品からウナギを外さなければならなくなるだろうと半ば諦めていた。

　ところが本紙一面の見出しを見て驚いた。同時に、嬉しさのあまり机をたたいて喜んでいた。「宇和島水産高　うなぎ人口ふ化成功」。謎の多い生物だけに、人口ふ化の成功はまさに快挙である。源内先生も「これで土用の丑の日にアナゴで代用しなくてすむ・・」などと手放しで喜んでいるかもしれ

ない。なにより赤潮の影響などで大きな経済的打撃を被った地域だけに、このウナギがトリガーになりうなぎ昇りに再生して欲しいものだ！

2月25日はピンクシャツデー

　2月25日はピンクシャツデー。カナダの男子高校生がピンクのポロシャツを着ていたというだけで、上級生から「ホモ」とからかわれ、暴力のいじめにあってしまった。それを知った2人の男子生徒がピンク色のシャツ50着ほど購入し、クラスメイトに着るようメールで依頼。翌朝の校内にはピンクのシャツや小物を見に着けた生徒であふれ、それ以後この高校ではいじめがなくなったと言う。

　8年前に起こったこの小さな事件が、カナダ全土に広がった。州知事や警察官、銀行員までもがピンクを見に着け、社会を挙げてのいじめ撲滅運動に発展。2月の最終水曜日を「ピンクシャツデー」にしたとか。いじめは日本ばかりの問題ではなさそうだ。

　陰湿ないじめのための自殺やネットでのいじめが増加の一途をたどっている。見ざる言わざる聞かざるでは、いつまでたっても解決しないだろう。このカナダの勇気ある生徒たちのようにみんなを巻き込んで立ち向かう勇気も大切では？

ふるさと大学「伊予塾」に出席して

「伊予塾」の講座に出席したのは今回で7回目。あまり野球のことは知らないが「子どもに背中を見せ続けるために‥」というテーマーに魅かれ、小雨の降る中、三間町コスモスホールまで車を走らせた。

講師の岩村明憲選手は息子たちと同じ年代。一時、将来プロ野球選手になりたいと憧れ、親ばか丸出しでバットやグローブを買い与えたりもしたが、一人も野球選手になったのはいない。

檀上に出てきた岩村選手は、サイボーグかアンドロイドのようながっちりした体格。理不尽の多い野球界、監督が茶色のテーブルを白といえば、白いテーブルになってしまう絶対主義の世界。背中を見ていたのは昨年急逝した上甲監督か？

彼が自分をここまで育ててくれたと言い放った。
メジャーに再挑戦する道もあったようだが、わが子に背中を見てもらうために、福島ホープス選手兼監督を引き受けられたとか。福島の再建も大事だが、愛媛を含め活気ある日本に貢献してもらいたいものだ！

衣食足りて礼節を知らず

フォークとナイフを皿に戻し、コーヒカップに手を伸ばそうとしたら、ビュッフェスタイルのこの一室へ、新婚旅行ら

しき男女のカップルが席に案内されてきた。二人とも憮然とした態度で暫く座っていたが、片割れの「何か取に行こうや」という日本語が耳元に届き、揃って席を立った。やがて山のように盛った大皿を両手に持って戻ってきた彼らは、迷い箸でもしているような仕草でフォークを突き刺し、不味そうに食べ物を口に運んでいた。それも束の間、紙ナプキンをクシャクシャと丸め、ポイと皿の上に投げ捨てるや否や、男が後を追うように部屋を出て行った。現地の若いウエイトレスが、呆れたようにチョコンと両肩を上げて、手つかずのまま食べ残こされた二人の皿を片付けていた。

　戦後の餓えを経験したかどうかの問題ではない。わずかカップヌードル３分を待っている間に、干ばつや紛争で50人近くが亡くなっている実態を。9億人近い人たちが飢餓で苦しんでいることを、無知蒙昧の然らしめと片付けてしまうのは余りにも悲しい。衣食足りて礼節を知らない恥辱を、頭から浴びせられたロサンゼルスでの朝食でした。

目くそが尊敬する批判を

　テレビを観ていて驚いた。日本は、他人を貶めたり、侮る言語はあまり発達していない国柄だと思うが、某有名大学の講師が、お隣の韓国や中国をあらん限りの低次元、野卑下劣な言葉で誹謗中傷していた。トイレの汚さ、痰を吐く、平気で嘘をつく、偽造モノマネ等々。トイレが汚いと言うなら、

わずか150年前のわが国や幌馬車で西へ西へと開拓されていった200年前のアメリカを想像してみるがいい。アウトハウスと言えば聞こえはいいが、ありていに言えば野外雪隠、落とし物をすればおつりが帰ってきた個室を。近代交通の花形、荷馬車が道路を往来し、ゴロゴロ馬糞が転がっていたことを思い出すべきだ。

　嘘が悪いと言うが、学問の基本は全て嘘から始まっている。仮説という嘘から証明によって真実を導き出す、その継続から学問は成り立っているのだ。寝床に就いた幼子たちが、一寸法師や浦島太郎などのお伽話に耳を傾けながら、大きな夢や想像力を養っていることを。ましてや、私の隣で、同じテレビを観ている留学生達の気持ちを考え、目くそが鼻くそを尊敬できる批判をして欲しいものだ。

行列のできないトイレを

　主人が退職してから、日帰りなどのバス旅行を楽しむようになった。「遊べるときに遊べ！」という岳父の遺言を守ってのことである。ミステリーツアーや美術館巡りなど、それなりに旅の醍醐味を満喫しているが、困ることもある。「耳は遠くなったが、おしっこは近くなった」と桂三枝が笑わせていたが、本当に長くは我慢を出来なくなった。

　満席、最後部の座席を指定された旅など、頭の中はトイレの回転木馬がグルグルと。やっとのことで辿り着けば長い

行列。他の観光バスが同時に到着しようものなら最悪で、なりふり構わず男性トイレに飛び込めば、「ここは男性用ですよ！」などと叱声が飛ぶ。

　そもそもサービスエリアの男性用と女性用のトイレの数はどのようになっているのか？　男はチャックを降ろせば、いとも簡単に用を足せようが、女はそうはいかない。サービスエリアの性別トイレ利用状況、所要時間・動作研究などに基づいた、行列のできないトイレの設置を望みたいものだ。

非常口は何のために

　久しぶりに飛行機に乗った。ショルダーバッグを座席の下へ突っ込んでいたら、客室乗務員がやってきて、非常口だから、手荷物を上の棚にいれて欲しいと言う。丁寧に謝ってバッグを彼女に渡した。

　ほどなく一人のインテリぶった青年が、隣の席に腰をおろし、大きな紙袋を座席の下へ突っ込んだ。先ほどの客室乗務員がやってきて、同じように頼んでいたが、すぐに取り出したいから駄目だという。万一の時にはここが通路になるからと、繰り返し頼んでいるが、ガンとして聞き入れようとはしなかった。

　急に腹立たしくなり、このバカボンに一言説教してやろうと思った途端、機体が揺れてスポットを離れ始めた。水平飛行に入るや、紙袋からスライド・ブックを取り出して、一人ブツ

ブツ言いながら眺めている。膝の上の茶封筒には大きな病院の名前が書かれていた。医師か卵か知らないが、どこかの学会にでも出かけるのであろう。「患者の命を救うのが医者なら、乗務員は乗客の命を守るのが使命。そんな道理を弁えない医者ならさっさと辞めておしまい」と言いたかったのだが・・・

嘘をつくのも仕事のうち

　NHKの経営委員が、放送内容の不満から受信料を拒否していたという。わが家でも、隔月4,340円の受信料を払っているが、これとて年金生活者にとっては、馬鹿にならない金額である。

　「未納は2か月間、支払いの保留を視聴者の権利のごとく考えていたのは、無知によるもの」と釈明していたが、この経営委員のように私自身も受信料を拒否したい気持ちになることがある。視聴率をあげるためか、民放まがいの番組の宣伝。再放送につぐ再放送。衛星放送のBS1に至っては、いつ電源をいれてもどこかの国のバスケットやサッカーが目に飛び込んでくる。そんなに嫌なら、観なければいい、払いたくなければ受信契約を取り消せば済むことではある。とは言え、テレビを観ながら食事をする、ラジオを聴きながら炊事する、全てが「ながら」生活の身に付いたこの習慣を、そう簡単に変えることはできそうもない。ただ、私が言いたいのは、「本当に放送内容に不満があるなら、駄々をこねるような真

似をせず、払うものは払った上で抗議すべきじゃなかったのか」、と。

断食にもいろいろある

　広島に住む次男は、朝食を食べないという。たまに戻って来た時などには、健康によくないからと、半ば強引に食べさせるようにしている。でも、この朝食を抜いたり、週末の1日を水や野菜ジュースだけで過ごすプチ断食がちまたの話題になっている。

　プチ断食などはしたいと思わないが、朝食を食べてはいけない日がある。習慣とは恐ろしいもので、うっかり食べた後で定期健診日だったことに気付くことも！　そういえば、昔の日本は2食の時代もあった。このような飽食の時代にあっては、食事を断つのもいいのではと思わないでもないが？

　ちょっと変わった断食もある。インターネットに没頭し、睡眠や食事が十分にとれなくなったり、対人関係がうまくいかなくなったりするネット依存の中高生が急増しているとか。そのため、インターネットを使用できない環境で一定期間生活する「ネット断食」も流行っているようだ。どちらの断食もしないで済む日常生活を！

神様のようなカーブミラーだが！

　センサーが危険をキャッチすれば、すぐさま音声で運転席へ知らせてくれる時代がくるというが、個人的には、カーブミラーで充分だと思っている。狭い道路や田舎の四つ角など、カーブミラーのお蔭で、見えないはずの車や人を目で確認でき、安心して運転ができる。時には、カーブミラーが神様のように思えることもある。

　ところが、ひょっこり息子一家が畑にやって来て、彼の運転でファーストフードへ行く事になった。土手沿いの近道を教えたところ、危ないから嫌だと言う。カーブミラーが見づらくて、事故を起こしそうになったらしい。主人も同じような経験をし、逆に事故の誘発をしないかと心配していた。

　今では、「安全運転しています。○○」とか、青空市などでも写真入りで、生産者の名前が書かれている時代。カーブミラーにも「愛情を込めてこのミラーを建てました。もし不都合がありましたら○○へ電話下さい」などのタグがついていればとても有難いのだが。

「セブン・イレブン」松山に上陸

　「ポプラはみんな生きている、生きているから歌うんだ・・・」。ポプラの看板が見えてくると、つい「手のひらを太陽に」の自作版を口ずさんでいた。いつ頃か定かではない

がその看板や店舗もなく、コンクリートの隙間から雑草の覗く空き地と化している。

　友達が予定の時間になってもやって来ない。心配になって携帯電話を入れた。応答がない。暫くして「ファミリーマートがどこにもないんよ」と、道に迷っていることを知らされた。渡していた地図に、コンビニがなくなっていたことを忘れていた。出てきては、消えていく、シャボン玉のように。

　新聞と一緒に、「あなたの街にオープンします」と書かれたチラシがポストに入っていた。新種のコンビニ、「セブン・イレブン」が、順次5店舗も誕生するようだ。開店することは喜ばしいことではあるが、次はどこのコンビニに「閉店しました」の張り紙が貼られるのだろう。亡くなった子供たちへの鎮魂歌、童謡のシャボン玉と重なってしまう。

子どもの声は騒音か？

　閑雅な庭のススキにマツムシやスズムシの鳴き声は、日本人にとってはワビやサビ、情趣や風流の世界。これが外国人にとってはただの騒音。音の感じ方は人それぞれに違いがある。

　オギャーと産声を上げて誕生し、優勝した喜びに歓呼の声を張り上げ、敗れた悲しみに悲痛の声を。雄大な自然の景色やグラウンドに響き渡る学童たちの歓声に元気をもらい、明るい気分にさせてもらったりもした。人はみな一喜一憂しながらそのつど声をだして育ってきた。

ところが赤ん坊の声がうるさいと自分の子を絞め殺し、小学校の拡声器や部活で練習している管楽器や太鼓の音がうるさいと訴訟事件まで発展している事例もあるとか！
　「子どもの声は騒音か」。東京都が騒音防止について定めた環境確保条例の見直し案をきっかけに、そんな議論が起きている。活気のない町。それは子どもたちの声のしないゴーストタウン。少子化に「老い」をかぶせるようなことだけはして欲しくないのだが！

親子喧嘩は犬も食う

　夫婦喧嘩は犬も食わないと言われるが、それでは親子喧嘩はどうだろう？　大塚家具会長の父親と長女の社長が経営方針の違いで対立。連日のようにテレビや新聞でこの親子喧嘩が取りざたされている。
　友達から、「マリちゃん、あの大塚家具の親子喧嘩をどう思う？」と尋ねられた。子どもが小さいころは、事あるたびに親子喧嘩はしてきた。当たり前のことではあるが、一度だってマスコミに取り上げられたことなどない。なぜ大塚家具の親子がこんなことでマスコミに取り上げられるのか不思議でならなかった。ひょっとしたら取り上げられることを意図的に仕組んだのかも？　そんな疑念が沸いてきて、帰宅してから大塚家具の株価の動向を調べてみた。何と、株価が倍以上も急騰しているではないか？　「これだけの広告宣伝費を会

社の費用で負担するとなれば？」などと穿った見方をしないでもないが。ひょっとして、今頃、親子がほくそ笑みながらワイングラスを傾けているかも？

「知らなかった」ことの証明？

　夫と同僚たちがこんな雑談をしていたことを耳にしたことがある。「強姦されたという証明も難しいが、強姦をしたという証明も難しい」などと。同じ議論が耳目を集めている。「知らなかった」と証明するのも難しいが、「知っていた」と証明するのも難しい。真実は当の本人しか分からない。一体どのようにすれば知らなかったという事実を証明できるのか。誰にも証明などできやしないだろうに。
　先月27日の衆院予算委で安倍首相は、「知らなければ違法ではないということは法律に明記されており、違法行為でないということは明らかだ」と言い切った。政治資金規正法は補助金の交付決定通知から1年間、政党や政治資金団体への寄付を禁じている。しかし、政治家側が交付決定を「知らなければ」刑事責任を問われない。もしもこんな答弁で免責されるなら、「ザル法」もいいところ。即刻改正すべきだろう。政治と金。いつになったらこの忌まわしい言葉はなくなるのか？

首相の品位・品格とは？

　女性の品格や親の品格などが話題になったことがある。最近でも、品格のない老人が増えたなどと揶揄されたりしているが、いつの時代にも身勝手な発言や筋の通らない要求ばかりを繰り返す高齢者はいた。

　そういえば、暴言がきっかけで衆議院の「バカヤロー解散」というのもあったらしい。衆議院予算委員会で、吉田茂首相と社会党右派の西村栄一議員との質疑応答中、吉田首相が西村議員に対して「バカヤロー」と暴言を吐いたとか。「無礼なことを言うな」「何が無礼だ」「無礼じゃないか」「バカヤロー」「何がバカヤロウだ！　バカヤロウとは何事だ」などと記録にはある。

　そして歴史は繰り返す。今国会で安倍首相が、前農相の政治資金を追求する民主党議員に首相席から事実誤認のヤジを飛ばした。委員長からたしなめられる品位のなさ。首相の品位のなさは国家の品格のなさに通ずるものがある。恥の文化を誇る日本から品格や気品がなくなればそれこそ恥にならないか？

なぜヤギを盗んで食べたのか？

　岐阜大学で研究用に飼っていたヤギ2頭が盗まれたが、すぐにベトナム人3人が逮捕された。犯行の動機は、過酷な労

働に耐え切れず逃亡し、空腹のために盗んで食べたとか。この3人は農業会社の技能実習生として1作年に来日。1日20時間にもおよぶ過酷な労働を強いられていたという。

　本来この外国人技能実習制度は、発展途上国の人たちを製造業や農業の生産活動に従事させ、日本のよき技術等を伝えてもらうもの。彼らも大事な外交官。国にかえればこのような実情を隈なく伝えてくれよう。エスケープゴートにされたなどと！

　なにより、高齢化に伴う介護不足対策として、厚生労働省は外国人技能実習制度の対象に「介護」を追加し、制度そのものの拡大を計ろうとしている。まずは低賃金に加えて長時間勤務などの劣悪な労働環境で働いている日本人介護職の待遇を改善すべきであろう。安価な労働力を海外に求めるような場当たり的発想を改めるのが先だと思うのだが？

むごいことよ！

　しゅうとめが出し抜けに「むごいことよ！」と繰り返した。どうすればここまで残忍になれるのか？　私も同感だ。川崎市の中学1年、遺体で見つかった上村少年の事件。愛らしい顔と目に大きなあざをつくった顔の写真が重なるたびに、笑顔の裏に忍ぶ計り知れない恐怖のほどが偲ばれる。そしていつものことであるが、その道の専門家や評論家の面々が好き勝手なコメントを披露している。

担任の先生も度々電話をかけ、少年の住むアパートも訪ねたようだが、一度電話で話せただけで会えなかったという。にもかかわらず「もう一歩踏み出しておれば」などと、学校側の不手際に対して集中砲火を浴びせている。中には「こんな奴らのコメントをするのもバカバカしいが」などと、人を食ったコメンテーターもいる。毎日のように数十人もの生徒を教壇から見下ろしていても、一人ひとりの異変に気付くのは容易なことではなかろう。笑いながら批判することくらい簡単なことはない！

本当の子にも　振り込む　金はなし

　川柳が好きになったのは、伊予塾の講師として招かれた三瀬弁護士のなにげないギャグがきっかけ。「親孝行　したくないのに　親がいる」。思わず大笑いしてしまったが、爾来、川柳の投句欄などに目配りをするようになった。
　今回もサラリーマン川柳の入選作「本当の　子にも孫にも　振り込めず」を見つけたが、振込め詐欺に対する親子の情愛を逆手にとったこの17文字。時宜にかなった川柳風刺に感心してしまった。私は、幸いにもこのような被害に一度も遭ったことはないが、振込め詐欺の報道を見聞きするたびに不思議な気持ちになることも事実。
　被害者の多くはお年寄り。気の毒にも思うが、持たざる者のやっかみかもしれない。被害額の多さにいつも驚かされて

いるのだ。「1000万円振込んでしまった！」「2000万円の被害にあった！」などと言われると、詐欺とはいえいえ、世の中にはこんな大金を振り込める人もいるのかなどと？

　「本当の子にも　振り込む　金はなし」

認知症を予防するには？

　「認知症と生活習慣病」の講演を聞きに行くようにと息子がチケットを2枚持ってきた。認知症が原因で高速道路の逆走事故などがよく報道されており、免許を返納すべきか否かで悩んでいた矢先のこと。参考になればと喜んで出席した。認知症と老化の違いなどといった初歩的な説明から、認知症の原因や予防法などについてパワーポイントを駆使しながら講師のお医者さんが丁寧に説明をしてくれた。

　残念ながらまだ認知症にならない方法は分かっていないようであるが、予防方法はすこしずつ分かってきているようだ。塩分を控え、野菜や果物をたくさん食べ、肉よりも魚中心の食習慣に。週3日以上の有酸素運動の習慣をつける。こまやかな気配りをしたお付き合いをし、文章を書いたり、読んだり、博物館へ行くなどの知的行動習慣をつける。くよくよしないで明るい気分で生活をする。漬け物が大好きで塩分の取りすぎが心配だが、これさえ控えれば認知症は予防できるかも！

命の尊さ

　焼き鳥屋の前を通り過ぎた時、ホームステイをしていたアンディが、「カワイソウニ、アンナチイサナトリヲ　マルハダカニシテ」と叫んだ。店先には、羽毛を抜かれた雀がトレイに山高く積まれていた。立て続けに「ニホンジンハ、アレヲタベルノデスカ？　ザンコクデハナイデスカ？」と、詰問された。「アメリカ人は、牛や豚を食べるけど、それは残酷にはおもわないのですか？」と、お返しをすると、「それらは人間に食われるために生まれている」とか何とか言っていたようだが、はっきり覚えていない。

　猫であれ、雀や豚を問わず、命の尊さを天秤にかけることなど出来る筈はなかろうが、自らの命を支えるために、こうした生物を食しているという矛盾に、どう応えを出せばよいのか？

　昨日の本誌、「ネコ殺害　意識の低さ悲しい」を拝読し、胸を痛めたが、近隣の住民から、「猫の軍団に被害を蒙っているので、署名をしてくれるように」と頼まれたことを思い出してしまった。

お礼の気持ちを伝えるには？

　どちらも正しいと思う時、弁護士バッジの天秤のように、右か左に傾いてくれれば頭の靄も晴れるのだが。お礼の気持

ちにハザードランプを点滅させている者として、今朝の本誌、「ハザード点滅正しく使おう」を読んで悩んだ。「ハザードランプは原則、停車中を知らせる合図」と書かれていたので、道路交通法や道路交通法施行規則に目を通してみた。これに関する条文は見当たらない。規定がなければラジオやエアコンと同様、ドライバーの良識の範囲で使用しても問題ない。しかし、ハザードの持つ意味からして、危険、緊急の未然防止に限定すべきとも・・。ただ、対向車には、お礼の気持ちを会釈や挙手で伝えることもできようが、後続車へは？あれこれ考えてみた。窓から黄色いハンカチを振る。スピーカーを取り付ける。電光掲示板（ボタンを押せば、ありがとうございましたと表示）。今やITの時代、感謝の気持ちを相手に伝えるようなハイテク機器が生まれるかも。

サンキューランプをつけて下さい

　私たちには、素晴らしい言葉というものがあり、この言葉によって感謝の気持ちを伝えている。それでは、言語が使えない状況では、という条件を付けてみる。お辞儀や両手を合わせる。スマイル。握手。扇子を振る。狼煙を上げる。八の字ダンス。文字や絵を使う。電話、メール・・・。次に前を向いたまま、後ろの人に伝えるにはという条件を追加する。お辞儀、両手、スマイル、握手などが弾かれる・・・・。こんなことをブツブツ言っていたら、「もう一つ、サンキューランプを

つければ済むことやないか？」と、新聞を読みながら主人が言った。目から鱗のように、頭の中の靄が吹き飛んだ。ボタンを押すと、ダリアのランプが点滅する。それに「本当にありがとうございました。心から感謝します」と後続のドライバーに優しく喋ってくれるスピーカーがあればもっといいと思うのだが‥‥

　メーカーさん、どうかお願いです。もう一つサンキューランプをつけてください。

首相の頭は法令違反

　日本の男性が髪型を自由にすることができるようになったのは、明治４年８月９日に公布された断髪令から。
　夫の在職中の散髪は、私がバリカンやハサミを使ってやっていた。トラ刈りの頭でも文句を言われることはなかった。三人の息子たちの散髪は夫がやっていたが腕は本職並み。親戚の叔父たちからも頼まれてはカットやカミソリをあてていた。ところがおかしなことに彼が退職してからは、一切私には散髪をさせず近くの散髪屋さんへ出かけるようになった。戻ってくるたびに、中年の女性客の多さに閉口していたが、美容室へも若い男性が平気で入ってくる時代になっている。そんな中、奥様に勧められた美容室でカットしてもらった安倍首相に法令違反の疑いがかけられているようだ。美容師が男性に対してヘアカットだけをする行為は禁止されている

という。パーマネントウェーブでもあててもらっておれば問題なかったようだが、そんな頭で国会討論をやってもらうのも？

かしこい虫もいる

　腹がたっておさえきれなくなると、「腹の虫が治まらない」という。また、胸がむかむかするほど不快になるときにも虫を借用している。「あいつの顔をみただけで虫唾が走る」などと。悪いことが起こりそうな予感がするときにも「虫の知らせ」などと言っているように、どうもこのような類の虫は私たちにはあまり好感をもたれていないようである。

　古典落語にも虫が登場する噺がある。「疝気の虫」。今でいう尿道炎らしいが、大人もこの虫のせいでイライラしたり、癇癪を起したりする。特に夏の暑い晩に暴れ出すらしい。ムシムシするからなどと！

　こちらはまじめな話。九州大学などの研究グループが、土や水のなかにいる線虫に人間の尿の臭いをかがせ、その反応からがんの有無を判定できる方法を突き止めたという。検査費用も１回１００円位。尿一滴、わずか９０分位で結果が出るとか。弱虫、泣き虫、浮気の虫などと茶化さないで、早く実用化してもらいたいものだ！！

ETCレーンのランプ

　丸亀に住んでいる知人が、万象園を案内してくれると言うので、雨の中を車で行く事にした。一人で高速を運転するのも、ETCを利用するのも初めて。川内ICからETC専用レーンへ入ろうとした時、ランプが消えていることに気が付いた。慌ててブレーキをかけたところ、後続車がクラクションを鳴らし、睨み付けるようにして通り抜けて行った。ランプが点灯していなくても、通過できることを初めて知ったが、その理由がよく分からない。
　一般車のレーンには青色のランプが点いていた。もし赤いランプが点いていれば、使用できないことは分かる。ETC専用レーンに青も赤も点灯していなければ、常識的には、使用不可か、何かの故障かと判断するのではなかろうか？
　帰路に就こうと、善通寺ICのETC専用レーンに入ったが、やはりランプは点灯していない。用心しながら通り抜けたが、何かしら釈然としなかった。○か×など、何か工夫があってもいいと思うのだが？

ジビエのタヌキ汁

　友達から野生のイノシシの肉をお裾分けしていただいた。仕掛けていた鉄製の箱罠に大きなイノシシがかかったようだ。シシ鍋にして賞味したが、市販している牛や豚などとは

一味ちがった美味しさがあった。

　随分昔になるが、叔父がお隣の韓国まで狩猟にでかけ、沢山のキジを持ち帰ったことがある。その一羽を頂戴したが、あまりありがたいとは思わなかった。夫や子供たちも逃げ回り、結局私があちこち血痕のついたキジの羽根をむしる羽目になった。おまけにすき焼き風にした肉片からは次から次に散弾銃の破片が歯に当たる始末。二度と野生のキジなどもらうものじゃないと思っていた。

　ところが昨今、野生のシカやイノシシなどの肉を食材にしたジビエ料理が脚光を浴びているという。背景にあるのは深刻化する獣害。昨年、タヌキにトウモロコシを食い荒らされた怨念がある。罠を仕掛けて生け捕りにし、ジビエ料理で売り出そうかしら？　マリンコジビエのタヌキ汁なんて！

子守の悲劇

　欧米にはチャイルド禁制のレストランや劇場などが多くある。またベビーシッターなどを雇って夫婦でのんびりパーティや音楽祭へ出かける風習がある。母親が同じベッドで乳幼児と寝る習慣などもあまりないと言う。基本的な文化の違いがある。

　戦後の食うや食わずの生活を強いられた親たちは、ただ生きるために日夜身を粉にして働いてきた。子だくさんの家庭では、そんな親に代わって、年長の者が小さな背に弟や妹

を負ぶって子守をする。このような光景は日常茶飯のことであった。

　ところが今や少子高齢化の時代。子守を頼む子はいない。核家族化してしまった昨今、しゅうと、しゅうとめはいても、近くにいない。老人が孫たちと遊んでいる風景が、村や町中から消えてしまっている。勢い高いお金を払ってでも子守を頼まなければならない時代になっているが、そんな中で痛ましい埼玉でのベビーシッター事件。振り返らなければならない歴史もあるような気もするのだが。

ベースボールの道白し

　わが故郷には、明治時代を足早に駆け抜けた俳人正岡子規がいる。自身の幼名「升（のぼる）」にちなんで「野球（の・ぼーる）」という雅号を用いたほどの野球好き。打者、走者、四球、直球などは、彼の学生時代に訳した用語だと言われている。
　明治17年、東京大学予備門時代にベースボールを知り、22年7月には郷里松山にバットとボールを持ち帰り、松山中学の生徒たちに野球を教えている。彼自身も名選手だったとか。
　昨日、第87回選抜高校野球大会が開幕した。この春、甲子園球場に集まるのは全国から選抜された32校。その中に正岡子規も在校していた松山東もいる。実に82年ぶりの登場とはいえ愛媛は野球大国。大会歴史のなかで優勝7回を誇る

松山商業も、戦後の学校改革の真っ最中には松山東と統合していた時期もある。

　すでに今治西は桐蔭高校に圧勝。子規さんのためにも松山東には力の限り頑張ってもらいたいものだ！

　草茂みベースボールの道白し　子規

冬休み夏休みは何のために？

　エアコンは設置したものの、せいぜい猛暑の珍客か、孫たちが防寒服でやってくる時くらいしか使っていない。それも風邪を引かせたくないからと勝手に息子が電源を入れている。寒ければ火鉢、暑さには扇風機があれば充分。そんな生活に慣れているせいか、たまにデパートなどに出掛けると不自然な店内の暑さに気分が悪くなることがある。寒ければ寒いように、暑ければ暑いように。自然の摂理に逆らうこと自体、健康によくないことだと自らに言い聞かせてきた。

　ところが、小学校や中学校でエアコンを設置するか否かで住民投票まで発展したという。財政不足のため新校舎の教室にエアコンを設置出来ないという。理由が贅沢ということもあってか、PTAをはじめ卒業生や町内から寄付を募って設置するという。問題解決のために寄付金を募るのも一つの方法かもしれないが、子どもたちの健康に軸足をおいた議論があってもいいのではなかろうか。冬休みや夏休みは何のために？

メスがオスに加担するなんて！

　現在の交際相手と共謀し、元交際相手の男性を海に突き落とし、石を投げつけて殺害しようとした女性が殺人未遂の疑いで逮捕された。原因はツイッターで悪口を言われ、腹がたったとのこと。本誌の記事を読んで、悲しくなった。腹がたったから殺すというのであれば、私たちは数えきれない人殺しをしていることになる。幸い、現場近くに停泊していたフェリーの乗組員が110番し、かけつけた署員によって男性は救助されたが、あまりにも、行為そのものがお粗末で子供じみていることに憤りすら覚える。自分のとった行為が、親、兄弟、親戚縁者にどれほど迷惑をかけていくことになるのか、大人なら分かる筈だ。邪推の域を出ないが、もし男同志の女の奪い合いなら、動物に教えを乞うべきだろう。種の保存のため強い方がメスを勝ち取る。どちらか一方が白旗を出せば、それ以上の争いはしない。殺し合うこともない。ましてやメスがオスに加担するなど聞いたこともない。

挨拶しただけで不審者扱い？

　山形に住む知人が面白いことをいっていた。向こう三軒両隣などというものではない。村中の住民はみな顔なじみ。顔を合せば、誰もが笑顔で挨拶をする。幼稚園から短大や大学へ通っている子供たちの名前はすべて覚えている。それだけ

ではない。結婚式や葬式などの冠婚葬祭から家族構成に至る諸々の情報を広く共有しているというのだ。このように地域のコミュニティがしっかりしているから、まんいち不審者が侵入してもすぐに分かり、瞬時にその情報が各家庭に伝わる仕組みができているらしい。

　警視庁でもこのような犯罪をなくすよう不審者情報をネットで流しているが、先日、赤羽警察署管内の公園で遊んでいた児童に「さようなら」と声をかけた40歳代の男性が、不審者扱いされたことで議論になっている。「東京では、普通に挨拶するだけでも不審者扱いされるのか」と。ごく当たり前の挨拶が、住民に不安を与える時代。ずいぶん世知辛い世の中になったものだ！！

チェック対策の見直しを

　夫の朝の膳には必ず小さなグラスを添えている。片づけの時、水が残っていれば薬の飲み忘れが分かる仕組み。小さな配慮ではあるが、これが一つのチェック対策。夫は夫なりにチェックをしており、こうしたダブルチェックのおかげで薬が不足したり余ったりすることが少なくなったという。

　ところがチェック対策の不備から、10年余りにわたって、国の性能基準に満たない免震ゴム装置が製造・販売されていたという事実が露見した。すでに18都府県の建物55棟にこの東洋ゴムの免震装置が使用されているらしい。地震発生時

に大きく損壊した場合、その被害の影響は計り知れず設置者たちの不安・動揺は募るばかりという。

　このような重要な性能試験を10年以上も一人の社員が担当し、あってはならない数値の改ざんまでやっている。しかもこの不正に誰も気づかなかったというから驚きである。メーカーは安全を最優先し、一刻も早く責任感をもって対処すべきと思うが？

春眠暁を覚えとかないと

　一日の始まりが早くなった。6時にもなると窓から明かりが差込み、部屋の中にはまばゆい光が満ちている。季節の移ろいを肌で感じるが、春の眠りは格別心地よい。仕事に追われる身でもない。別に惰眠を貪る積りはないが、布団の中から抜け出すのがもったいないと二度寝をする。春眠暁を覚えずとはよくいったものだ。

　とはいえ、この春より新たな一歩を踏みだそうといている新入社員にとっては惰眠どころではないだろう。学生時代のように、少々遅刻して教室に入ってもなどと甘えた考えの通用しないのが社会。入社早々から遅刻では、先が思いやられる。ましてや楽しいボーナスなどに影響がでるから要注意だろう。

　親戚の叔父が、会社ではやりにくいと分厚い書類を自宅へ持ちかえり、部下の勤務評価をしていた。中味は見せてもら

えなかったが、他人の評価をするくらい嫌な仕事はないと愚痴りながら、遅刻や欠勤が一番評価しやすくていいとうっかり口を滑らしていた。

副操縦士はなぜ？

　なんともやるせない事故である。ドイツ格安航空会社のジャーマンウィングス墜落事故で乗員乗客150名が犠牲になり、その中にたまたま乗り合わせた日本人二人も含まれていたという。捜査当局が回収したボイスレコーダーから、テロか自殺願望かは定かでないが、副操縦士が故意に墜落させた疑いが強まっている。

　こちらは33年前のボイスレコーダー。「キャプテンやめてください」という副操縦士の悲痛な声が残っている。繰り返し報道された羽田空港沖で起きた日航機墜落事故をとっさに思い出してしまった。テレビに映し出された機長が乗客に交じって救出されている映像がはっきりとインプットされている。

　不謹慎の謗りを免れないが、死にたいなら誰にも迷惑をかけず一人だけで逝って欲しい。乗客は大事な命を無条件で預けているのだ。死出の道ずれにするような卑劣なことは絶対にすべきでなかろう。家族のかたたちのやり場のない怒りや悲しみを思うと胸が痛む。

ランドセル

　4月には初孫がピカピカの1年生として小学校へ入学することになる。カルガモ一家の行列のように、ランドセルを背負った孫の集団登校姿はどんなものだろう。小さな体に不釣り合いのランドセル。この中には教科書やノート、筆箱や連絡帳などを入れるのだろうが、6年間も付き合う大切な相棒である。

　色も黒に赤と相場が決まっていたが、最近では、ピンクや濃紺といったおしゃれなものも市販されている。ランドセルは小学生の専用とばかり思っていたが、最近では外国のご婦人たちに大流行しているという。日本のアニメやアメリカの女優さんがバッグとして使っていたのが大きな理由らしい。世界中の若い方たちがランドセルを背負って街を闊歩してくれることは大いに結構なこと。ただランドセルには軍隊で使う「背のう」の意味もある。安倍首相の「わが軍」発言が物議を醸しているようだが、手には銃、背中に「背のう」などという物騒な時代にだけはならないように。

空焚きしても意味はない

　戦後間もないころの食卓には、明けても暮れてもイモが並んでいた。選択の余地など全くない。生きるためにはサツマイモを食べる他なかった。その意味では、戦中・戦後の食糧

難の時代どれだけ多くの命を救ってくれたことか。人はイモのみにて生くる者に非ずとはいえ、感謝しないと罰が当たるかもれない。

　ところが、本誌の「地軸」やテレビの報道で、自分の耳を疑った。農林水産省が打ち出した「食糧自給力」の試算。この耳慣れない自給力は、1人当たり1日に必要なエネルギーを2147キロカロリーとする。主食に焼き芋2本。2カ月に1個の鶏卵と、18日に1皿100グラムの焼肉。栄養バランスを無視してイモを中心に作付けすれば、必要なエネルギーは充分に確保できるという。

　異常気象や世界的規模の大飢饉にせよ、海外からからの食料輸入がストップすればどうなるのか？　TPP交渉で煮炊きする石油やガスも大事だが、中身のない鍋釜を空焚きしても意味はない。

スマホ族に事故を起こさせないために

　小野川の狭い土手をゆっくり運転していた。前方に高校生とおぼしき男の子がうつむき加減に歩いている。避ける気配がないので車を停めて待っていた。車の直前で傾き続けていた頭を持ち上げたが、別に驚いた様子も詫びる気配もない。両方の耳にはイヤホンジャックが差込こまれ、夢中になって音楽でも聴いていたのだろう。が、もしあの時そのまま走行していたら？　背筋が寒くなった。

昔からラジオや音楽をかけながら勉強したり食事をしたりする「ながら族」は沢山いた。でも、おとなしく家のなかでやってくれる分には何も問題はない。ところがウォークマンなるものが登場し、歩きながら自転車に乗りながら運転しながら音楽が聴けるようになり、気が付けば「ながらスマホ族」がいたるところで闊歩するようになっていた。この族たちの行動は危険極まりない。道路交通法で運転中の携帯電話の使用が禁止されているように、このスマホ族にも何らかの対策をとらなければ？

眠らない日本人

　全国平均7時間42分。最高は秋田県の8時間2分。これは日本国民の睡眠時間である。寝る子は良く育つなどとも言われてきたが、睡眠は長く取ればよいというものでもないらしい。江戸時代の儒学者、貝原益軒は「養生訓」で寝すぎも昼寝も身体によくないと戒めているではないか。
　ところがいつのまにか日本人の睡眠時間は年々短くなっており、世界でも例をみない「眠らない国」になっている。長時間労働、残業や深夜勤務の増加、インターネットの普及、ストレスなどにより生活時間が夜型にシフト。日本人全体が慢性的な睡眠不足状態に陥っているようだ。睡眠不足は、頭痛、消化器系の不調、糖尿病や高血圧などといった生活習慣病のリスクが高くなるばかりか、集中力の低下による交通事故や

産業事故、さらには、うつ病を誘発し自殺の危険因子にもなると言われている。まさに睡眠不足は万病の源。「養生訓」も再考する必要があるのでは？ 時まさに春眠暁を覚えずだ。

教育に譴責は必要ないか？

或る教育学者が、「教育に叱責や譴責は必要ない」と言っていた。温和に話して分からない子供は一人もいないと。そう願いたいが、こんなことがあった。

人は右、車は左。この単純明快な規則があるにも拘わらず、自転車に乗っている高校生が右側走行していて危険な目に遭った。それも一度や二度ではない。

或るとき、信号待ちしていたこの高校生に対して「自転車はどちら側を走らなければならないのか、知っているよね？」と注意した。すると彼は、私を睨み付け「ウザイことをぬかすなよ！」と、棄て唾をして走り去った。

数日してまた同じ彼に遭ったので、「君は、交通ルールを知っているよね、自転車はどちら側を走らなければならないの？」と尋ねた。すると、「バッキャロー、ルールが何だって言うんだ？」と捨て台詞を吐いて、走り去った。

温和に諭したつもりだが、全く聞く耳を持たない。ルールを無視することが死に直結するという認識すらしていないようだが？

大学生と高校生の使用価値の違い

　近くのスーパーの窓ガラスにアルバイトの求人広告が貼られていた。雇用形態：アルバイト。時給800円、学生歓迎、経験者優遇などと書かれていた。私たちの学生時代に比べると、時給も随分高くなっている。経験者が優遇されるのも当たり前と思っていた。経験による仕事の手際のよさ、生産性や効率性などが評価されているからだろう。

　ところが、回転ずしのテーブルの上に置かれたアルバイトの広告には、時給の欄に大学生800円、高校生700円と書かれている。職種は、店内での接客業務。なぜかこの時給の差100円が気になった。仕事の内容からして学歴が必要とも思えない。プログラマーや看護師などのような専門的な知識を必要としているとも思えない。高校生でも大学生と互角に仕事をこなせるし、逆に高校生の方がなどとも。

　人にプライスタグをつける時、大学生と高校生の使用価値の違いは一体何なのだろう？　こんなことを考えていたら眠られなくなった。

紙面上の恩師

　新しい年度が始まったが、何かと落ち着かない人もいるだろう。人事異動の内示で一喜一憂する暇もなく新しい転任先で荷解きに追われ、見慣れない顔に向かって着任の挨拶を交

わしている方など。毎年のように新聞紙上には人事異動の名前が報道されてきた。会社関係にはあまり関心はないが、学校の教職員異動欄には必ず目を通し、恩師や担任だった先生方の名前にマーカーをつけることが年度末の日課にすらなっていた。夫の呆れた顔から一目瞭然、口では何も言わないが、馬鹿なことをしているとでも思っていたのだろう。でも私にとっては大切な先生方。名前を見つけるたびにホッとした。元気に頑張っておられること、勉強のことばかりでなく進路などの悩み事にも真摯に相談にのってくれた先生方。そんなお姿が次から次へと思い出される季節でもあった。でも、数年前からこのマーカーもお役御免になっている。今年もどこにもマーカーをつけることはできなかった。

有料トイレ

　古典落語に「開帳の雪隠」がある。八五郎と熊五郎のコンビが、やってきた参拝客に、雪隠普通席四文、特等八文をとって一儲けを企む話である。商売が当たり、大入り満員、札止め状態で銭は貯まるばかり。ところが、商売敵が現れ、ある日を境にぴたっり客がこなくなった。「元祖雪隠」などの看板を出し、あの手この手で客を呼び戻そうするが、無駄骨に終わる。何を思ったのか八五郎が、「お前一人で留守番しといてくれ」と、プイと何処かへ出かけていった。熊五郎が頭をひねっていると、以前のように客が舞い戻り大繁盛となる。八

五郎が一体どこで、何をしていたのかは、落語を聞いていただいたほうが・・・。

　富士五湖巡りのツアーに参加して、生まれて初めて有料トイレを利用した。日本にあるなど夢想だにしておらず、事前に小銭などは準備していない。あたふた冷汗をかかされたが、すでに落語の世界では、古くから有料トイレがあったようだ。まだ社会的に認知されておらず、普及にはほど遠いと思うが、人の弱みにつけ込んだ有料雪隠などは願い下げにして欲しいものだ。

タガが外れてしまうと

　新しい「機能性表示食品制度」が始まった。健康への効能をうたえる範囲がひろがったと手放しで喜んでいるのは生産者ばかり。消費者はメディアから見聞きする情報に敏感である。納豆が癌の予防、便秘、二日酔いに効果があるといえば、翌日の店頭にはその姿がなかったり、品薄になったりしている。エビや卵などが身体によくないと言えば、山のように売れ残るのは日常茶飯のこと。消費者は専門的な知識に乏しいがゆえに、生産者やメディアの情報が唯一の選択の物差しである。

　消費者の４つの権利の一つ「知らされる権利」があるが、過去にも虚偽表示や誇大広告などが問題になった。中身は鯨肉でありながら缶詰のラベルには牛の絵が描かれたり、美肌効

果のないサプリメントなどと枚挙にいとまがない。消費者は別に自由に選ぶ権利も持っているが、選ぶ物差しの信憑性にタガが外れてしまうとどうなるのか？　水漏れならず桶そのものが壊れはしないかと危惧するばかりだ。

お風呂の入り方

　しゅうとめと近くの温泉に出掛け、二人で久し振りの入浴を楽しんだ。入浴客は私たち二人であったが、ほどなくお歳をめされたおばあちゃんが湯船に入ってきた。いきなり入歯を取り出し洗い始めたのでビックリしたが、遠い昔の思い出が蘇った。
　アメリカの女子高校生、スーザンが20日ばかりわが家でホームスティしていたことがある。お風呂の文化を教えようと彼女を道後温泉に連れて行った。少し裸になることを躊躇していたが半ば強引に浴槽へ。私の仕草をみて同じようにするだろうと思っていたが、スーザンがいきなりお尻も洗わず浴槽に飛び込んできた。すかさず入歯を洗っていたおばあちゃんが「お尻の洗い方くらい教えとかないけまいがな」と私を叱責した。彼女もおばあちゃんの口調で何か自分が悪いことをしたことに気付いたのだろう。不安げに私の顔を覗き込んでいた。私は自分の不徳を恥じ丁寧に誤ったが、彼女は二度と日本のお風呂には入らないだろうな！

再稼働を禁じた仮処分の決定について

　電力会社には「地域と共に生き、豊かで快適な環境」といった社是や経営理念がある。が、それらを遂行するにも石油や石炭は時と共に枯渇する。ならば原子力にと苦渋の選択をし、北陸電力や沖縄電力以外のすべての電力会社が原発を造ってしまった。元をただせばすべて私たち国民のためを思ってのこと。

　今回福井地裁が関西電力に対して再稼働を禁じる仮処分を決定した。それにたいして、不合理な判断だと批判するものもおれば、司法は国家権力に屈することなく国民の目線に立って英断をくだしたと評するものもいるだろう。電力会社の従業員や消費者である私たち、地域住民、株主などの利害関係者の考えもある。一方には東京電力の福島原発事故により亡くなった方達や今なお被害に苦しんでおられる人々の考えもある。自然を破壊する権利など私たちにはないが、蛍の光でもう一度冷静になって考える必要があるのでは？　犠牲になったのは人間ばかりではなかったことも！

助けられない悔しさ！

　海水が容赦なく船内に流れ込んでいる。目と鼻の先に高校生の手が伸びていた。後わずかで手が届く。でもこの僅かな距離が高校生を死に追いやってしまった。阿鼻叫喚とはこう

いう状況をいうのだろう。「助けて、助けて！」という悲痛な声が耳にへばりついてはなれない。助けられなかった自分を恥じ、生きている自分を責めている。隣の国で起こった事故、韓国の旅客船セウオル号の沈没事故は余りにも悲惨だ。

とはいえ、助けられなかったのは人間ばかりではない。牛舎で栄養不足のため痩せ衰えた子牛が息絶えようとしている。牧場主は涙を浮かべ、「何もしてやれなくてごめん」と骨と皮だけの背中をなでながら繰り返していた。これは福島第１原発事故を受け、半径20キロ圏内が立ち入り禁止の警戒区域に指定された牧場での出来事だ。100数頭の牛を犠牲にし、自分も自殺を考えたという。助けたくても助けられない悔しさは当事者だけしか分からないのであろうか？

「聖職」か「家庭」か？

長男が結婚式の相談にやってきて、オーストラリアで式を挙げたいという。挙式の日程も彼女の誕生日と決めていた。主人が「日にちの変更はできないのか？」と訊いたが、どうしてもこの日程でやりたいと言う。「それなら何百人という学生に迷惑をかけることになるから、父さんは出席できん」と毅然とした態度で断った。その後何人かの方達から、「どうして行ってやらなかったのか」と主人が責められていたのを耳にしたことがある。

埼玉県立の４高校で、新１年生の担任教諭４人が勤務先の

入学式を欠席し、自分の子供の入学式に出席したことが明らかとなり、大論戦になっているようだ。休んだ担任の一人は、長男が通う別の高校の入学式に出席していたが、事前に校長らと相談し、年次休暇や休暇制度を利用してのことだったらしい。主人に本誌の「聖職」か「家庭」かの記事を見せ、意見を尋ねてみた。「高校生の息子が来てほしいと言ったのか、教師をしている母親自身が入学式に参列したかったのかはよう分からんけど、小学校へ入学するのと少し訳が違うと思うが‥‥‥」

記念すべきメール第１号

　無理やりスマホを持たされた頃だ。この歳でメールをしようなどとは夢にも思っていなかったが、マニュアルを片手に変換の仕方などを覚えていたころが懐かしい。やっとこさメールが打てるようになったとき、主人の友達が沖縄から立派なマンゴーを送ってきてくれた。出張中の夫に「K先生からマンゴーが届いています。そちらからお礼を言っておいて下さい」と記念すべきメール第１号を送った。出張から戻るや否や「変なメールをよこすな！　濁点くらいきちんとつけておけ」としかられた。実は、まだ濁点のつけ方が分からずそのままにして送っていたのだ。今もって汗顔の至り。K先生にお会いするたびにこの事件を思い出してしまうから始末が悪い。

話題になっている「おかんメール」なども、誤字・脱字、変換ミスなどによる傑作集だろうが、私の場合は故意に過ちを犯した訳ではない。学習不足のなせる業。今やスマホも進化し音声認識変換機能で簡単に入力できている。

残業をする働き蜂

　太陽の沈みかけたテラスの庭。開花した躑躅を飽きることなく見続けていた。よく見ると働き蜂が蜜を吸っている。蜂は太陽の位置で方位を測定し自分の塒を探し当てると習ったことがある。太陽がなければ自分の塒へも帰れないのに。

　働き蜂は本来すべてメス。寿命はわずか1ヵ月くらいとか。その間に蜜を集める外回りの労働や、巣の中の掃除、育児、エサの貯蔵などの労働もしているらしい。しかし人間の労働時間8時間よりも少なく、1日平均6時間から7時間という。週休二日制とか祝祭日などの面倒くさい計算を抜きにしても、残業する働き蜂など聞いたこともない。が、現実にこうして薄暗くなっても働いている姿を目撃すると、働き蜂の世界にも過重労働やサービス残業の異変が起こっているのでは？

　アベノミクスで景気が回復しているというが実態はどうだろう。　残業手当は支給し始めたが、基本給を大幅に下げた企業もあると聞く。帳尻合わせは手慣れたものだろう。

なぜ戦争をしたがるのか？

　武器を所持していない丸腰の人間を撃つのはフェアーではない。万一そういうことをすれば正義に反すると社会的制裁を受けてきた。日本はこの70年間、憲法9条のおかげで丸腰を続けてきたし、国際的な制裁を受けることもなかった。ところが安倍首相がヘルメットを被り、ニコニコ笑いながら戦車に乗っているテレビの画面を見ていると、勇んで丸腰の人間を撃ちたがっているように思えるから不思議だ。

　安倍政権は、自衛隊の活動範囲を大幅に広げる安全保障関連法案を閣議決定し、6月24日までの国会会期を1ヵ月余り延長して夏までに成立を目指している。戦後日本の平和主義を大きく転換させる内容であるが、なぜそんなに急ぐ必要があるのだろうか。

　「米国との戦争に巻き込まれることは絶対にあり得ない」と言う。ならば戦争が始まれば首相自らが戦うことなど絶対になかろうが、借り出されるのは若者たち。親が子の葬儀を出すようなことだけはすべきでなかろう。

食後の一睡万病円

　午後から始まる授業は意図的に後方の席を陣取った。睡魔に襲われるからだ。先生の話を聴こうとする意欲はあったが、いつのまにか上下の瞼が仲良く握手をしてしまってい

る。恍惚の一刻へと誘ってくれるこの居眠りが、罪悪感にもましてやめられなかった思い出がある。

　国会討論などの中継を観ていても、居眠りをしている議員の多い事。自分の経験から不謹慎などと批判することは出来ないが、いっそのこと午後からの討論中に昼寝タイムを入れたらどうだろう。江戸時代の諺に「食後の一睡万病円」と言っている。食事をとってすぐ寝ると馬鹿になるなどと親は教えてくれたが、むしろ食後のひと眠りはとても健康にいいらしい。

　とはいえ、居眠りをすれば命を落とす危険もあるから迂闊なことは言えない。北朝鮮では軍の行事中に居眠りをした国防省の高官が銃殺されたという。公式発表ではないが、もし事実なら尋常ではない。拉致問題となるといつも寝たふりする国が・・？

結婚の壁？

　こんな結婚もありじゃないかと思ったり！　お仲人さんがやってきて「好きなように言うてあげるけに原稿を書いておくれんかな？」と。主人は「新郎は無職浪人、一銭の稼ぎもない分際で横着にも結婚、学業成績優秀などというのは真っ赤な嘘・・・」などと書いた原稿を渡していた。

　当日お仲人さんがどんな風に紹介してくれたか、全然覚えていない。事実、主人は大学院へ入るために勉強中。女性が

外で働くことを良しとしない風潮もあってか、私自身も習い事をしていた。よくも両親がこんな結婚を許したものだと不思議でならないが、政府は17日の閣議で、2014年版「少子化社会対策白書」を決定。それによると、若い世代でさらに未婚率や晩婚化が進んでいるようだ。その原因は、男女ともに雇用の不安定や給料の低さが挙げられているが、女性の「独身の自由さを失いたくない」との一面も！

　アイタペアペア、なんくるないさ！　あなたの子供は社会の宝物！　みんなで共に育てる社会風潮にでもなれば世の中変わるかも！

セクハラ問題発言

　デトロイトで自動車関係の合弁会社をつくり、3年間社長として赴任した主人の大学の先輩がいた。勤めを終えて帰国した直後、わが家でお酒を飲みながらいろいろなお話を伺ったことがある。従業員は日本人が数名、残りの大半は現地採用の人たち。日本人社員の一人が、アメリカ人女性に「彼氏がいないのか？　早くみつけて」と言ったことで会社は莫大な賠償金の責めを負ったとか。「たったそれだけのことでアメリカでは？」と思っていた。

　東京都議会で晩婚化や晩産化の対策について質問した女性都議が、「お前が早く結婚すればいいじゃないか」「産めないのか」などと品性に欠けたヤジを飛ばされた。結婚したくて

もできない。産みたくても産めないからその対策を議論しているのではないか！　そんなお下劣なヤジを飛ばした人に、「お前など結婚するに値しない！　早く離婚すればいいじゃないか？」とお返しをしてやりたいが、そんな品格のないおばさんにはなりたくない。

セクハラ野次も日常会話の延長か？

　某自動車メーカーの日本人社長が、セクハラ疑惑で女性秘書から訴えられた。数年前の北米でのこと。米紙の中には、「ハイブリッドではなく、セックスを燃料とする車」との見出しで報じたものもあったとか。なにより驚くのは、その賠償額だ。1億9000万ドル、日本円で212億円。会社の危急存亡にかかわる大問題となった。このような事例はこの一社にとどまらない。

　さしずめ今回の東京都議会での「お前が早く結婚すればいいじゃないか」「産めないのか」などといったセクハラ野次を、アメリカの議会でやったらどれくらいの賠償額になっただろうか？

　しかし考えてみると、セクハラは日常会話の中で平気で行われているし、自分自身もやっている。代表的なのは、結婚式のスピーチ。「子宝に恵まれるよう、日夜頑張ってください」。「子供を沢山産んで、幸せなご家庭を！」。そういえば挨拶のなかでも「どちらへ？」「ちょっとそこまで」などと。こ

れはセクハラとはいえないか・・・？

ゴミ拾い、称賛の裏側には！

　日本はロボット大国、ロボット大好き国民。ところがロボットは人間の仕事を奪ってしまう悪魔の機械だと、産業ロボット導入に猛反対する国もある。

　太平洋上空でのこと。客室乗務員が飲み物のサービスをしていたが、ワゴンを置いたまま姿を消した。斜め前の男の子が通りかかった別の乗務員に、ジュースが欲しいと言った。彼女は「分かった」と目で合図をしたが、ジュースを渡そうとはしなかった。

　後で知ったことだが、アメリカでは客室乗務員やインタープリターの職務規定があり、仕事内容がそれぞれ厳密に明文化されている。男の子が声をかけたのはインタープリター。飲み物のサービスは出来ないことになっている。彼女の仕事は客室乗務員にジュースのサービスをするよう伝えることしかできなかったのだ。バカバカしいような話だが、それが銘々の仕事を守ることになっているとか！

　観客席のゴミ拾いをした日本人サポータが称賛された裏側には、ゴミ拾いの仕事を奪われたと思っている人たちもいる。

生きた証が湖底へ！

　何が悲しいと言っても、人が亡くなるくらい悲しいことはない。ましてや大事に育ててくれた父や母が亡くなった時は、瞼が腫上るくらい泣き通した。過疎化のために廃校になった母校の跡地をみた時、楽しい宝の想い出が一つ一つ奪い取られる気がした。足しげく通った喫茶店やおしるこ屋さんが閉店したときもやるせない気持ちになった。さっきまでお喋りしていた人が、今までそこにあったものがなくなるということは、ただ儚いとか虚しいの一言ですませるものではない。

　この30日で八ツ場ダムの建設が着工されるとのニュースを知った。60年以上もダム問題に翻弄された群馬県の河原湯温泉が、湖の底に沈んでしまうことになる。住民のかたたちの心境はいかばかりかとお察しする。そこで生まれ育った長い生活の歴史にピリオドが打たれることになる。打たれるほうもさることながら、打つ側にも苦悩が見え隠れするから厄介だ。福島原発の余波は今後もこうした悲劇を生み続けるのだろうか？

足踏みうどん文化も海外へ

　時々、主人はネットで香川の製粉業者からうどん専用の中力粉を取り寄せ、うどんを打っている。粉と塩と水。たった

これだけの材料でうどんができる。塊りをビニール袋に入れ、足で踏んでいる光景を眺めていると、弟を背負った母親の足踏みと重なり、遠い昔が偲ばれてくる。

「食べ物を足で踏むなどもっての外。衛生上からもよろしくない！」などと叱られるかもしれないが！ 事実、讃岐うどん文化の歴史の中で足踏み禁止条例が問題になったことがある。製麺業者やうどん店主たちは、足踏み文化を守ろうと猛反対。諸々の条件はついたものの、かろうじて認めら今日に至った背景がある。

そんななか、宇多津町の製麺機メーカーが、うどん製麺機「真打　Shinuchi」を開発。アメリカや東南アジアなどでうどん文化を広めているとのニュースがあった。ズルズル音をたてながらすすることを極力嫌う文化圏でどうしてとも思ったが、ついでに伝統的な足踏み文化も広めて欲しいなどと！

暴走は池袋や御堂筋だけではない！

このところ車の暴走が世間を騒がせている。多くの人が行き交う御堂筋のメインストリートでは、ワゴン車が、タイヤをきしませながら次々車や人をはね、信号待ちしていた乗用車に正面衝突。3人が重軽傷を負ったが、ドライバーの低血糖による意識の薄れが原因らしいとのこと？

東京の池袋でも脱法ハーブを吸った男の車が、繁華街の歩道へ突っ込み、一人の尊い命を奪ってしまった。車の中から

出てくる男の顔からは、涎のようなものが垂れており、ハーブの怖さをまざまざと見せつけられた気がした。

　暴走は車ばかりではない。政府は、脱法ハーブでも吸っているのであろうか？　今日の臨時閣議で、集団的自衛権行使を可能とする憲法解釈変更を決定する。自衛という大義名分のもと、いつでも武力行使できる国になろうとしている。

　「なぜこんな馬鹿な戦争をする国に産まれたのだろう？いつから日本人はこんな馬鹿になったのだろう？」。草葉の陰から司馬遼太郎が嘆いているようで・・・・・・？

雨水タンク

　砂漠の中ではダイヤモンドと水が交換されることもある。いかに高価な物質とはいえダイヤモンドは人間の命を救ってはくれない。わが国では水と安全はタダくらいにしか思っていないようだが、もし水が無くなったらなどと想像するだけで空恐ろしくなる。

　本誌門欄で雨水タンクの記事を読ませていただいた。わが家では10年位前から雨水タンクを設置している。ホームセンターへ出かけ市販のタンクを探したが、高価すぎて買えなかった。がらくた市やリサイクルショップを何軒かはしごをし、200ℓタンクを2個買った。主人がテラスと縁側の縦樋を細工して雨水タンクを手作りした。一方のタンクの中には活性炭や砂、貝殻、シュロなどもいれた浄化装置になっている。

今ではタンクも増えて1,200ℓの雨水を溜めることができるようになっている。洗車、プランターの水遣りは勿論のこと、農作業用の衣類の洗濯、水洗トイレに防火用水などなど・・・。なにより嬉しいのは、水道代の節約になっていることだ。

無駄遣い

　才能の無駄遣いではない。お金の無駄遣いのことである。言うまでもないが、お金の無駄遣いとは必要ないことや、役に立たないことに使うこと。毎日目を皿のようにして、2円安い、5円安いなどとチラシとにらめっこをしている者からすれば、理研の無駄遣いには呆れるばかりだ。コスト意識のないままパソコンや検査キットなどを繰り返し購入していたことが、財務省の予算執行調査で明らかになった。
　自宅のパソコンも耐用年数をはるかに過ぎておりそろそろ買換えなくてはならない時期がきている。しかし、パソコンは価格の点でも、即決即断できる代物ではない。大型電気店へ何度も足を運んではカタログを集め、値段やスペックを検討しているが、それでも踏ん切りがつかないでいる。にもかかわらず理研では、一括調達で値段を下げるようなことはせず、個別購入を308回も繰り返していたとか。たかが6,400万位のはした金くらいにしか思っていないのか！　理研のスタッフは自宅でもこのような買い方をしているのか？　税金

の無駄遣いほど腹立たしいものはない！

アンドロイドたあなんぞなもし？

「米IT大手グーグルが、スマートフォン向けに提供してきた基本ソフト(OS)『アンドロイド』を車やテレビにも搭載できるようにする」。これは本誌の見出し「車やTVにアンドロイド」に書かれた記事の一節。たったこの一文中に、省略記号が2か所、見出しを入れると3か所。カタカナ英語が4か所も出てきた。アンドロイドという言葉は何度も目にしたり聞いたりしていたが、意味を知らないまま素通りしていた。手元に広辞苑があったので、ページを繰ったが出ていない。ネットでウィキペディアを引っ張り出した。

「Android（アンドロイド）とは、Googleによってスマートフォンやタブレットなどの携帯情報端末を主なターゲットとして開発されたプラットフォームである。カスタマイズ版Linuxカーネル、ライブラリやフレームワークその他のミドルウェア、Dalvik仮想マシン、主要なアプリケーションからなるソフトウェアスタック（集合）パッケージで・・」。

病院の看板にクリニックと書かれていたために、亡くなったおばあさんもいたという！　私の時代も終わったのか？

涙は男の武器ではない！

　亡くなった父は「男のくせにいつまでもめそめそ泣くな！」と兄や弟を叱っていたが、「女のくせに」などと言われたことはなかった。日本男児が人前で涙を流すことは恥のように思っていた。

　サングラスをしたままお葬式に参列している外国の映画を観ることがある。奇異な感じがしていたが、黒いレンズの下から涙がキラリと光ったりすると、サングラスは涙を隠す道具だったのかなどと！　外国でも人前でめそめそ泣くことはあまりしないように思うのだが・・・・・。

　昨夜、子供のように号泣しながら釈明会見をしている兵庫県議の姿を見て、呆気にとられるばかりか、日本人として恥ずかしい思いがした。いつから日本の男子は、憚りもなく人前で泣くようになったのか？　県議が答えなくてはいけないのは質問に対してであって泣くことではない。1年間に195回もの出張もさることながら、内訳の106回が城崎温泉というからなおさらだ。遊興三昧でなければ、その出張内容や活動状況を堂々と説明すべきである。　泣いてすむなら猿でもやろうに！

ぬるま湯のカエルどもを海外へ！

　ひょんなことから初めて息子とグアムへでかけた。それを

皮切りに、ロサンゼルス、ハワイ、オーストラリア、韓国などを訪問する機会に恵まれた。文化や価値観の違いなどで戸惑うことも多々あったが、とてもいい勉強になったと思っている。はじめて外国の空港に着陸し、エプロンに駐機している翼の日の丸を見た時には不思議な感動を覚えたものだ。口幅ったい言い種ではあるが、日本とは、日本人とは何かなどと考えさせられるいいチャンスにもなった。

資源のない日本が生き延びる方法はただ1つ、賢くなる以外に方法はない。近代国家を築こうと吉田松陰や新島襄は密航まで企てた。いかんせん最近の若者の留学割合は年々減少傾向にあり、国外へ出たがらないとか！

ところが「海外留学を必修に」という嬉しいニュースが目に飛び込んだ。国立大学で、新入学生全員を短期語学留学させるという。有名私立大学でも全員留学の方針を打ち出しているとか。ぬるま湯にドップリつかったカエルどもには、多少の手荒いことも必要だと思うのだが・・・！

脱法ハーブの新名称は？

畑でミントやローズマリーなどを植えたことがある。今もバジルが元気に育っている。全てはハーブ。肉料理にお茶、香辛料など重宝している。ところが、ハーブの中にも奇妙な「脱法ハーブ」というものがあり、これを使用した者が次々と事故を起こし、尊い人の命まで奪っている。

池袋や御堂筋の事件を知り、脱法ハーブについて調べてみた。医学の知識のない私にはよく分からないが、薬の成分があるために法律では取締りが出来ないらしい。医薬品や食品・食品添加物に承認されていないにも拘わらず、合法ハーブとも呼ばれている。このハーブによる事故は数年前から多発しており、20倍のペースを越える速さとか！　にもかかわらず、警察庁と厚生労働省は、脱法ハーブの新名称の募集をするという。ハーブという名称は使用禁止かつ危険だと分からせることが条件とか。「魅惑の殺人パウダー」を思いついたが、雪隠、厠、トイレなどといくら名称を変えても実態が変わるものではない。何故、本質から見直そうとしないのだろうか？

絶滅危惧種

　本誌の「絶滅危機　イリオモテヤマネコ」の記事を読みながら、いろいろ考えさせられた。偶然ではあるが、昨夜ツシマヤマネコも絶滅危惧種となり、村民こぞって保護しようとしている映像をみたばかりだった。ツシマヤマネコを絶滅に追い込んだのは、過疎化のため。農地などが休耕地になり、餌となる鼠が減ったことらしい。その反省もあってか、休耕地に蕎麦などを植え、ネズミや昆虫たちが育つ環境づくりを始めていた。
　イリオモテヤマネコは天敵のいない西表島で太古から生き

続けてきたという。その最大の天敵は、やはり人間。高速で走る車のようだ。ヤマネコ自らも犠牲になっているが、轍にひかれるカエルやカニも少なくないようだ。それらは猫の恰好の餌。餌がさらに事故を誘発しているらしい！ ヤマネコを救済するために、村民は移住せよ！ などという議論は論外だが、絶滅危惧種はネコだけではない。「つべこべぬかすな！」とばかり、ちゃぶ台をひっくり返していた癇癪持ちのオヤジさんなどもいつの間にか姿を消してしまっている。

洋式と和式の戦い

　若い人たちは、「最近のおばさんのマナーがひどい」という。そのおばさんたちは「若い者の行儀作法がなっとらん！」と怒っている。今に始まったことではないが、なにかしら洋式と和式の戦いをしているようで面白い。それに最近では、外国人観光客も参戦をし、京都あたりでは和式トイレが大きな問題になっているようだ。
　訪日外国人が増える中、京都市内の観光地で公衆トイレの和式便器がそのトラブルの種とか。使い方が分からず便器の前後を間違ったと思われる汚れに、清掃業者や住民が困惑しているという。予算の関係で洋式トイレへの改修が進まず、もっぱら市は案内板で注意を呼び掛けているらしい。しかしいくら美化推進課が注意を喚起したところで、座って用を足す習慣の彼らの目からすれば、和式トイレは奇妙な構造。そ

れに日本人の倍もあるような身体には、余りにも小さすぎはしないだろうか？

　主人も最初のアメリカ出張から戻ったとき、「男性用のトイレが高すぎてつま先で・・・」などと苦笑していたが！

愚かな日本人ばかりではない！

　1枚の赤紙のために、「万歳」を繰り返し、戦地へ息子を送りだした。その若者たちは戦場で散華し、二度と戻ってくることはなかった。人間の値打ちは、たった1銭5厘の消耗品。送り出した親もほとんどいなくなった。サツマイモの蔓やいなごまで喰いつくし、すえたご飯で命をつないできた。その乳飲み子たちも後期高齢者の仲間入り。あと数年もすれば戦争にかかわらなかった者ばかりとなる。

　愚かな戦争に対する反省に立って憲法がつくられ、9条がうまれた。「正義と秩序を基調とする国際平和を誠実に希求し、・・・国の交戦権は、これを認めない」。この理念を貫き、悲惨な歴史を繰り返さないよう世界中で話し合い、外交努力すべきところである。それをしっかりとした議論も踏まえず、集団的自衛権の行使容認とは、国民軽視も甚だしい。滋賀県知事選が一つの答えになるだろう。奢る平家は久しからず！　今の日本人は、愚かな昨日の日本人ばかりではない！終戦記念日も目と鼻の先。胸を張って平和な国にすると誓ってみては！

児童の年齢は？

　思わず「こんなところにもこまかい言葉の使い分けが！」と感心することがある。本誌19日付の「挑戦するぞ夏休み！！」を読んでいて、児童と生徒の言葉に目が止まった。18日に小中学校で終業式があり、これから夏休みに入るとの記事。小学校は児童、中学校は生徒の使い分けがされていた。

　ところが厄介なことに、道路交通法は、6歳以上13歳未満を児童とし、母子寡婦福祉法では、「この法律において『児童』とは、20歳に満たない者」。民法になると、20歳になれば大人になる。

　手元の広辞苑によると、「こども。心身が完成の期に達せぬ人。低年齢の未成年者。学校教育法では満6〜12歳までを学齢児童、児童福祉法では満18歳未満を児童としている」と書かれていた。

　児童の年齢にこんなに大きな違いがあることを今まで知らなかった。とはいえ、同じ児童が、なぜ法律によってこんなにも異なった年齢の取り扱いになるのだろうか？　知らないことは面白い！

県内でも人手不足か？

　何年前になるのだろうか？　神田の駅に降りた時、構内で

土木工事が行われていた。ヘルメットを被った労務者がひょいと顔を上げた。彫りの深い中近東あたりの顔。1人ではない。辺りでシャベルを握っている人も外国人ばかりだった。

夕刻、西郷さんの銅像を見ようと上野駅近くの階段に向かっていた。ここは日本であって日本ではないと思った。近くの広場には浅黒い肌の外国人が埋め尽くし、怖くなって引き返したことがある。

もうその頃からこの国は人手不足になっていたのか？ 介護福祉士や看護師の数が不足し、言葉の通じない外国人に頼っていることは知っていた。2020年の東京オリンピックのためか、建設業界でも労働者不足が大きな問題になっている。求人募集に応募者なし。「閉店」を余儀なくされる事業所も増えているようだ。

22日付本誌のトップ、「人手不足　県内でも」の記事を読んだ。ことの深刻さは身近に迫っている！　上野の広場が脳裏をよぎりながら！

ラジオ体操や盆踊りが消えていく！

小学生の声がうるさい！　ラジオの音が耳障りで眠れない。共働きで世話ができない。不慮の事故で責任を取らされるのは厭！　このような声に押されてラジオ体操や盆踊りが消えようとしている。深夜労働の務めを終え、やっと床に入ったと思えばガンガン、ガヤガヤ、ラジオの音や子供の声。

耳についておちおち寝ることも出来ない気持ちはよく分かる。住宅街に囲まれた公園とあってはなおさらのことだろう。

随分昔になるが、知人がほそぼそと養鶏場を営んでいた。周囲には住宅は1件もなかった。何年かすると住宅やアパートが建ち、養鶏場が取り囲まれた状態になっていた。ほどなくして養鶏場は廃業。周囲の住民から、「臭くてたまらん！臭いをなんとかしろ！　飼うならよそで飼え！」などと陰険な嫌がらせにあったことを後で知らされた。

どこかでラジオ体操や盆踊りの取りやめと重なる。子供たちの行事や伝承を消す前に、もっと話し合いを重ねるべきだと思うのだが・・・！

どろぼうさん、あなたも汗水流してみれば！

トウモロコシの種を買い、苗を育て、畑へ定植した。水を遣り、這いつくばるようにして除草をした。そのトウモロコシが一夜にして食い荒らされていた。近くのお百姓さんの話では、狸の仕業ではないかと？　この近くは狸が多く住んでおり、狸塚もあるようだ。

山形県では、100キロ近い高級品種のさくらんぼが2度に渡って大量盗難に逢っている。こちらは狸ではなく、いずれも手慣れた手口から作業に精通した人間が犯人とか！

千葉県でも、養豚場から豚が盗まれる窃盗事件が多発しているらしい！　出荷間近の豚10数頭、被害総額130万相当

にもなるそうだ。窃盗グループの犯行のようだが、豚には肉牛と違って個体識別番号がなく、捜査は難航しそうとのこと。野菜や果物と違って、100数十キロにもなる巨体。加えて豚には口がある。犯人探しはそれほど難しいとは思えないのだが？　汗水流して育てたものを根こそぎ横取りするような真似だけはして欲しくないものだ。

指定廃棄物の最終処分場は？

　環境省は、指定廃棄物の最終処分場に「尚仁沢湧水」で知られる栃木県の塩谷町選定方針を地元の町長に伝えたようだ。この廃棄物は、福島第一原発の事故により放出された放射性物質。汚染された泥や稲わらなどの焼却灰が、1キロあたり8000ベクレルを超えるという。ベクレルにしろシーベルトにしろ、それらの数字が人体にどれくらい影響を及ぼすのか素人の私には分からない。ましてや廃棄物がプラスチックごみのように半永久的に残存するのかどうかも全く分からない。
　「名水」で町おこしをしてきただけに、町長をはじめ住民たちがこぞって反対するのも当然。論語に曰く。「己の欲せざるところは人に施すことなかれと」。それでもと言うなら、いっそ霞ヶ関あたりを選定し、ゴミ捨て場にしてみればいかが!?　小学生ならこんな答えを出すのではなかろうか？「ゴミを出し、人間を苦しめるような工場はぶっ壊せ！」。「だ

れも住んでいない無人島へ持って行け」などと！

安全な中国食品を！

　記憶に新しい事件がある。2001年4月の中国野菜残留農薬問題だ。これに端を発し、中国製の毒入冷凍餃子事件、メラミン混入粉ミルク事件、そして今回の上海福喜食品の使用期限切れ鶏肉事件と続く。

　こうした一連の事件が発覚するたびに「自分が食べる物じゃないから」、「儲かればそれでいい」などと言う中国の食に対するモラルの低さばかりを耳にする。しかし、いくら経営者や従業員を批判したところで、問題が解決するものではない。中国には、13億の民を抱えた長い歴史とそれなりの食文化がある。大事なことは、国際社会の中で通用する品質管理の在り方を啓蒙し、そのシステムを構築すべきではなかろうか！　ましてや上海福喜食品の親会社はアメリカである。子会社に対するコーポレート・ガバナンスがきちんと出来ていたかどうか？　そうでないなら、親会社の管理責任体制を明確にし、品質管理に対するチェックや監視体制を早急に整えるべきだと思うのだが！

PC遠隔操作の怖さ！

　年末から今年1月にかけて、プロバイダーの変更をするよ

う電話勧誘があった。その度にコンピュータのことは全く分からないからとお断りしていた。ところがたまたま「ルータを無料で取替えたい」と、契約していた会社から電話があったので、主人に取り次いだ。数日後には、手際よく工事もしてくれた。無料でしてくれた業者に恩義を感じていたのかもしれない。たまたま電話口に出た主人がプロバイダーの変更契約をしてしまった。勿論、工事をしてくれた大手の業者と錯誤してのこと。設定変更をするからCPの電源を入れるよう電話があり、主人は言われるままに立ち上げた。相手の画面を見ながら遠隔操作できることに、不気味な恐怖を感じたようだ。県の消費生活センターへ相談に行くと、このような被害に遭っている方達が増えているとのこと。

「解約金よりも、PC内の大事なデータや情報が持ち出されているのではないか」と、今も主人は心配し続けている・・！？

エボラ出血熱の感染拡大防止を！

エボラウィルスによる致死率は90％。有効な治療法やワクチンも見つかっておらず、すでに死者は1000人に迫る勢いとか。新型肺炎や鳥インフルエンザと同じように、相手が見えない殺人鬼だけに恐怖は募るばかりである。

潜伏期間は2〜21日。感染力は強く、発熱、悪寒、頭痛、吐き気、腹痛、下痢、下血、意識障害などの症状が出るようだ。

万一感染者が見つかった場合、隔離する以外に有効な手立てのない状況下では、感染源へ近づかず、血液や体液から接触感染しないことが唯一の対策となる。

梅毒菌や黄熱病を発見した野口英世も最後はウィルスにやられている。ウクライナ東部で墜落したマレーシア航空の乗客には100人近いエイズ研究者が犠牲になっている。不思議な偶然とも思えるのだが、今回すでに医療スタッフにも多数感染者が出ており、過去最大規模の流行になりそうだとか！映画やバーチャルではない。一刻も早い専門家の研究成果を期待する他ない。

カーブミラーの連絡先

甲高い急ブレーキの音や車同士の衝突音。しばらくして救急車やパトカーのサイレンが自宅にいてもよく聞こえていた。この交差点には信号はなかったが、カーブミラーが取り付けられてからはこのような事故はほとんどなくなった。

採れた茄子や胡瓜をしゅうとめに届けようと車を運転していた時のこと。左折しようとした瞬間、車が飛び出して来た。危機一髪のところで事故を起こすところであった。カーブミラーには木の葉が覆いかぶさり用を果たさなくなっている。酔っ払いがぶつけたのかどうかは定かでないが、以前にもカーブミラーが歪んでいて危ない目に遭ったこともある。

早く連絡しておかないと本当に天国へ誘発しかねないと

思い、車を傍らに停め、カーブミラーを見に行った。「注意」、「松山市」「管理番号」などの情報は書かれていたが、肝心の連絡先がない。大きな字の「注意」などより、せめて緊急連絡先の電話番号でも書いておいていただけたら・・・。

たった1個のパンとはいえ！

　遠縁に大学で法学を教えながら国選弁護士の肩書を持つ叔父がいた。俳句仲間と一緒に遊びにきた時のこと。パンを盗んだお年寄りの裁判を担当した話を聞いたことがある。空腹ゆえ、たとえ一個のパンとはいえ、その老人は刑務所暮らしを余儀なくされたという。

　長男がまだ3~4歳の頃だった思う。主人に車を運転してもらいスーパーへ連れて行ってもらった。チョロチョロ走り回る息子に業を煮やした主人は有無を言わせず肩車をした。しばらくバタついていたがそのうち大人しくなった。頭上の小さな窃盗犯は、棚から菓子袋を盗ってポリポリパリパリむさぼっていた。「パン1個盗んでも刑務所へ行かなきゃならないのよ？」などと説教したものの、当の窃盗犯はケロッとしたもの。レジで訳を説明し、代金を払ったものの悪意のない万引きもあることを実感した。

　防犯カメラの映像を公開するかどうかで議論が起こっている。もし肩車の息子が・・・複雑な気持ちになった！？

万引き養成所なら！

　100円ショップを経営していた知人がいる。お店が休みのときなど拙宅へ遊びにきては「うちは万引き養成所のような気がしていかんのよ！」と愚痴っていた。正確な数字ではないが、毎月平均して5〜6万円の被害に遭っているとか。年間にすると70万円近くにもなる。たまに学生アルバイトを店で見かけたことはあるが、家族経営で雇人など一人もいない。ましてや、万引き対策用の防犯カメラなど1台も設置していない。

　「こないだも万引きしよった3人組の中学生を捕まえてこぴっと説教してやったんよ！」と興奮気味にその時の状況を話していた。「君ら万引きやって大きな犯罪ぞな！　場合によっては警察へ連絡せにゃならんが」などと脅したらしい。すると中学生たちは口々に「おっちゃん！　たかが100円位のものでガタガタいうことないやろが」とか。

　「万引き養成所のような商売なら早く止めてしまえば？」と冗談で言ったつもりだが、本当に店を閉めてしまった。

どうしてプリンターのインクは高いの？

　プリンターの調子がおかしい。かすれや筋が目立つようになりノズルチェックをした。正常ではない。何度かクリーニングを繰り返したが、もとのようにきれいにはならなかっ

た。そんなことをしているとインクのカートリッジ交換をするようにとの指示が出た。カートリッジは先日新しいのと取替えたばかりだった。

　インクを買いにお店に出掛け、別に店員さんに八つ当たりしても詮無いこととは思ったが、少し嫌味な口調で事情を説明。さらに一言「プリンターのインクはどうしてこんなにも高いのでしょうかね？」と付け加えていた。店員さんが、似たようなクレーマーがきたというような顔つきで、含み笑いをしながら相槌をうっていたのも気に触った。

　「ヘッドクリーニングをするとインクの消耗率が高くなります」などともっともらしい説明をされたが、結局新しいプリンターを買う羽目になってしまった。これがメーカーの手かも知れないと思ったが、後の祭りである・・！

児童虐待にどう取り組むか？

　厚生労働省は、児童虐待を身体的虐待、性的虐待、ネグレクト、心理的虐待の４つに分類している。殴る、蹴る、投げ落とすなどの行為が身体的虐待。子どもへの性的行為、性的行為を見せるなどが性的虐待。家に閉じ込めたり、食事を与えないなどがネグレクトに該当。そして言葉による脅しや無視、きょうだい間での差別的取扱いなどが心理的虐待になる。

　分かりやすい分類などと感心している場合ではない。本誌

の社説、「児童虐待7万件超」の1節がずっしり心に覆い被さってしまった。「重要なことは子どもの保護だけではない。虐待する親は、自らも虐待を受けて育った人が多い。親も子も心に受けた傷を治さない限り、虐待の連鎖は拡大しつづける」。たしかに虐待により、死に至る事件が後をたたないのは悲しくてやるせない。でも手をこまねているだけでは、何一つ事件の解決に結びつかない。行政に求めるばかりでなく、何が出来るか私達も知恵を出す必要があろう。

虱の被害急増

　本誌、虱の被害急増で思い出したことがある。小学生のころ、学校へ白いタオルを持ってくるよう言われた。女の子は全員DDTと呼ばれた虱とりの粉末を頭からかけられた。持参したタオルを姉さん被りのような格好にしてそのまま自宅へ帰った記憶がある。
　蚤を捕まえては、爪にはさんでプチンとやる快感はあったものの、その蚤虱も殺虫剤の普及ですっかり姿を消してしまっていた。
　ところが、海外旅行者のかばんや衣類に付着し、ここ数年トコジラミが急増しているとか。さりとて個人や家庭だけでの駆除は困難で、専門業者に依頼すれば、数10万円もかかるとか。年金生活者にとってはたかが虱などと言ってはおれない。

種田山頭火に大きな影響を与えたと言われる井上井月は、体中虱だらけで、泥酔しては寝小便をたれ「乞食井月」と呼ばれたりしていた。さぞかし虱に悩まされたことであろうが、せいぜい芭蕉の「蚤虱馬の尿する枕元」の俳句どまりにしてほしいものだ。

万引き犯、この罪の意識の薄さ

　古物商「まんだらけ」の店舗で「鉄人28号」のブリキ製人形が万引きされた。防犯カメラに映った男の画像を素顔で公開するかどうかで賛否両論があった。幸い犯人は逮捕されたが、万引きに対する罪悪感の欠如や罪の意識の薄さに驚かざるを得ない。

　「たまたまショーケースが開いていたので」「転売し、好きな怪獣の人形を買おうとおもった」・・・。犯行動機があまりにも短絡的で罪悪感のかけらもない。そして「つい魔がさした」と言い訳をする。「魔がさす」とは、悪魔が心に入り込んだように、一瞬判断や行動を誤ること。盗んだのは悪魔であって、自分ではないとでも言いたいのだろうか？　それで罪が許されるとでも思っているのだろうか？

　100円ショップを経営していた知人からも、万引きされた話をよく聞かされていた。しかし、子供たちから「つい魔がさして」などという言い訳は一度も聞いたことがないという。そんな言い訳は、愚かな大人だけのやることだ！

重陽の節句と菊の花

　中国の陰陽説では奇数を陽とし、奇数のなかでも一番大きな数字が重なる９月９日を重陽と言ったらしい。９が重なるのは大変おめでたいようだが、端午の節句などと比べると重陽の節句は影が薄く、耳にすることもほとんどなくなっている。

　旧暦の９月はまた菊の季節でもある。菊は、邪気を祓い長寿の効能があると信じられていた。菊の節句などとも呼ばれ、お酒に菊を浮かべた「観菊の宴」なども催されていたとか。

　この菊の花言葉は「高貴」。気高い美しさから八重菊を図案化した皇室の「紋章」になっている。また、国会議員バッジも１１弁菊花模様。菊の花には「私を信じてください」という意味もある。第２次安倍内閣の顔ぶれが発表され、女性閣僚５人の起用が注目されている。大事なことは男女の比率ではない。この方達が、どれだけ信頼に足る仕事をされるかどうかである。

　祭壇に飾られる白い菊のイメージを払拭するような、立派な政をされることを切に願っている！？

後世に残る落書きを！

　幼い日の雪舟は、絵ばかり描いてお経を読もうとはしな

かった。寺の僧は雪舟を仏堂の柱にしばりつけてしまったが、足の指先に落ちた涙で鼠を描いた。そんな落書きの場所を見たくて、岡山の総社市にある宝福寺を訪ねたことがある。勿論、涙の絵など残っている筈もないが、在りし日の雪舟に触れたかっただけ！

　涙はかれると跡形もなくなる。ところが消そうにも消せない落書きもある。小学校の机の上だ。鉛筆などの落書きではない。彫刻刀で刻み込んだもの。勿論、私がやったわけではないが、いつまでたっても心の隅にしこりが残っている。

　大阪ミナミの繁華街で落書きを繰り返していた男が建造物損壊容疑で逮捕されたとか？「描きたいから描いているだけ」などと供述しているらしいが、とんでもない話だ。売名行為のために「NeRO」などと自分のニックネームを描いたに過ぎないじゃないか？　どうせ落書きするなら雪舟のように後世に残る落書きを見せてもらいたいものだ！

天気予報の整合性は？

　今まで、天気はそれほど気にならなかった。雨が降れば降ったでそれなりの仕事があり、晴れれば晴れでやらなきゃならない家事は山ほどあった。
　ところが夫が退職し、チョークを鍬に持ちかえてからは天気予報が気にかかるようになった。晴れの予報がでれば、まずセルポットや育苗箱の苗へ水をやり、それからナスやキュ

ウリへなどと作業の手順を考えている。降水確率が50％を超えていれば、畑はよしてしゅうとめ宅を訪ねようかなどと。それだけに、テレビや新聞、ネットで天気予報をチェックすることが日課になっていた。

ところが最近の天気予報は外れてばかり。雨が降っているにも拘わらず、予報士は笑顔で「晴れ」などと言っている。「晴れ」との予報にしたがって畑へ行けば、どしゃぶりで引き返すハメに！

予報士さんを責めるわけではないが、どしゃぶりなのに「晴れ」などと言わず、せめてテレビ画面とデータベースの整合性くらい持たせて欲しいと思うのだが？

目方で人の価値が測れるか？

人の価値が重さで決まるなら、お相撲さんは偉い人になるだろう。長さで価値が決まるなら、身長の低い私などは最悪だ。いつも朝礼で前の方に並ばされていた。フーテンの寅さんも「目方で男が　売れるなら　こんな苦労も　かけまいに」と歌っているように、人の価値は度量衡で決まるものではない。多面的な物差しで測られるべきもの。

ただ世の中には、何らかの方法で順位・配列をしなければならないものもある。例えば、出席簿や辞書の類。今では、いろは順は使われていないと思うが、人の名前や事柄を五十音順やABC順で並べている。問題は、子供たちの価値づけを

学力テストの得点に絞り、高得点順に配列した結果を世に公表すべきか否かの是非である。文部科学省は本年度から、全国学力テストの市町村別や学校別の結果公表を解禁した。あたかも成績上位者が社会の勝者で立派な人間、下位者は人間のクズともとれるようなものを、公表すべきではないと思うのだが・・？

働き蜂と使い捨ての企業！

過重労働が問題になっている。1か月の勤務が500時間を超え、2週間も家に帰れない。想像を絶する過酷な労働条件のなかで働いている方達がいる。堪えかねて退職するものが続出。いくら時給を上げてもアルバイトが集まらない。やむなく店舗の一時休業や営業時間の短縮に追い込まれている事業所もあるとか。企業は人・もの・金で運営されている。とりわけ金に目がくらみ、最大利潤、儲け至上主義を経営理念に掲げた天罰かもしれない。

人材は企業にとって貴重な財産である。従業員が、働きやすい環境と暮らしで成り立ってこそ上手く機能するというものだ。時間もお金。その貴重な時間を企業の都合で半ば強引に拘束し、拘束してもそれに見合う代償も支払わない。時に死に追いやってしまうようなことは絶対許されるものではない。

かっては諸外国から「ワーカーホーリック」とか「働き蜂」

と揶揄されたことがある。今度は「使い捨ての企業」などと言われるかも！？

レジュメがあれば！？

「一緒に治しましょう、膝の痛み」の演題に引かれ、今治市総合福祉センターへ出かけた。これは愛媛新聞社が主催するふるさと大学「伊予塾」第44回講座。広島大学大学院整形外科教授、膝のプロフェショナルとして有名な越智光夫先生の講演であった。

それぞれの専門分野で活躍されている方のお話を拝聴するのは大好き。支障のない限りこのような企画に出席させていただいている。膝の痛みを感じていただけに、「治してもらえるなら！」とかすかな希望もあった。

少し早めに会場へ入り聴講者の方々の様子を眺めていたが、私と同じくらいの年齢やそれよりもお歳を召された方が目立った。受講者のすべてが膝を悪くされているように思えた。

講演が終わったあと、インタービューをされ講演の感想を訊かれた。大変勉強になったこと、今後もこのような企画をお願いしたいなどと答えたが、「レジュメを配布してもらえばもっとよかったのに！」と付け加えるのを忘れていた。

ちゃんぽん振興条例ができたらしいが！？

　町おこしのための今治ラーメンを食べに出掛けたのは数年前のこと。日曜だったせいもあるが、前もって調べていたお店のほとんどは閉店。最後に訪ねたお店も完売。そこで休日でもやっているお店、お寿司屋さんを紹介していただいた。

　1人で切り盛りしていた店主にお尋ねすると「不景気でこんなことでもせんとな！」と苦笑いしながら応えてくれた。出汁は、鯛やアゴ（飛魚）、イリコなどでとっているとか！あっさりしてとても美味しかったが、ラーメンをすすりながら、こんな状況で町おこしになるのかしらと疑問に思っていた。

　八幡浜の町おこしの一環、ちゃんぽんが話題になったときも友達を誘って出かけたことがある。パンフレットや資料などもあまりなく、ネットで検索したメモを頼りに数か所訪ねた。しかしこの時も同じようにこんなので町おこしになるのか危惧していた。そんな時、「八幡浜ちゃんぽん振興条例」が制定されたとの本誌の記事が目に留まったが！？

自分が自分であることの証明？

　預金を引き出すとき、「身分証明書を見せて欲しい」と言われた。運転免許証は家に置いている。たまたま夫が車で待ってくれていた。「夫がおりますので呼んできます」と言うと、「免許証か保険証をお願いします」と冷たく言われた。たし

かに夫を呼んできても、彼が本当に自分の夫であることを証明しなければならなくなる。でも、免許証を持っていない人は？　パスポート（旅券）がある。パスポートがなければ健康保険被保険者証。被保険者証がなければ住民基本台帳カードなどと！　それではこれらの全てがなかったとしたら？仮にあったとしも偽造されたものであったら？

　結局免許証を取りに帰ることにしたが、運転していた夫に「自分のお金を引き出すのも楽じゃないよね！」と愚痴っていた。「指紋やDNA鑑定なども考えられるが、自分が自分であることを証明するのは、古からの難問、哲学だ！」などと訳の分からない事を喋っていた。結局、何も分からなかったけど！

ここは図書館ではありません

　好みのメニューがあるので、よくこのファミリーレストランを利用している。いつ行っても客は多く、時には待たされることもある。繁盛していることは大いに結構であるが、待たされるのはあまり好きではない。手持無沙汰に、店内を観察していると、客の２割近くは高校生たち。試験中かどうかは分からないが、机上に本やノートを広げ勉強をしている。気が引けるのか、ジュースを頼んだりしている女子高校生もいるにはいたが、別に食事をしている様子は伺えない。レストランを図書館のような感覚で使っているとしか思えない。

レストランは、食事をする場所であって、勉強する場所ではない。勉強熱心なことは大いに理解できるが、もし食事をする気がないなら、図書館か自宅でやって欲しいものだ。定員さんも見てみないふり。別に注意をする様子もない。待たされた腹いせか、店内放送で「ここは図書館ではありません！」などとそんな苦情を言って欲しかったのだが・・！

牛丼の適正価格とは

　消費税率の引上げで、何もかもが値上がりをしているなか、「すき家」の牛丼が値下がりするという。牛丼並盛りを税引価格で10円値下げして270円になると言う。値下げをしても、客数増で採算が取れるとの狙いがあり、年金生活者にとってはありがたい話である。しかし、脳裏を過るものがある。類似商品を売りにしている「吉野家」「松屋」なども対抗し、際限のない値下げバトルがはじまるのではないかと。かって65円の豆腐が、激しい値下げ合戦のすえに1円豆腐となり、店頭に並んだことがある。消費者は喜んだが、豆腐屋はバタバタ潰れていった。牛丼の適正価格がいくらなのかは分からない。社会的に公正妥当な価格とか適正利潤を得るに足る価格など、もっともらしい屁理屈を並べてみても、何円が適正だとは言い切れまい。ただ、競争の行きつく先が倒産ならば、そこで働いている沢山の従業員やその家族のことも考えてもらいたいものだ。

あとがき

　表紙の魚の絵は、釣り好きの主人がペンシルワークで書き溜めているものを拝借した。原稿が書きあがるたびに目を通してもらったりもした。そのたびに、「馬鹿野郎！　こんな小学生のような文章を書いて・・・・」と言いながらも、そっと添削をしてくれていた。

　そんなこともあって、何かと多大な迷惑をかけてしまった主人に対して、「最後にこの発刊に際して応援をしてくれた夫に心から・・・・」などと長々謝辞を書いていたら、またもや「馬鹿野郎！　こんな下手な謝辞を書くな」と全て消されてしまった。自分としては、まとまりのある「あとがき」が書けたと思っていたのだが・・・・・。

　なにはさておき、この本の出版に遅疑逡巡していた私の背中をポンと押してくれた美巧社の田中一博氏には、心からの謝辞を申し上げなければなりません。編集から校正まで、このような短い時間で刊行していただいたことに、心からお礼を申し上げます。本当にありがとうございました。

　書籍という形でこの世に残せることになったのは望外の喜びである。そのうちボケが始まり、この本のことすら覚えていない自分が徘徊し始めるだろうが、あいたぺあペア、なんくるないさ。また、これからも気の向くままに書き続けるだろうが・・・・・・・。

マリンコおばさんの
そのひぐらし日記

2015年12月23日　　初版発行

著　者／森貞　満里子
　　　　〒790-0923　愛媛県松山市北久米町1096-5

発行所／株式会社 美巧社
　　　　〒760-0063　高松市多賀町1-8-10
　　　　TEL：087-833-5811　FAX：087-835-7570

定価はカバーに表示してあります。　　　　印刷・製本　㈱美巧社
落丁・乱丁の場合はお取り替えいたします。
ISBN978-4-86387-069-7-C0078